KAMALA MARKANDAYA

le riz et la mousson

traduit de l'anglais par Anne-Marie Soulac

Éditions J'ai Lu

Ce roman a paru sous le titre original :
NECTAR IN A SIEVE

1

Quelquefois, la nuit, je m'imagine que mon mari est encore vivant ; je crois l'entendre s'approcher de moi doucement dans la brume et nous reposons en paix ensemble. Puis vient le matin, l'ombre grise s'irradie d'or ; on entend dans la maison s'agiter les dormeurs qui s'éveillent. Alors, il s'éloigne en silence.

Un à un ils sortent dans le soleil du petit matin, mon fils, ma fille et Puli — l'enfant qui n'était pas à moi et dont je n'ai pas voulu me séparer ; l'enfant qui est maintenant un homme. Puli habite avec moi parce que je l'ai induit en tentation. Dans mon désespoir, je l'ai arraché à un sol pour le transplanter dans le mien. Mais maintenant je suis délivrée de mes inquiétudes : ce qui est fait est fait, il ne sert à rien de gémir. « Est-ce que tu es heureux avec moi ? » Je lui ai posé la question hier — parce que j'étais sûre de la réponse. Il a acquiescé de la tête, sans hésiter, avec un peu d'impatience. Une manie de vieille femme. Le besoin d'être rassurée.

Mais ce qui me rassure le plus, c'est de regarder ses mains. Il n'a pas de doigts, simplement des moignons, ce qui lui a été pris ne peut lui être rendu, mais ils sont sains et forts. A la place des plaies, il y a maintenant une peau rose, un peu ridée ; ses membres sont intacts. Kenny et Selvam, à eux deux, ont tenu la promesse que je lui avais faite.

Au loin, quand le temps est clair et que ma vue n'est pas trop brouillée j'aperçois le bâtiment où travaille mon fils. Avec Kenny. Le jeune et le vieux. Un grand bâtiment blanc aux lignes sobres ; ce n'est pas seulement l'argent qui l'a construit, mais aussi l'espoir et la pitié des hommes : je le sais bien, moi, qui l'ai vu s'élever pierre à pierre, d'année en année.

Mes trois sœurs se sont mariées bien avant moi. Ce fut d'abord le tour de Shanta : un grand mariage qui dura des jours et des jours, une abondance de cadeaux et de banquets, des boucles d'oreilles, un collier en or, comme il convenait pour la fille du chef du village. Puis vint celui de Padmini, elle aussi épousa un beau parti et eut droit à une cérémonie fastueuse, sans parler des bijoux et de la dot qu'elle emporta ; mais quand on en arriva à Thangam, on ne put inviter à la noce les parents des districts environnants comme on l'avait fait pour les autres, il fallut se contenter de la famille qui habitait le village, et pour tout bijou, elle eut un brillant à incruster dans le nez.

« Que restera-t-il pour toi ? », disait ma mère, me prenant le visage dans ses mains, « pour ma dernière née, pour mon bébé ? Quatre dots, c'est trop pour un seul homme. » Et moi je lui disais : « J'aurai un mariage grandiose. Il sera si beau que tout le monde s'en souviendra quand tout le reste aura été oublié comme un rêve. » (J'avais entendu cette phrase dans la bouche d'un diseur de contes.) « Mon père n'est-il pas le chef du village ? » Je savais que je faisais plaisir à ma mère ; elle se mettait tout de suite à rire et perdait son air soucieux. Un jour que je répétais cette phrase, mon frère aîné m'entendit et me reprit vertement : « Ne dis pas de sottises ; le chef du village n'a plus aucune importance. Le collecteur d'impôts vient dans nos villages une fois l'an ; c'est lui qui détient le pouvoir, avec ses délégués. Ce n'est plus le chef du village. »

C'était la toute première fois que j'entendais dire que mon père n'avait aucune importance. J'eus l'impression qu'on venait de renverser d'un coup de pied brutal un support sur lequel je m'appuyais ; j'en fus tout effrayée et je refusai de croire mon frère. Mais bien entendu, il avait raison et quand je fus parvenue à l'âge nubile il me fallut, à moi aussi, reconnaître que son prestige avait bien diminué. Là était sans doute la raison pour laquelle mes parents ne purent pas me trouver un mari riche et me donnèrent pour époux, quand j'eus douze ans, un paysan qui n'était même pas propriétaire de sa ferme et qui n'avait pour toute fortune que l'amour attentif que je lui inspirais. Nos parents, je le sais, murmurèrent que je faisais un mariage au-dessous de moi ; ma mère elle-même n'était pas très satisfaite, mais je n'avais ni beauté ni dot. Elle avait fait de son mieux. « Un mariage médiocre », disait la famille, quelquefois sans grande discrétion. Les pauvres gens, ils ne savaient pas de quoi ils parlaient !

On dit qu'une femme se rappelle toujours sa nuit de noces. Peut-être ; mais, quant à moi, il y a d'autres nuits que je préfère me rappeler, des nuits plus douces et plus riches où ce n'était plus l'enfant gauche et triste de la première nuit qui s'offrait à son mari mais un être plus mûr d'esprit et de corps. Quand les cérémonies religieuses furent terminées, nous partîmes, mon mari et moi. Comme je revois ce jour et le malaise soudain qui me saisit au moment du départ ! Ma mère était sur le seuil, les yeux secs, mais le visage tout gonflé du poids des larmes prêtes à couler. Mon père se tenait un peu en avant d'elle, pour nous souhaiter un bon voyage. Mon mari était déjà assis dans la charrette traînée par des buffles, à côté de la cantine pleine d'instruments de cuisine et de mes saris. Je me trouvai assise aussi, je ne sais comment, sous mes beaux atours, dans la charrette, à côté de lui, les yeux baissés. Puis la charrette se mit en marche, cahotée en tous sens par le pas incertain des buffles cherchant leur rythme. Je fus prise de nausées. Quelle humiliation fut la mienne ! Je me rappelle avoir pensé : « Je me suis couverte de honte pour la vie. Jamais je ne l'oublierai. » Je n'ai jamais oublié, mais le souvenir qui m'est resté est sans amertume. Mon mari me réconforta et me calma.

« C'est une chose qui aurait pu arriver à n'importe qui, dit-il. Ne te tracasse pas. Allons, sèche tes yeux et viens t'asseoir à côté de moi. » J'obéis et au bout d'un moment, je me sentis mieux. Mes larmes cessèrent de couler et séchèrent sur mes cils.

Pendant six heures nous roulâmes sur la route poussiéreuse ; il nous fallut traverser plusieurs villages avant d'atteindre le nôtre qui était à une bonne distance de là. A mi-chemin nous fîmes halte pour prendre un repas : riz bouilli, lentilles, légumes verts et lait caillé. Nous eûmes même droit chacun à une noix de coco entière ; mon mari fit un trou dans la mienne avec sa faux pour que je puisse en boire le lait limpide. Puis il défit le joug des bœufs et les conduisit à la petite mare près de laquelle nous étions arrêtés après leur avoir donné une poignée de foin. Les pauvres bêtes ! elles parurent très heureuses de trouver de l'eau ; leurs flancs étaient déjà tout poussiéreux et la sueur y brillait dans le soleil.

Nous nous reposâmes une demi-heure avant de nous remettre en route. Les animaux, après cette halte, retrouvèrent une allure plus rapide et repartirent en secouant la tête, faisant ainsi tinter les clochettes accrochées à leurs cornes peintes en rouge. L'air était plein du son des clochettes et du chant des oiseaux — surtout des moineaux et des rossignols — auquel se mêlait parfois le cri d'un aigle ; mais quand nous traversions un bouquet vert et feuillu, j'entendais les *minahs* et les perroquets. Il faisait très chaud, le balancement de la charrette auquel je n'étais pas habituée, finit par m'endormir.

Ce fut mon mari qui m'éveilla, mon mari que j'appellerai ici Nathan — tel, en effet, était son nom — bien que jamais je n'en aie fait usage pendant toutes les années qu'a duré notre mariage ; il n'est pas convenable pour une femme d'appeler son époux autrement que « mari ».

— Nous sommes arrivés, s'écria-t-il. Réveille-toi ! Regarde !

Je m'éveillai : je regardai. Une petite hutte aux murs de boue séchée, couverte de chaume, au bord d'une rizière, à côté de deux ou trois huttes semblables. En travers du seuil, symbole de bonheur et de chance, une guirlande de feuilles de manguier, déjà desséchées, que le vent faisait frissonner et chuchoter.

— Nous voici chez nous, dit mon mari. Viens, je vais te faire voir.

Tout engourdie, une jambe paralysée par une crampe, je descendis de la voiture. Nous entrâmes dans la maison. Il y avait deux pièces : l'une était une sorte de réserve pour le grain, l'autre servait à tous les usages. On avait commencé une troisième pièce, mais elle n'était pas terminée ; les murs de boue n'avaient guère plus d'un demi-pied de haut.

— Ce sera mieux quand elle sera finie, dit mon mari.

J'approuvai de la tête ; j'avais envie de pleurer.

Cette hutte vide, ces murs de boue, ce toit de chaume, c'était là mon foyer. Mes genoux plièrent sous moi, d'abord celui où j'avais la crampe, puis l'autre et je m'effondrai. Le visage que Nathan pencha vers moi en me soutenant était plein d'inquiétude.

— Ce n'est rien, dis-je, je suis fatiguée, c'est tout. Dans une minute j'irai tout à fait bien.

— C'est peut-être la perspective de vivre ici toute seule qui te fait peur, me dit-il. Mais dans quelques années nous pourrons déménager. Qui sait ? Nous pourrons peut-être même acheter une maison comme celle de ton père. C'est ce que tu voudrais ?

Dans sa voix je perçus une prière et sur son visage l'expression du chien qui s'apprête à recevoir un coup de pied.

— Non, dis-je, je n'ai pas peur. Je suis très contente de vivre ici.

Il ne répondit pas tout de suite, mais entra dans la réserve et en ressortit avec une poignée de riz.

— Avec des récoltes comme celle-ci, dit-il en faisant tourner les grains dans sa main, tu ne manqueras de rien, ma bien-aimée.

Là-dessus il sortit pour aller chercher la malle de fer-blanc et, quelques instants plus tard, je le suivis.

Il y a des moments maintenant où je revois tout très distinctement : le voile se déchire pendant quelques secondes, j'aperçois le ciel bleu et des arbres au tendre feuillage, puis il se referme devant moi et je me retrouve dans mon univers familier, un univers qui s'assombrit un peu plus chaque jour. Mais je ne suis pas seule ; car le visage de ceux que j'ai aimés, toutes les choses du passé — ombres, formes, images — se pressent toujours devant moi et elles sont quelquefois si présentes que j'en viens à me demander si elles ne sont pas vraiment là sous mes yeux, si le voile n'a pas été soulevé un moment à mon bénéfice ou si c'est simplement mon esprit qui travaille. Ainsi aujourd'hui j'ai revu avec une telle netteté le ruisseau qui coulait près de notre champ de riz que j'ai eu l'impression qu'il me suffirait de me pencher pour sentir sur mes mains la fraîcheur de l'eau. Et pourtant ce ruisseau appartient à une période de ma vie qui est bien finie. Je n'étais mariée que depuis une semaine quand, pour la première fois, j'ai suivi son cours à la recherche d'un endroit où laver mon linge. Il y avait presque une heure que je marchais quand je découvris enfin une étendue d'eau assez vaste, une rive sablonneuse parsemée de grosses pierres rondes. Je posai à terre mon ballot, le dénouai et mis à tremper mon linge. L'eau était claire mais elle ne coulait pas trop vite — le linge ne fut pas entraîné hors de ma portée. Je relevai mon sari au-dessus de mes genoux et descendis dans la rivière ; et puis je me mis à frotter mon linge sur une grosse pierre plate avec un peu de la lessive que me mère m'avait donnée ; une bonne lessive, très active, à la douce odeur de propreté. Quand j'eus terminé je ramenai le linge sur la berge et l'étendis sur l'herbe de la rive pour le faire sécher au soleil.

Juste à ce moment j'aperçus Kali, la femme de notre voisin, se dirigeant vers moi en compagnie de deux femmes que je ne connaissais pas encore. Toutes trois portaient sur la tête des paquets de linge, deux d'entre elles avaient un enfant sur la hanche et la troisième était enceinte. Elles m'appelèrent et je m'approchai d'elles, toute confuse de leur apparente intimité ; mais avant longtemps j'en vins moi aussi à partager l'intimité de ces trois femmes qui étaient nos plus proches voisines et dont la vie était si étroitement mêlée à la mienne. Kali, grande et grosse, aux larges hanches et à la poitrine provocante, dont le mari cultivait le champ à côté du nôtre ; Janaki, la femme du boutiquier du village, au visage sans charme et au corps déjà marqué par de nombreuses maternités ; et Kunthi, la plus jeune des trois, petite et mince, aux mouvements gracieux malgré le fardeau qu'elle portait.

— C'est son premier enfant, dit en riant Kali, mais ce n'est certainement pas le dernier parce que, comme vous voyez, son mari n'a pas perdu de temps.

Elle s'esclaffa bruyamment. Janaki la regarda en fronçant les sourcils :

— Silence, femme ! Tu ne vois pas que tu parles à des enfants ?

— Qu'est-ce que ça peut faire ? Elles sont mariées ! Kunthi est déjà enceinte et cette nouvelle venue le sera avant peu. Tous les hommes sont les mêmes.

Je vis Kunthi hausser les épaules d'un air légèrement dédaigneux ; Janaki garda le silence. Peut-être savaient-elles toutes deux qu'il était vain d'essayer d'imposer silence à Kali. Et voilà maintenant que c'était à moi qu'elle s'adressait.

— Tu t'appelles Rukmani, n'est-ce pas ? Tu es la femme du fermier Nathan. Tout le village est dévoré de curiosité à ton sujet — Dieu sait pourquoi d'ailleurs, toutes les femmes se ressemblent. Il en a fait des histoires, ton mari ! C'est vrai ! il y a des semaines qu'il a l'air d'un bambou prêt à prendre feu ! Il a construit votre maison de ses propres mains — oui, il n'a même pas voulu que mon mari l'aide.

— Il l'a construite ? dis-je. Je ne le savais pas. Il ne me l'a pas dit.

— Mais si ! Il a tout fait lui-même. Il en a même quelquefois négligé la culture, si bien que Sivaji lui a fait des reproches, bien que ce soit un brave homme pour un surveillant !

Il avait construit notre maison de ses mains, et je n'avais éprouvé que de la crainte à l'idée de vivre entre ces murs. Un mois plus tard, quand nous eûmes cessé d'être des étrangers l'un pour l'autre, je lui racontai ce que j'avais appris.

— C'est toi qui as construit la maison pour nous, lui dis-je. Pourquoi ne m'en avoir rien dit ?

— Qui a bavardé ? me demanda-t-il sans répondre à ma question.

— Kali. Elle m'a dit cela il y a longtemps — le jour où pour la première fois je suis allée jusqu'à l'endroit où le ruisseau s'élargit en s'approchant de la rivière.

— C'est une vieille bavarde ; il faudrait lui clouer le bec.

— Pourquoi ? Je suis bien contente qu'elle me l'ait dit. Est-ce que je n'ai pas le droit d'être fière que tu aies construit cette maison de tes propres mains ?

Il hésita puis finalement il me dit :

— Tu n'es plus une enfant. Tu as beaucoup changé depuis le jour de notre mariage ; il n'y a pourtant pas longtemps de cela.

Quand le soleil brille pour vous, que les champs sont verts et beaux à regarder, que votre mari découvre en vous une beauté que personne avant lui n'avait pressentie, quand vous avez une bonne réserve de riz pour les mauvais jours, un toit au-dessus de votre tête, et tout au fond de vous-même la certitude d'une douce présence, que pouvez-vous demander de plus ? J'avais le cœur en fête et je vaquais à mes travaux d'un pied léger, me levant avec le soleil et me couchant, le soir, satisfaite. Nous avions la paix et la tranquillité. Souvenir toujours vivant ! Dieu merci. Le fracas qui plus tard envahit notre vie ne peut le ternir, ni en diminuer l'attrait. Bien au contraire, il ne fait que le rendre plus précieux : si ce qui s'est passé n'était pas arrivé, je n'aurais peut-être jamais su quelle chance avait été la nôtre. Evidemment, mon mari n'était pas, comme mon père, propriétaire de la terre qu'il cultivait ; cependant il était possible qu'un jour il le devînt. Les bœufs de labour nous appartenaient ; et aussi une chèvre laitière. Nous mettions de côté une part de chaque récolte et les sacs de jute pleins d'épis de riz s'entassaient dans notre petit grenier empierré. Il y avait largement à manger pour deux personnes et nous nous nourrissions bien : du riz pour le repas du matin et du soir ; des lentilles ; quelquefois la chair d'une noix de coco râpée très finement et cuite dans le lait et le sucre ; d'autres fois un gâteau de froment frit au beurre qui vous fondait dans la bouche.

Une ou deux fois par semaine j'avais l'habitude d'aller au village pour acheter du sucre, du beurre fondu et des légumes, et en passant je m'arrêtais chez Durgan, le marchand de lait, pour lui acheter du lait caillé, parce que notre chèvre ne donnait plus grand-chose et que nous n'avions pas toujours assez de lait pour notre usage personnel. J'aimais aller au village ; les gens étaient aimables et la plupart ne cherchaient qu'à vous rendre service. J'en vins très vite à les connaître tous : la vieille Grand-Mère qui vivait de ce qu'elle gagnait à vendre des cacahuètes et des goyaves ; Hanuman, qui vendait de tout ; Perumal, le mari de Janaki, qui tenait la seule boutique du village ; et Biswas, le prêteur. Quelquefois Janaki ou Kali venaient prendre de mes nouvelles, mais pas souvent parce qu'elles avaient beaucoup à faire avec leur mari et leurs enfants. Quant à Kunthi, elle se trouva bientôt dans l'incapacité de faire son travail et nous dûmes nous relayer pour lui faire ses commissions et l'aider aux travaux de la maison. Kunthi était différente des autres femmes, plus silencieuse, plus réservée ; et malgré tous les efforts que nous faisions pour être à l'aise avec elle, il y avait entre nous une barrière que nous ne pouvions franchir. Une barrière plus infranchissable encore pour moi que pour les autres, une barrière étrange et effrayante. Je ne pouvais comprendre pourquoi et je décidai finalement que c'était là pure imagination de ma part.

Tout le monde disait que Kunthi s'était mariée au-dessous d'elle. Peut-être en disait-on autant de moi, mais j'étais sans beauté alors qu'elle était jolie, si bien que, dans son cas, on ne voyait pas d'explication. Pour ce qui est de moi, je me réjouis de m'être mariée « au-dessous de moi », parce qu'il était impossible de trouver quelqu'un de mieux que mon mari ; mais peut-être n'avait-elle pas eu autant de chance.

C'est vraiment une malchance pour un homme d'épouser une femme de condition supérieure à la sienne, parce qu'alors sa femme ne lui est d'aucun secours ; elle n'est qu'un ornement. Je le sais, moi qui ignorais les choses les plus simples et qui ne pouvais même pas passer pour un ornement. Kali et Janaki, à elles deux, durent m'apprendre à traire la chèvre, à planter des graines, à faire le beurre, à écosser le riz. De quelle patience fit preuve mon mari en me supportant sans se plaindre pendant ces débuts de notre mariage ! Jamais un mot désagréable ni un regard impatient et, pour chaque petite réussite, un compliment. J'avais planté, sur le bout de terrain plat qui s'étendait derrière la hutte, quelques graines de potiron. A cet endroit, la terre, qui n'avait jamais été cultivée, était riche et meuble, si bien qu'il n'était pas besoin de bêcher beaucoup. Les graines levèrent vite, en délicates pousses vertes que je m'employai à arroser soigneusement, apportant plusieurs fois de l'eau du puits voisin. Bientôt les pousses délicates se transformèrent en une végétation vigoureuse et les fruits commencèrent à se former ;

grâce au sol, au soleil et à l'eau, les potirons grossirent de jour en jour, et prirent en mûrissant des teintes jaunes et rouges. Le jour où ils furent bons à manger, j'en coupai un et l'apportai à la maison. Nathan, quand il le vit, fut rempli d'admiration et me fit force compliments — pour un seul fruit, lui qui cultivait tout un champ.

— On dirait vraiment que c'est le premier potiron que tu vois, lui dis-je, en baissant les yeux, toute heureuse cependant, et de lui, et de moi.

— C'est le premier qui ait poussé sur nos terres, dit Nathan. C'est ce qui fait son prix. Ruku, tu es vraiment une femme très intelligente.

J'essayai de ne pas montrer ma fierté. J'essayai de prendre l'air dégagé. Je mis de côté le potiron. Mais le plaisir faisait battre plus vite mon pouls, et malgré moi un flot de sang brûlant me monta au visage.

Après cela, avec dix fois plus de zèle, je me mis à planter des haricots et des patates douces, des *brinjals* et des piments, qui réussirent très bien, de sorte que nous mangeâmes encore mieux que nous ne l'avions fait jusque-là.

2

L'enfant de Kunthi naquit quelques mois avant le mien ; c'était un beau garçon dont la naissance coûta presque la vie à sa mère. Janaki était malade et ne pouvait pas venir, Kali était absente, si bien que je dus me débrouiller de mon mieux. Le mari de Kunthi partit chercher la sage-femme, me laissant seule avec la jeune femme en sueur. Quand elle vit qui j'étais — au bout d'un moment seulement parce qu'elle était à demi évanouie de douleur — Kunthi se mit à crier qu'elle ne voulait pas de moi.

Elle me répétait d'un ton suppliant : « Il faut que tu partes. »

— Pourquoi, dis-je, tu me détestes donc tant ?

— Non, non, mais pars, je t'en prie. Je ne veux pas de toi ici.

— C'est impossible, je ne te laisserai pas. D'ailleurs il n'y a personne d'autre.

— Tout ira bien, la sage-femme ne va pas tarder à arriver.

Je demandai : « Que dira ton mari si je te laisse toute seule ? » Et je cessai de prêter attention à ses cris.

Quand elle vit que je ne voulais pas partir, elle se tut et garda une immobilité de pierre ; pas un murmure ne lui échappa, mais la sueur coulait en gouttes huileuses sur ses tempes et sur sa gorge.

Quand je rentrai chez moi, je laissai Kunthi endormie, épuisée, à côté de son enfant. J'avais été absente une journée entière. Nathan m'attendait et il dit d'un ton courroucé :

— Tu es pâle comme une morte. Pourquoi diable es-tu restée si longtemps ?

— Il faut t'en prendre à la sage-femme, lui dis-je. Elle était introuvable. Ou alors il faut t'en prendre au fils de Kunthi. Il y a mis le temps !

J'étais fatiguée et il y avait de l'irritation dans ma voix.

— Bon, du moment que tu n'oublies pas que tu es enceinte, me dit-il d'un ton sec, puis il tourna les talons.

C'était la première fois que je le voyais en colère. Des larmes brûlantes me montèrent aux yeux. J'avais la tête qui tournait, je m'assis et au bout d'un moment le malaise se dissipa. « Il m'a dit cela dans une bonne intention, pensai-je. C'est simplement parce qu'il se tourmente au sujet de notre enfant. Cela vaut mieux que s'il n'y pensait pas. »

A partir de ce moment, je commençai à faire plus attention à moi, et à laisser de plus en plus de travail à Nathan. Le moment des semailles approchait et il y avait beaucoup à faire dans les champs : il fallait construire de petites digues d'argile destinées à assurer l'irrigation des cultures de riz étagées sur la pente ; il fallait arracher le chaume de l'année précédente ; détruire les roseaux et les mauvaises herbes ; et ensuite transplanter. Pour tous ces travaux, il fallait se courber, et Nathan ne voulait pas en entendre parler.

Je profitai des loisirs que j'avais maintenant pour me remettre à écrire. C'était mon père qui m'avait appris à lire et à écrire. Les gens prétendaient qu'il l'avait fait parce qu'il voulait que ses enfants soient supérieurs aux autres ; c'est possible, mais je suis certaine aussi qu'il savait qu'il m'assurait ainsi une consolation dans l'affliction et une joie dans la tranquillité. Il avait mis à instruire ses six enfants — j'étais la plus jeune d'une dizaine d'années — la patience qu'il apportait à toutes choses. « Travaille bien », me disait-il en me regardant m'occuper avec l'ardoise et le crayon. « Qui sait quelle dot tu auras quand le moment sera venu ! » Et moi, dont les soucis d'enfant ne pesaient pas plus lourd que du duvet, je l'écoutais à peine et je reprenais mon crayon tranquillement.

Ma mère disait : « Une fille n'a pas besoin d'être savante. A quoi tout cela lui servira-t-il quand elle aura à s'occuper de son mari et de bons gros garçons. Regardez-moi, est-ce que je me porte plus mal de ne même pas savoir signer mon nom, du moment que je le connais ? Est-ce que ma maison n'est pas propre et agréable, est-ce que je n'ai pas des enfants bien nourris et bien soignés ? » Mon père se mettait à rire et disait : « C'est vrai », et il ne poussait pas plus loin la discussion. Il n'en continuait pas moins ses leçons.

Maintenant je pensais : « Quand le moment sera venu, moi aussi je donnerai des leçons à mon enfant », et je travaillais avec encore plus d'acharnement pour que mes doigts ne risquent pas de perdre leur habileté. Quand Janaki, guérie, vint me voir, elle s'émerveilla de ma science ; mais Kali, qui était venue aussi, regarda avec mépris les signes étranges qui n'avaient aucun sens pour elle et elle prétendit ne voir là qu'un caprice de femme enceinte.

— Tu oublieras toutes ces sornettes, me dit-elle, quand ton enfant sera né. D'autant plus qu'il y en aura d'autres et que tu ne manqueras pas de travail. Regarde-moi, je n'ai pas une minute de loisir.

Emportée par la colère, je lui répondis :

— Alors comment se fait-il que tu sois ici maintenant — et que tu ailles de temps en temps au village — je t'y ai vue — si tu as tant à faire ? Pour ce qui est de mes enfants, c'est pour eux que je m'exerce à lire et à écrire, pour pouvoir leur apprendre quand le moment sera venu.

Kali fit la grimace, mais elle avait bon caractère ; elle ne se fâcha pas.

Quand j'écrivais, Nathan venait souvent s'asseoir à côté de moi. La première fois qu'il s'approcha pour voir ce que je faisais, il resta assis silencieux, les sourcils froncés ; après m'avoir regardée un moment, il s'éloigna et quand il revint, son visage était détendu.

— C'est bien, dit-il en me caressant les cheveux. Tu es très intelligente, Ruku, je te l'ai déjà dit.

Je crois qu'il fit un gros effort pour me dire cela, et son attitude ne changea jamais. C'était caractéristique de mon mari ; quand il avait bien réfléchi à un problème, il adoptait une attitude et n'en démordait pas, quoi qu'il pût lui en coûter. Je suis certaine qu'il n'avait pas accepté facilement le fait que sa femme était plus instruite que lui — Nathan malheureusement n'était même pas capable de signer son nom ; cependant il ne chercha pas une seule fois à faire usage de son autorité et à me priver de mon plaisir, comme l'auraient fait des hommes plus médiocres.

Comme je ne travaillais plus aux champs, je passais le plus clair de mon temps à m'occuper de mon petit jardin : les haricots, les *binjals*, les piments, et les plants de potiron qui avaient été mon premier succès. Leur croissance était pour moi une source constante d'émerveillement — du moment où la graine se fendait pour laisser passage aux premières pousses vertes, jusqu'au moment où naissaient les bourgeons et les fruits. J'étais jeune et pleine d'imagination à ce moment-là, et je me figurais que leur croissance n'était pas, comme la mienne, inconsciente, mais que chacune des petites boulettes dures et sèches que je tenais dans le creux de ma main contenait en elle le secret de la vie, replié sur lui-même tout au cœur de la graine, sous son vêtement de feuilles protectrices, fragile, évanescent, se dissipant au premier contact, au premier regard. Et chaque tendre pousse qui déployait à mes yeux impatients sa petite feuille verte ajoutait à mon émotion, toujours plus ailée, plus émerveillée.

— Tu t'y habitueras, disait Nathan. Quand tu auras semé et récolté plusieurs fois, tu ne feras plus attention à ces choses.

J'ai souvent semé et récolté, mais l'émerveillement n'a pas cessé.

J'étais en train d'attacher les vrilles des haricots au treillage que j'avais construit quand je vis tressaillir les feuilles des potirons. Je pensai : les fruits commencent à mûrir, les oiseaux sont déjà là. Ou peut-être les souris. Abandonnant mes haricots j'allai voir, et je me penchai pour écarter les feuilles de la main.

Pourquoi le serpent n'a-t-il pas frappé tout de suite ?

La hardiesse de cette main humaine qui le touchait a-t-elle figé de surprise le cobra ? Le contact froid du reptile fit reculer ma main, mes ongles s'enfoncèrent dans mes paumes, les feuilles que j'avais écartées reformèrent leur écran. Un moment mes jambes restèrent plantées, rigides, à côté des potirons, puis le sang se remit à courir dans mes membres et je pris la fuite, sans me retourner, en hurlant de terreur.

Nathan se précipita vers moi, me renversant presque ; il se saisit et me secoua.

— Qu'est-ce qu'il y a ? Qu'est-ce qu'il y a ? cria-t-il d'une voix rude.

Presque sans voix et sans souffle, je murmurai :

— Un serpent. Un cobra. Je l'ai touché.

Il me regarda comme si j'étais folle.

— Rentre dans la maison et restes-y, dit-il.

Dans ma terreur, je ne souhaitais que me laisser tomber à ses pieds, et le supplier de ne pas m'abandonner, mais il me fixait d'un regard impitoyable. Finalement, je m'éloignai, domptée, et vidée peu à peu de ma panique.

— Le serpent n'a pas bougé, dit Nathan quand il revint.

Il avait coupé le serpent en morceaux avec sa faux et les avait enterrés pour qu'ils ne risquent plus de m'impressionner.

— Tu es pourtant assez vieille pour savoir qu'il ne faut pas s'occuper d'eux, me dit-il. On en trouve partout — serpents d'arbres, serpents d'eau, serpents de terre. Il suffit de faire attention et ils passent à côté de vous sans danger.

— Je le sais, dis-je, honteuse mais un peu

remise. Mais toucher un serpent, c'est tout autre chose que de le regarder. C'est la première fois que j'en touche un.

— Et la dernière, me dit Nathan avec un sourire. Je ne t'ai jamais vu courir aussi vite, même avant que tu ne sois enceinte.

Je baissai les yeux, toute décontenancée. Je commençais à avoir beaucoup de mal à me déplacer. Je me rendais compte que je devais avoir l'air d'un buffle, à galoper avec une telle ardeur.

— Ne t'inquiète pas, me dit Nathan doucement. Ce sera bientôt fini maintenant.

Il avait raison. Je ne sais si ce fut à cause de la peur ou de la course, en tout cas mon enfant naquit quelques jours plus tard, un mois trop tôt, mais en bonne santé. Kali arriva dès qu'elle fut avertie, et la sage-femme quelques heures plus tard, mais en temps utile pour mettre l'enfant au monde. Elles le placèrent dans mes bras, en silence, quand je fus un peu remise de la naissance. Je découvris le petit corps, beau et fort, mais indiscutablement un corps de fille.

Je me détournai et, malgré mes efforts, les larmes me vinrent aux yeux, larmes de faiblesse et de désappointement. Quelle est la femme qui souhaite que son premier enfant soit une fille ? Elles me retirèrent l'enfant. Kali me dit :

— Ne te tourmente pas. Il y en aura beaucoup d'autres. Tu as bien le temps.

C'est si facile d'être philosophe quand on a vu se réaliser ses propres vœux. Kali avait déjà trois fils, elle pouvait se permettre de me consoler.

Quand je me rappelle la façon dont Kali m'aida au moment de la naissance de ce premier enfant, j'ai honte d'avoir eu de telles pensées ; ma seule excuse est que l'on ne peut pas empêcher les pensées de vous venir, ce n'est qu'après qu'on peut les chasser. Ce que j'avais fait pour Kunthi, Kali le fit pour moi — mais infiniment mieux :

elle balaya, nettoya, fit la lessive et la cuisine. Elle se donna même le mal d'arroser le jardin et, un matin, je la vis qui soignait les pieds de potirons chargés de fleurs. Je me sentis de nouveau glacée d'horreur : mes paumes devinrent moites et je crus sentir contre ma peau le contact du serpent. Je criai pour l'appeler, et elle vint en courant, visiblement effrayée par l'accent affolé de ma voix.

— Que se passe-t-il ? me demanda-t-elle d'une voix haletante, en se précipitant à mon chevet.

Le bébé s'était éveillé et pleurait de toutes ses forces, si bien qu'elle était obligée de crier. J'étais si heureuse de la voir saine et sauve, que le soulagement me rendait muette. Finalement, d'une voix tremblante, je lui racontai mon aventure avec le cobra, et un peu honteuse, avec le recul du temps, de faire tant d'histoires, j'exagérai la grosseur de l'animal (le dotant d'une taille exceptionnelle) et le danger mortel que j'avais couru.

Les femmes sont quelquefois plus réconfortantes que les hommes ; ce fut le cas de Kali.

— Pauvre petite, me dit-elle. Ce n'est pas drôle que tu sois terrifiée. On le serait à moins. Dommage que ton mari ait tué le cobra, c'est un animal sacré.

— Quelle idiote ! me dit Nathan avec mépris quand je lui rapportai ce propos. Qu'est-ce qu'elle aurait voulu que je fasse — que je me prosterne devant lui pendant qu'il plantait ses crocs dans le corps de ma femme ? Ça suffit, n'y pense plus.

C'est en somme ce que je fis, sauf en une ou deux occasions où, voyant l'épaisseur des plants de potirons, je me demandai avec inquiétude s'il n'y avait pas quelque chose de caché dans l'épaisseur des feuillages ; alors je m'emparais d'un couteau et d'une pelle, dans l'intention de nettoyer ce fourré ; mais quand je m'approchais et que je découvrais les feuilles larges et luisantes, les vrilles d'un vert tendre, je n'avais pas le courage de mener à bien ma tâche ; et maintenant je suis contente de ne pas l'avoir fait, car je récoltai, année après année, des potirons d'une taille et d'une couleur que je n'ai vues nulle part ailleurs.

Nous donnâmes à notre fille le nom d'Irawaddy, le nom d'un des grands fleuves de l'Asie, car entre toutes choses l'eau nous était précieuse : mais c'était un nom trop long pour un être aussi minuscule, et bientôt elle devint Ira. Au commencement Nathan ne fit guère attention à elle ; il souhaitait avoir un fils qui portât son nom et partageât ses travaux, et non pas un nourrisson vagissant qui, un jour, lui demanderait une dot et s'en irait, ne laissant derrière elle qu'un souvenir. Mais bientôt elle cessa d'être un nourrisson vagissant et quand, à l'âge de dix mois, elle l'appela « Apa » — c'est-à-dire père — il commença à s'intéresser très vivement à elle.

C'était un bel enfant plein de fossettes, aux cheveux doux et luisants. Je me demande d'où elle tenait sa beauté : ni de Nathan ni de moi, en tout cas ; et beaucoup de gens en dehors de nous en faisaient la remarque. Quant à moi, j'ignorais totalement comment j'avais pu procréer un si beau bébé ; j'étais fière d'elle et heureuse, même quand les gens faisaient semblant de ne pas croire que je puisse être sa mère. « Voilà vraiment un miracle », disaient-ils, et ils comparaient mon cas à celui d'autres parents tout à fait ordinaires qui avaient eu, eux aussi, des enfants d'un éclat hors pair ; ou à celui de tel couple pieux qui avait mis au monde un bandit. Je préférais penser que ceux à qui la beauté est refusée ont leur récompense : j'avais la mienne.

— Elle te ressemble, disait Nathan en l'examinant, mais il était le seul à le penser.

Avant longtemps elle commença à se traîner à quatre pattes à travers la maison, à suivre son père aux champs, à s'attacher à mes pas pendant que je vaquais à mes travaux ; très vite, elle se mit à marcher.

— C'est trop tôt, me dit Kali d'un ton sentencieux, elle va avoir les jambes arquées. Au début cette remarque m'impressionna ; chaque fois que je voyais Ira essayer de se mettre debout et de marcher, je me précipitais pour la prendre dans mes bras ; mais il fut bientôt impossible de l'en empêcher. J'y aurais passé le plus clair de mon temps et j'avais autre chose à faire. Les semailles étaient proches et, toute la journée, j'étais dehors avec Nathan à planter le riz dans les champs qu'on avait asséchés. C'était aussi le moment de planter le grain, la terre était prête à le recevoir. Mon mari labourait, maintenant la charrue droite derrière les deux bœufs ; moi je le suivais, lançant la graine des deux côtés et la recouvrant ensuite de terre prise dans le panier que je portais sur la hanche.

Quand tout cela fut terminé, vint le moment de refaire la couverture de chaume de notre hutte. Elle avait bien résisté au soleil et au vent, mais après les pluies et la mousson, elle se détériora par endroits ; il valait mieux s'en occuper en temps utile. Nathan coupa des branches du cocotier qui poussait à côté de notre hutte et les fit sécher ; tous les deux, nous nous mîmes à tordre la fibre et à attacher les feuilles pour refaire le toit, consolidant ensuite le tout avec de l'argile.

Ira ne nous gênait en rien. Elle se contentait de s'amuser toute seule au soleil, riant aux oiseaux et à tout ce qu'elle voyait, y compris ses parents ravis ; quand il faisait chaud et qu'elle commençait à s'énerver, j'accrochais un morceau de tissu à une branche et je l'y couchais : elle s'endormait sans difficulté. Ma mère s'attacha particulièrement à elle ; elle venait souvent nous voir malgré le voyage de plusieurs heures en char à bœufs que cela lui imposait, voyage très fatigant pour quelqu'un qui n'est plus très jeune. J'allais quelquefois rendre visite à mes parents, mais rarement, parce que j'avais beaucoup à faire chez moi ; ma mère, qui savait à quoi s'en tenir, ne me reprocha jamais de rester trop longtemps sans venir les voir.

3

« Ne vous inquiétez pas pour cela, me disait-on, vous allez vous faire venir des rides. » On me le dit toujours, mais maintenant les rides sont là et de « cela » on ne parle plus. Kali le disait et je savais qu'elle pensait à sa propre progéniture. Kunthi le disait et dans son regard passait le souvenir de ses propres enfants. Janaki disait avec amertume qu'elle aurait bien voulu être comme moi : ce n'était pas drôle d'avoir un enfant tous les ans. Nathan était le seul à ne pas le dire ; lui aussi se tourmentait et il était plus avisé. Nous n'en parlions pas mais nous y pensions toujours : nous étions glacés par la crainte qu'Ira restât notre seule enfant.

Ma mère, chaque fois que j'allais la voir, m'obligeait à l'accompagner au temple, et ensemble nous nous répandions en prières devant la déesse, implorant son aide jusqu'à en avoir le vertige. Mais les dieux ont autre chose à faire : Ils ne peuvent prêter l'oreille aux suppliques de tous les fidèles qui osent exposer leurs soucis à la face du ciel. Et ainsi passèrent les années, et nous n'avions toujours qu'un enfant, une fille.

Quand Ira approcha de ses six ans, ma mère fut atteinte de consomption et elle devint bientôt si faible qu'elle ne put se lever de son lit. Pourtant au milieu de ses souffrances, elle pensait encore à moi et un jour elle me fit signe de m'approcher d'elle et me mit dans la main un petit lingam de pierre, symbole de fécondité.

— Porte-le, dit-elle. Le jour viendra où tu auras de nombreux fils. Je les vois, et ce que voient les mourants se réalise... sois-en certaine, ce n'est pas une illusion.

— Repose-toi tranquillement, dis-je. Tu guériras.

Elle ne guérit pas — personne n'avait pensé que ce fût possible — mais elle traîna longtemps. Dans ses derniers mois, mon père fit venir le nouveau docteur qui s'était établi dans le village. Personne ne savait d'où il venait ni qui le payait, mais il était là et on disait beaucoup de bien de lui, bien qu'il fût étranger. Quant à mon père, il aurait fait venir le diable en personne pour éviter toute souffrance à ma mère. C'est donc au milieu de l'affliction que je rencontrai pour la première fois Kennington, que les gens appelaient Kenny. Il était grand, décharné, il avait une peau très pâle et ses yeux, très enfoncés dans leurs orbites, avaient la couleur de l'aile du martin-pêcheur : entre le bleu et le vert. Je n'avais jamais vu un blanc de si près auparavant, aussi ne pouvais-je détacher mes yeux de lui.

— Quand vous en aurez assez de m'examiner, me dit-il froidement, vous pourrez peut-être me conduire auprès de votre mère.

Je sursautai car je ne m'étais pas rendu compte que je le dévorais des yeux. Je sursautai aussi de l'entendre parler notre langue.

— Je vais vous conduire, dis-je, en bafouillant de confusion.

Ma mère savait qu'il n'était pas du pouvoir des hommes de la sauver et elle n'attendait pas de miracle. Entre elle et cet homme, tout jeune qu'il était, il y avait une mutuelle compréhension et un respect réciproque. Il ne lui disait pas de mensonges et elle avait confiance en lui. Il venait souvent, quelquefois même sans être appelé ; et sa présence, autant que les poudres et les pilules qu'il lui faisait prendre, soulageait ma mère. Quand elle mourut, ce fut de la même façon, sans se débattre, si bien que, malgré le chagrin que nous éprouvâmes de sa mort, nos cœurs ne furent pas déchirés par sa souffrance.

Avant de repartir pour mon village, je dis au médecin qu'il était impossible de le payer de ce qu'il avait fait. « Rappelez-vous simplement lui dis-je, que ma maison est à vous, avec tout ce qu'il y a dedans. »

Il me remercia gravement et au moment où je faisais demi-tour pour sortir il leva la main pour m'arrêter.

— Vous avez quelque chose, me dit-il. On le voit dans vos yeux et c'est inscrit sur votre visage. Qu'avez-vous ?

— Est-ce que vous n'auriez pas de chagrin aussi, lui dis-je, si la femme qui vous a donné le jour n'était plus qu'une poignée de cendres ?

— Il n'y a pas que cela. Votre chagrin est plus ancien. Pourquoi mentez-vous ?

Je levai les yeux vers lui, il me regardait. Je pensai : ma mère lui a certainement parlé, il est au courant. Mais, comme s'il avait deviné mes pensées, il secoua la tête : « Non, je ne suis pas au courant. Dites-le moi. »

J'hésitai. C'était un étranger ; je n'avais plus peur de lui, mais il y avait si longtemps que le secret était enfermé dans mon cœur, qu'il ne m'était pas facile de parler.

— Je n'ai pas de fils, dis-je enfin d'un ton accablé. Je n'ai qu'un enfant, une fille.

Maintenant que j'avais commencé, les mots coulaient d'eux-mêmes, je ne pouvais plus m'arrêter. « Pourquoi faut-il qu'il en soit ainsi, m'écriai-je. Qu'avons-nous fait pour être punis de la sorte ? Ne suis-je pas saine et en bonne santé ? N'ai-je pas une fille si belle que les gens se retournent pour la voir quand elle passe ? »

— Ça n'a pas l'air de vous consoler ! me dit-il d'un ton bref.

J'attendis. Je pensais : s'il veut m'aider, il le peut. J'avais tellement confiance en lui. Les battements de mon cœur rythmaient une prière.

— Venez me voir, me dit-il enfin. Il est possible que je sois en mesure de faire quelque chose... Rappelez-vous, je ne promets rien.

Mes craintes revinrent m'assaillir. Je n'avais jamais été voir ce genre de docteur ; il était brusquement devenu terrifiant.

— Vous êtes une ignorante et une sotte, me dit-il brusquement. Je ne vous ferai pas de mal.

Je me retirai furtivement, je ne savais pas de quoi j'avais peur. Ma foi dans le fétiche que m'avait donné ma mère augmenta encore, je le portais constamment suspendu entre mes seins. Mais rien n'arriva. Finalement, je me rendis chez le médecin, le suppliant de faire ce qu'il pourrait. Il ne me rappela même pas le passé.

Ira avait sept ans quand naquit mon premier fils, et elle s'intéressa beaucoup au nouveau venu. Pauvre enfant, elle avait dû se sentir bien seule pendant toutes ces années. Les enfants de Kali et de Janaki étaient beaucoup plus âgés ; quant à Kunthi, elle préférait se tenir à l'écart. Son fils était un enfant solide et aurait fait pour notre fille un bon compagnon de jeux ; mais au fur et à mesure que passaient les années ses visites à notre maison s'espaçaient, si bien que finalement nous devînmes des étrangères l'une pour l'autre.

L'arrivée d'un fils transporta de joie mon mari ; et presque autant mon père. Le vieil homme fit le long trajet en charrette depuis notre village pour tenir son petit-fils dans ses bras.

— Ta mère aurait été si heureuse, me dit-il. Elle était toujours en train de prier pour toi.

— Elle savait, lui dis-je. Elle avait dit que j'aurais de nombreux fils.

Quant à Nathan il fallut pour le contenter faire part de la naissance à tout le village — comme si chacun n'était pas déjà au courant. Le dixième jour il invita tout le monde à festoyer et à se réjouir avec nous de notre bonne fortune. Kali et Janaki vinrent toutes les deux pour m'aider à préparer les victuailles ; la réserve de Kunthi elle-même fondit un peu quand elle prit mon fils dans ses bras pour le montrer à nos visiteurs. Nous préparâmes ensemble des montagnes de riz teinté de safran et frit au beurre. Nous fîmes des carys épicés avec des piments et des lentilles ; des entremets de toutes sortes, des plats savoureux de sucre brun et de fruits ; des poissons grillés ; des noix rôties au feu ; nous remplîmes dix gourdes de lait de noix de coco ; et nous coupâmes des feuilles de plantain pour servir de plats. Quand tout fut prêt, nous alignâmes les feuilles sous la tente de mariage aux couleurs éclatantes que Nathan avait empruntée pour cette occasion et nous passâmes de longues et joyeuses heures à manger et à boire. Plus tard nous persuadâmes Kunthi de jouer pour nous de son *bulbul tara :* elle jouait très bien, touchant les cordes de ses doigts élancés et chantant d'une voix si basse et claire que les gens prêtaient l'oreille pour l'entendre et faisaient silence.

Le bébé, qui avait dormi profondément au milieu du tumulte, s'éveilla alors dans ce silence inattendu et se mit à pleurer. Kunthi cessa de jouer. Les gens s'amassèrent autour de moi pour essayer de caresser l'enfant à qui ils devaient cette fête — pourtant il n'était pas très beau avec sa figure toute plissée et sa bouche grand ouverte qui laissait échapper des hurlements incessants.

— Quelle histoire, me dit Kali. On croirait vraiment que l'enfant a des ailes, pour le moins.

— Pendant sept ans nous l'avons attendu, dit Nathan, les yeux brillants, avec ailes ou sans ailes.

La personne que je désirais par-dessus tout voir à notre fête n'était pas là. J'étais allée chercher le médecin, mais il était introuvable. « Il va et vient, m'avait-on dit. Personne ne sait où il va ni pourquoi. » Il m'avait donc bien fallu me passer de lui ; mais on ne peut se forcer à être gai et Nathan avait bien remarqué mon air préoccupé.

— Qu'est-ce qu'il y a encore ? me dit-il. Tu n'es pas heureuse ? Tu es comme Kali avec ses ailes, tu veux la lune, toi aussi ?

— Certainement pas, lui répondis-je. C'est simplement que j'aurais souhaité voir Kenny parmi nous. Il a tant fait pour ma mère.

Je pensai : « Et pour nous », mais je gardai le silence ; au début j'avais préféré cacher à mon mari que je me mettais entre les mains d'un étranger, car je ne savais pas quelle pourrait être sa réaction. Je m'étais consolée en me disant qu'il serait bien temps de lui apprendre la vérité si nous avions un enfant ; mais voilà que j'avais découvert que je ne pouvais plus le faire, parce qu'il m'aurait certainement demandé pourquoi je ne lui en avais pas parlé plus tôt... Quel mal y a-t-il à cela ? pensai-je. Je ne lui ai pas menti, il y a simplement eu ce silence...

Chez les gens comme nous, il vaut mieux être l'aîné : les ressources dont on dispose sont ensuite partagées en portions de plus en plus petites. Ira avait été bien nourrie, de lait, de beurre et de riz ; Arjun aussi qui était le premier garçon. Mais ceux qui vinrent après eurent de moins en moins. J'eus quatre fils en quatre ans — Thambi, Murugan, Raja et Selvam. On aurait dit que tous les désirs insatisfaits de mes années sans enfants portaient maintenant leurs fruits. J'eus beaucoup de chance car ils furent tous, sans exception, très robustes ; et pendant leurs premières années ma fille s'occupa d'eux presque autant que moi. Elle avait un don particulier pour s'occuper des enfants. Toute jeune encore elle s'en tirait déjà mieux que bien des femmes faites !

Comme les enfants grandissent vite ! Ce sont des nourrissons — vous tournez une minute les yeux et quand vous les regardez de nouveau, ce ne sont plus des bébés. Notre petite fille courut ainsi dans le soleil, toute nue et toute belle de n'avoir pas de vêtement pour déformer ses membres ou gêner ses mouvements. Puis un jour — longtemps avant la naissance d'Arjun, elle avait alors cinq ans — Nathan me la montra du doigt qui jouait dans les champs.

— Habille-la, me dit-il, il en est temps.

Je voulus protester, dire qu'elle était encore un bébé ; mais bien entendu Nathan avait raison ; elle ne serait plus jamais un bébé. Aussi lui fis-je une petite jupe, tissant avec le coton blanc des couleurs brillantes susceptibles de lui plaire ; et elle lui plut un certain temps, en effet. Elle était toute heureuse de la porter et elle la faisait danser autour d'elle en une ronde effrénée. Mais quand la chose eut perdu le charme de la nouveauté elle devint rétive et voulut arracher son vêtement. Il lui fallut un mois pour se résigner à le porter.

Maintenant que nous avions six enfants à nourrir, nous ne pouvions plus nous permettre de manger tous les légumes que nous faisions pousser. Une fois par semaine je récoltais et j'emballais les produits de notre jardin, choisissant les plus beaux légumes et ne gardant pour nous que ceux qui étaient gâtés ou abîmés ; je couvrais le panier de feuilles et je partais pour le village. La vieille Grand-Mère était toujours heureuse de m'acheter quelque chose, et au début je me dirigeais toujours vers le coin de rue où elle se tenait assise, son sac en toile de jute étendu devant elle. La vieille femme prenait les *brinjals* pourpres et les potirons jaunes, les piments brillants verts et rouges ; elle les tâtait de ses doigts ridés et elle me faisait toujours compliment de leur taille.

— Ils sont uniques en leur genre, disait-elle. Quelle couleur, quelle fraîcheur !

Peut-être disait-elle la même chose à tous ceux qui allaient à elle, mais cela me faisait un plaisir absurde et j'avais le cœur en fête quand je la quittais. Puis un jour Biswas, le prêteur, m'arrêta dans la rue. J'aurais poursuivi mon chemin après un rapide échange de politesses — les gens comme nous ont une aversion instinctive pour les prêteurs — mais il me barra la route.

— Alors, Rukmani, me dit-il, toujours pressée, à ce que je vois !

— Mes enfants ne sont pas d'âge à rester seuls longtemps, lui dis-je avec civilité.

— Tu as certainement le temps tout de même de faire une petite affaire avec moi ?

— De quelle affaire s'agit-il ?

— Acheter et vendre, me dit-il en ricanant, ce qui est ton métier comme le mien est de prêter.

— Si vous voulez vous exprimer clairement, lui dis-je, je veux bien vous écouter ; autrement il faut que je poursuive mon chemin.

— Ces légumes, me dit-il, que la vieille Grand-Mère t'achète. Quel prix t'en donne-t-elle ?

— Un bon prix, dis-je, et sans marchandage.

— Je te donnerai quatre annas pour la douzaine de *brinjals* et six annas par potiron de bonne taille.

Il m'offrait au moins le double de ce que me donnait la vieille Grand-Mère.

Je m'éloignai. La semaine suivante, je lui vendis presque tout le contenu de mon panier, ne gardant que peu de choses pour la vieille Grand-Mère. Je n'avais aucun plaisir à lui vendre ma récolte, bien qu'il m'en donnât un meilleur prix. Avec lui c'était une affaire et rien d'autre, jamais une plaisanterie ou un sourire — peut-être était-ce la flatterie que je regrettais ; j'aurais de beaucoup préféré que tout fût comme autrefois. Mais c'est toujours la même histoire, on ne peut pas choisir.

A ma grande surprise la Grand-Mère ne fit aucun commentaire ; elle se contenta de sourire pour me rassurer quand, d'un air coupable, je murmurai que nos besoins à la maison augmentaient. Au début peut-être ne savait-elle rien ; mais après plusieurs semaines où je ne lui avais vendu qu'un petit potiron ou une demi-douzaine de *brinjals*, elle ne put manquer de deviner la vérité. Mais elle ne dit rien, et moi non plus ; nous savions toutes deux qu'il lui était impossible de me payer davantage et que je ne pouvais me permettre de vendre moins cher. Même dans ces conditions, nous devions nous passer de beaucoup de choses. Nous n'avions plus de lait à la maison, si ce n'est pour les enfants les plus jeunes ; le lait caillé et le beurre n'étaient plus abordables pour nous, sauf en de rares occasions. Mais nous n'eûmes jamais faim, comme c'était le cas pour certaines familles. Nous faisions pousser nos plantains et nos noix de coco, les récoltes étaient bonnes et il y avait toujours de quoi manger à la maison — à tout le moins un sac de riz et un peu de lentilles. Puis quand on asséchait les gradins où l'on cultivait le riz, il y avait toujours les poissons qui avaient frayé au milieu du riz ; ceux que nous ne pouvions manger tout de suite, nous les mettions en réserve, séchés et salés. Tous les mois, je mettais de côté une roupie ou deux, en vue du moment où Ira se marierait. Nous n'avions toujours pas de raisons de nous plaindre.

4

Le changement n'était pas une nouveauté pour moi. J'avais déjà vu de lentes évolutions. Mon père autrefois avait été chef du village, une des notabilités ; je l'avais vu au cours des années perdre peu à peu son importance, mais la transformation avait été si lente que, sur le moment, nous nous en étions à peine rendu compte. J'avais vu mon père et ma mère s'enfoncer peu à peu dans la vieillesse et dans la mort, mais là aussi il n'y avait pas eu de changement brutal. Au contraire le changement qui se produisit alors dans ma vie et dans notre vie à tous, bouleversant tout dans le village, s'effectua, nous sembla-t-il, en un clin d'œil.

Arjun courut nous apporter la nouvelle. Il avait fait au pas de course tout le chemin depuis le village et il nous fallut attendre qu'il retrouvât sa respiration. « Des centaines d'hommes, nous dit-il dans un souffle. Ils démolissent les maisons autour de la place et il y a toute une file de chars à bœufs qui apportent des briques. »

Les autres enfants s'étaient assemblés autour de lui, les yeux pleins de curiosité. Arjun était gonflé de son importance. « J'y retourne, annonça-t-il, il y a des tas de choses à voir. »

Nathan leva les yeux du grain qu'il était en train de mesurer avant de le ranger dans des sacs dans la réserve. « C'est la nouvelle tannerie qu'on est en train de construire, dit-il, j'en ai entendu parler. »

Arjun, partagé entre son désir de retourner là-bas au plus vite et son envie d'en apprendre plus de son père, se balançait nerveusement sur ses talons ; mais Nathan n'ajouta rien. Il rangea soigneusement le grain dans le grenier, puis il se leva. « Allons voir », nous dit-il.

Toutes les familles étaient sorties ; la nouvelle s'était répandue rapidement. Kali et son mari, Kunthi et ses garçons, Janaki entourée de sa nombreuse progéniture, même la vieille Grand-Mère, tout le monde était venu voir. Les enfants étaient partout, se poursuivant au milieu de la foule, s'interpellant avec des cris aigus, surexcités. Les chiens effrayés ajoutaient au vacarme. Nous formions un cercle autour des premiers arrivés, une cinquantaine d'hommes qui déchargeaient des briques des chars à bœufs. Ils parlaient notre langue, mais avec une intonation différente qui nous en rendait la compréhension difficile.

— Des gens de la ville, murmura Kali. Ils

disent qu'ils ont parcouru plus de cent milles pour venir jusqu'ici.

Elle avait tendance à exagérer et de plus elle croyait tout ce qu'on lui racontait.

Les hommes étaient placés sous la direction d'un contremaître qui leur ressemblait et parlait comme eux, mais qui portait une chemise et un pantalon et qui avait sur la tête un chapeau comme je n'en avais vu auparavant qu'à Kenny : un casque colonial couleur de paille. Les autres étaient vêtus de pagnes et de turbans, quelques-uns avaient une chemise ; mais au fur et à mesure que s'avança la journée ils se débarrassèrent un à un de leur chemise, si bien qu'à la fin ils étaient tous comme nos hommes.

Les ouvriers travaillaient bien et vite, tout en nous regardant fréquemment à la dérobée ; ils semblaient tout heureux d'avoir fait un tel remue-ménage et attiré tant de spectateurs. Quant au contremaître, il faisait étalage de son autorité, il donnait ses ordres d'une voix forte et en gesticulant beaucoup, mais se gardait bien de mettre la main à la pâte. Malgré cela il devait avoir très chaud, debout, à agiter les bras dans toutes les directions : sa chemise lui collait au dos et de temps en temps il soulevait son chapeau comme pour laisser le vent lui rafraîchir la tête.

Tout cela dura jusqu'au moment où un mouvement prit naissance sur les bords du cercle dont nous étions l'anneau intérieur. La foule s'écarta ; le mouvement se propagea jusqu'à nous et nous nous écartâmes aussi pour laisser passer un homme blanc de haute taille. Il portait un casque colonial blanc et il était accompagné de trois ou quatre hommes vêtus comme lui de shorts. Le contremaître s'avança vers lui avec force courbettes et l'homme au visage rouge lui parla rapidement, mais si bas que nous ne pûmes entendre ce qu'il disait. Le contremaître l'écouta respectueusement puis il commença à nous dire de nous éloigner, pour ne pas déranger ses hommes, lui qui, si longtemps, avait paru heureux d'avoir tant de spectateurs. Oui, il était là sur notre place, dans notre village, à nous dire de nous en aller !...

— Comme s'il était notre maître, murmura Kannan le savetier. Je pense qu'il prévoyait déjà qu'on allait lui arracher son moyen d'existence, lui qui salait et tannait les peaux pour en faire des *chaplis* pour les gens du village. Aussi resta-t-il planté là, fixant le contremaître d'un œil furieux et refusant de bouger, en compagnie de quelques autres, irrités par le ton hautain des ordres qui s'échappaient à flot des lèvres de l'homme ; mais la plupart d'entre nous s'éloignèrent, l'esprit occupé de leurs petites affaires.

Pendant deux mois, chaque jour, la file de chars à bœufs continua d'apporter des briques, des pierres et du ciment, des feuilles de fer-blanc et de tôle ondulée, des rouleaux de cordes et de chanvre. Les *kilns* des villages voisins ne cessaient de faire cuire les briques, mais leur production était insuffisante ; les chars allaient de plus en plus loin, pour revenir couverts de poussière et chargés de briques. Jour et nuit des femmes travaillaient à tordre les cordes (elles n'arrivaient pas à suffire à la demande), et les commerçants faisaient fortune à vendre leurs marchandises aux ouvriers. Ces hommes étaient très bien payés, certains d'entre eux gagnaient deux roupies par jour ; alors que même dans les bonnes périodes, nous n'en gagnions pas autant, et ils dépensaient largement : riz, légumes, lentilles, gâteaux et fruits. Autour de la place, ils avaient construit leurs huttes — il n'y avait pas d'autre emplacement pour eux, et ils avaient amené leurs femmes et leurs enfants, formant une communauté indépendante. La nuit nous apercevions leurs feux et, dans la journée, nous entendions le bruit qu'ils faisaient, un bruit puissant, incessant, un vacarme strident et assourdissant, une cacophonie de voix, coupée quelquefois d'une sorte de mélopée qui les aidait dans leur effort pour mettre en place une lourde poutre, ou lever jusqu'au toit une charge de feuilles de fer-blanc.

Puis un jour le bâtiment fut terminé. Les ouvriers s'en allèrent, emportant tout ce qu'ils possédaient, ne laissant derrière eux que des huttes vides. Le silence se fit. Dans ce calme inhabituel nous nous demandâmes tous ce qui allait arriver. Une semaine passa, puis une autre. Notre peur se dissipa et nous entrâmes dans le bâtiment. Nous nous mîmes à fureter dans les moindres coins et recoins, à examiner les grandes fosses et les grands fûts qui avaient été installés ; puis notre curiosité s'apaisa, et nous reprîmes nos travaux dans les champs et à la maison.

Certains commerçants — ceux qui avaient augmenté leurs prix et gagné de l'argent — regrettaient le départ des ouvriers. Je n'étais pas du nombre. Ils avaient envahi notre village dans le vacarme et le fracas, ils nous avaient pris la place où jouaient nos enfants. C'était à cause d'eux que le prix des denrées était devenu trop élevé pour nous. Non, je ne les regrettais pas.

— Ils reviendront, me dit Nathan, mon mari. Ou bien d'autres prendront leur place. Est-ce qu'ils ne t'ont pas fait faire des bénéfices ? Est-ce que tu n'as pas vendu tes potirons et tes plantains plus cher qu'avant ?

— Oui, lui dis-je, car c'était vrai. Mais que pouvais-je acheter avec mon argent ? Tout était si cher partout. Nous n'avons mangé ni sucre, ni lentilles, ni beurre fondu depuis leur arrivée et nous aurions dû continuer à nous en passer s'ils étaient restés !

— Malgré tout, dit Nathan, ils reviendront : tu peux être sûre qu'ils ne se sont pas donné tout ce mal pour laisser simplement un bâtiment vide au milieu du village. Tu ferais donc mieux de te résigner.

— Jamais, jamais, m'écriai-je. Peut-être vivront-ils au milieu de nous, mais je n'accepterai jamais leur présence, parce qu'ils s'imposent à nous, qu'ils nous transforment tous tant que nous sommes en commerçants, qu'ils nous obligent à amasser de l'argent que nous ne pouvons pas dépenser et à affamer nos enfants alors que les leurs se gobergent ; c'est seulement dans l'espoir qu'un jour les choses redeviendraient ce qu'elles étaient que nous avons accepté tout cela. Maintenant qu'ils sont partis, oublions-les et reprenons nos habitudes.

— Quelle sottise, dit Nathan. Il est impossible de revenir en arrière. Courbe-toi comme le roseau si tu ne veux pas être brisée.

Nos enfants ne nous avaient jamais vus aussi sérieux, aussi véhéments. Trois de mes fils s'étaient groupés dans un coin et nous fixaient de leurs yeux écarquillés. Les deux plus jeunes étaient endormis, l'un dans les bras d'Ira, l'autre lourdement appuyé contre elle. Ira elle-même, accablée par leur poids, assise sur le plancher, se laissait aller contre le mur. Il y avait sur son doux et charmant visage une expression qui me serra le cœur.

— Après tout, dis-je, cachant ma pensée, j'exagère peut-être. S'ils reviennent nous aurons une belle dot à donner à notre fille et ce sera très bien.

L'air d'égarement disparut du visage d'Ira. C'était encore une enfant, malgré la maturité de ses treize ans, et, sans aucun doute, elle rêvait d'un mariage somptueux comme je l'avais fait moi-même.

Ils revinrent. Non pas les hommes qui étaient partis, mais d'autres ; et non pas tous à la fois, mais petit à petit. L'homme blanc au visage rouge revint avec un contremaître et s'occupa de tout. Il n'habitait pas le village ; il allait et venait ; les hommes, eux, reprirent les huttes qui étaient restées vides, les derniers arrivés s'établirent à côté de la rivière, amenant avec eux leurs femmes et leurs enfants ; d'autres se construisirent des huttes, pour eux et leur famille, sur la place, de plus en plus peuplée.

Je rentrai chez moi en remerciant le ciel de la distance respectable qui les séparait de nous ; si l'odeur de leurs mixtures et de leurs alcools empuantissait en permanence l'air vicié, leur vacarme du moins nous parvenait très atténué.

— Tu es une drôle de créature, me dit Kunthi, en haussant les sourcils. Tu n'es pas contente que notre village soit devenu une petite ville au lieu de la poignée de huttes qu'il était ? Bientôt il y aura des magasins et des restaurants, et même peut-être un cinéma comme celui où je suis allée avant mon mariage. Tu verras !

— Je n'en doute pas, lui dis-je. Et ça ne me fera aucun plaisir. Déjà mes enfants sont obligés de se boucher le nez quand ils passent et partout où l'on va ce ne sont que cris, disputes et bousculade. Même les oiseaux ne savent plus chanter ou alors nous ne savons plus les entendre.

— Tu n'es qu'une villageoise, me dit Kunthi, une ombre de mépris dans les yeux. Tu n'y comprends rien.

Si j'étais une villageoise, c'était aussi le cas de Kali et de Janaki, qui elles non plus n'avaient aucune sympathie pour les intrus ; mais au bout d'un moment Janaki avoua que maintenant elle savait au moins quoi faire de ses fils, puisque la terre ne pouvait les nourrir tous. Quant à Kali, elle avait toujours aimé avoir un auditoire à qui raconter ses histoires. Elles se consolèrent ainsi et rejetèrent à deux mains le passé pour pouvoir mieux saisir le présent ; moi je me tenais à l'écart, torturée, enviant leur facile résignation et tenant serré entre mes mains le souvenir du passé, comme un trésor.

Je crois que l'arrivée de la tannerie marqua la fin des jours d'insouciance de ma fille. Elle avait l'habitude d'aller et venir avec ses frères, qui avaient toute liberté d'action. Puis un jour, Kali, avec accompagnement de clins d'œil pleins de sous-entendus, nous fit savoir qu'il était temps de surveiller notre fille.

— Elle mûrit vite, dit-elle. Vous ne voyez donc pas le regard des jeunes gens s'attarder sur elle. Si vous ne faites pas attention, vous aurez du mal à lui trouver un mari.

— Ma fille n'est pas une dévergondée, dit Nathan. Ce ne sont pas seulement les hommes qui la regardent, mais aussi les femmes, parce qu'elle est belle.

— Pour ça, c'est vrai, reconnut généreusement Kali, mais il faut la surveiller d'autant plus.

Il était impossible d'avoir le dernier mot avec Kali, je le savais bien.

Après cela, sans vouloir nous l'avouer l'un à l'autre, nous prîmes beaucoup plus de soin d'Ira. La pauvre enfant fut toute troublée par les recommandations sans nombre dont nous l'accablâmes, et les limites imposées à sa liberté lui furent extrêmement pénibles. Mais elle ne laissa jamais échapper une plainte.

5

Pendant tout le temps que nous fûmes fermiers, nous ne vîmes jamais le propriétaire de la terre que nous exploitions. Sivaji le remplaçait ; et, comme c'était un homme bon et pitoyable, nous nous estimions heureux. A l'inverse de beaucoup d'autres il n'exigea jamais que nous le payions en nature jusqu'au dernier grain ; il nous permit toujours de garder les glanures ; il ne nous obligea jamais à lui faire des cadeaux de nourriture ou d'argent ; il ne réclama pas non plus pour son propre usage la bouse de vache qui se trouvait dans les champs, comme il aurait facilement pu le faire ; il se contenta de stipuler que nous devrions, Kali et moi, ramasser notre part des jours différents pour éviter toute discussion. De cette façon nous eûmes chacune notre juste quantité et il n'y eut jamais d'animosité entre nous.

Un matin de très bonne heure (la rosée étincelait encore sur l'herbe et on n'entendait pas encore le vacarme de la tannerie), je partis chercher ce qui me revenait. Il était préférable d'y aller très tôt, autrement on n'était pas sûr que les enfants n'en aient pas déjà ramassé une bonne quantité : la bouse de vache était facile à vendre, et à un bon prix. Plusieurs fois auparavant, j'avais vu des gamins sur notre terre, et je les avais chassés mais sans réussir à m'emparer de leur butin.

Ce matin-là, ma récolte était bonne ; j'eus vite empli le petit panier que j'avais emporté. Comme je me penchais pour ramasser la dernière poignée, je pris conscience de la présence de quelqu'un qui me regardait.

C'était Kenny, plus mince que lors de notre dernière entrevue. Mais comment aurais-je pu l'oublier ? Laissant mon panier, je courus à lui sans penser à mes mains sales, toute à la joie de l'accueillir.

— Mon Seigneur, mon bienfaiteur ! m'écriai-je. J'ai tant de fois désiré vous voir. Et voilà que finalement vous êtes venu.

Je me penchai pour lui embrasser les pieds, bien qu'ils fussent chaussés de souliers de cuir. Il se recula rapidement et me dit de me lever.

— Je ne suis pas un bienfaiteur, dit-il, ni un seigneur. Qu'est-ce qui vous tracasse ?

— Moi je sais que vous êtes mon bienfaiteur, lui dis-je avec décision. Mes cinq fils en sont la preuve.

— Ce n'est pas moi qu'il faut rendre responsable de vos excès, me dit-il en faisant la grimace ; mais ses yeux riaient, sans aucun doute, de ma mine déconfite.

— Venez avec moi, lui dis-je, reprenant mes esprits. Il faut que vous les voyiez, excès ou pas.

— Quelques minutes seulement, répliqua-t-il, je suis occupé. Comme je ramassais mon panier, il jeta un coup d'œil à son contenu. Je vois que vous ramassez le fumier et que vous l'emportez. Vous ne le laissez pas à la terre ?

— Certainement pas. La bouse de vache nous est trop utile dans nos maisons pour que nous en fassions cadeau à la terre ; elle nous sert de combustible, elle nous protège contre l'humidité et la chaleur et même contre les fourmis et les souris. Vous ne le saviez pas ?

— Je ne le sais que trop, me dit-il brièvement. Depuis toujours je vois vos femmes fabriquer des galettes de bouse de vache, les brûler et en barbouiller leurs huttes. Mais j'espérais que vous n'en étiez plus là, vous qui vivez de la terre et qui pourtant ne songez qu'à lui prendre sans rien lui donner.

— Qu'aurions-nous à la place ? dis-je doucement.

Il me suivit sans répondre. Tous les enfants étaient éveillés et attendaient l'eau de riz de leur repas du matin. Nathan travaillait au champ et j'envoyai un des garçons le chercher. J'étendis une natte pour Kenny ; il s'assit et nous nous groupâmes autour de lui. Mais on voyait bien qu'il n'avait pas l'habitude de s'asseoir jambes croisées sur le plancher ; ses genoux, au lieu de reposer sur la natte, pointaient, inclinés comme les cornes d'un bœuf ; et j'étais mal à l'aise pour lui et désolée de n'avoir rien d'autre à lui offrir.

Ira passa le riz et versa l'eau pour nous dans des bols de bois — nous gardions le riz lui-même pour notre repas de midi — mais dans un des bols elle ajouta une poignée de riz cuit et un peu de sel, luxe que nous ne pouvions pas nous permettre pour nous-mêmes ; elle donna ce bol à Kenny en s'inclinant très bas et en gardant les yeux baissés.

— Ma fille Irawaddy, dis-je toute fière de voir qu'elle connaissait ses devoirs envers un invité.

Kenny prit le bol en souriant.

— Vous êtes une bonne cuisinière pour quelqu'un de si jeune, dit-il, et il lui posa un moment la main sur la tête. Ira ne leva pas les yeux, mais son visage s'éclaira. Je me sentis heureuse aussi qu'il eût fait attention à mon enfant. Il parla tour à tour à chacun des autres jusqu'au moment où Murugan, mon troisième fils, fit son entrée en bondissant, la main dans la main de son père.

— Tu m'as souvent entendu parler de Kenny, dis-je à Nathan. Le voici : il a prouvé son amitié dans la maison de mon père. Je m'en tins là, passant le reste sous silence.

Mon mari salua Kenny.

— Effectivement, j'ai souvent entendu parler de lui, dit-il selon les règles, et je suis heureux qu'il honore notre pauvre maison de sa présence.

— Pas si pauvre, répondit l'autre poliment, car les femmes de votre famille vous font honneur et vous avez engendré cinq fils robustes.

Mon cœur tressaillit, à ces mots, de la crainte qu'il ne me trahisse : ce n'aurait pas été d'ailleurs une trahison : comment aurait-il pu savoir que je n'avais pas dit à mon mari que je m'étais fait soigner par lui ? Pourquoi avais-je eu la sottise de le lui cacher ? J'attendis en me mordant les lèvres mais Kenny n'en dit pas davantage.

Il revint souvent chez nous après cela. Il ne parlait ni de lui-même ni de sa femme, ses enfants, ses parents ou sa maison. Je tenais ma langue parce que je sentais que les questions l'auraient offensé. Et pourtant il aimait les enfants ; les miens étaient toujours impatients de le voir, lui faisaient toujours fête quand il venait, et lui, de son côté, les supportait patiemment, leur apportait souvent une demi-noix de coco ou un morceau de *ladus*, fait de noisettes roulées dans la cassonade, friandise que les enfants aimaient beaucoup. Un jour il arriva pendant que je donnais le sein à Selvam, le plus jeune de mes fils, qui avait plus de trois ans ; il vit que mes seins, à l'endroit où s'était trouvée la bouche de l'enfant, étaient blessés.

— Il y a longtemps que l'enfant devrait être sevré, me dit-il en fronçant les sourcils. Pourquoi insistez-vous ?

— Nous avons été obligés de vendre notre chèvre, lui dis-je. Je ne peux plus me permettre d'acheter du lait ; mais aussi longtemps que mon fils sera jeune et en aura besoin, je m'arrangerai pour lui en donner.

Après cela il m'apporta un peu de lait de vache

chaque fois qu'il le pouvait ou m'en fit apporter par un des enfants du village ; les enfants étaient toujours heureux de lui rendre service, il avait le secret de les attirer, il y avait toujours une petite troupe à le suivre.

Comme par le passé il allait et venait mystérieusement. Je ne savais pas grand-chose de lui en dehors du fait qu'il travaillait parmi les gens de la tannerie, qu'il passait de longues heures à les traiter et les guérir et qu'ensuite il rejoignait sa maison solitaire ; mais quand il quittait le village pour quelques jours ou pour plusieurs années, personne ne savait où il allait, ni ce qu'il faisait, et quand il revenait il était plus taciturne que jamais et personne n'osait lui poser de questions.

6

Je gardai Ira avec moi aussi longtemps que je le pus, mais quand elle eut quatorze ans, il devint impossible de retarder davantage son mariage : on sait avec quelle rapidité sont enlevés les bons partis. Déjà la plupart des jeunes filles de son âge étaient mariées ou tout au moins fiancées. Le choix d'un intermédiaire n'était pas facile : Kali était la plus proche et la plus indiquée, mais elle était bavarde et têtue : le rejet d'un jeune homme de son choix nous aurait amené d'interminables discussions. De plus, elle-même avait des fils qu'elle aurait pu considérer comme des partis convenables — ce qui n'était certes pas mon opinion, étant donné qu'ils n'avaient pas de terres. La vieille Grand-Mère, d'un autre côté, paraissait l'intermédiaire idéal : elle était vieille, pleine d'expérience, elle savait très bien ce qu'il fallait chercher et n'avait jamais manqué de patience. Mais il y avait quelques années que je ne lui vendais plus rien et elle aurait eu toutes les raisons du monde de refuser de s'entremettre pour moi. Finalement, cependant, ce fut elle que j'approchai.

— Une dot de cent roupies, lui dis-je. Une jeune fille belle comme une fleur. Faites pour le mieux et je vous en serai pour toujours reconnaissante. Voilà ce que je vous demande, dis-je, la regardant droit dans les yeux, bien que Biswas m'achète toute ma récolte et qu'il n'y ait plus rien pour vous.

— Je ne t'en veux pas, Rukmani, répondit-elle. Les temps sont durs et il nous faut bien faire ce que nous pouvons pour nous-mêmes et nos enfants. Je ferai de mon mieux.

Après cela il n'y eut pas de semaine où elle ne vînt nous parler d'un jeune homme ou d'un autre, et nous passâmes, Nathan, elle et moi, de longues heures à essayer d'évaluer leurs mérites respectifs. Nous en trouvâmes enfin un qui paraissait avoir toutes les qualités requises : il était jeune et bien pourvu. Il était fils unique, et il recevrait un jour en héritage une bonne quantité de terre.

— Ils s'attendront à une grosse dot, dis-je, pleine de regrets. Cent roupies ne donneront pas à Ira un mari de cette sorte et nous n'avons pas davantage.

— Mais elle a la beauté, dit la vieille Grand-Mère. Cela fera passer la petite dot, pour une fois.

Elle avait raison. En moins d'un mois, les préliminaires furent terminés et l'on fixa le jour. Ira accepta notre choix avec son habituelle docilité ; si l'idée de quitter ses frères et nous-mêmes la tourmenta, elle ne le fit pas voir. Une seule fois elle me demanda, avec un peu de tristesse, si je viendrais souvent la voir : je savais que de tels voyages seraient très rares, étant donné que son futur foyer se trouvait à dix villages de nous, mais je l'assurai qu'il ne se passerait pas une année où je n'aille la voir deux ou trois fois.

— De plus tu ne souhaiteras pas me voir si souvent, lui dis-je. Jusqu'ici tu n'as connu que cette maison et tes frères, mais quand tu auras ton propre foyer et tes propres enfants tu ne nous regretteras plus...

Elle inclina légèrement la tête, sans faire de commentaire ; je savais comme elle devait être meurtrie par cette séparation imminente. Mon âme était pleine de pitié pour elle, je souhaitais ardemment la réconforter, la convaincre que dans quelques mois son nouveau foyer lui apparaîtrait comme la chose la plus importante de sa vie, tout le reste n'ayant été qu'une préparation... mais avant cette joie, il y avait l'inévitable contrainte nouvelle de la séparation, la solitude des commencements d'une nouvelle vie au milieu d'étrangers, la tension des premiers jours du mariage ; et parce que je savais tout cela je ne parvenais pas à trouver les mots...

Et ce fut le jour du mariage. Les femmes du village vinrent aider. Janaki, Kali, beaucoup d'autres que je connaissais à peine. Nous allâmes au bord de la rivière avec Ira, et quand elle se fut baignée, nous la revêtîmes du sari rouge que j'avais porté le jour de mon mariage. Les plis lourds et riches du tissu la faisaient paraître encore plus mince ; elle avait l'air d'une enfant... Je lui ombrai les yeux de khol, et des années s'effacèrent encore ; elle paraissait si jeune et si vulnérable que je pouvais à peine croire que ce jour était celui de son mariage.

Le fiancé arriva ; ses parents proches et lointains, nos amis et les prêtres. Le joueur de tambour arriva lui aussi et s'accroupit à la porte, attendant notre permission pour commencer ; le violoneux le rejoignit. Il aurait dû y avoir d'autres musiciens — un joueur de flûte, un joueur d'harmonium, mais nous n'en avions pas les moyens. Nathan n'avait rien voulu faire que nous ne puissions payer. Pas de dettes, répétait-il, pas de dettes. Mais moi je voulais qu'Ira ne soit privée de rien : n'avais-je pas fait des économies depuis le jour de sa naissance pour lui assurer un beau mariage ? C'est pourquoi je sortis les réserves que j'avais mises de côté de mois en mois — du riz et du beurre fondu et des lentilles, des jarres d'huile, des feuilles de bétel, des noix d'aréquier, du tabac à chiquer et du copra.

— Je ne savais pas que tu avais tant de choses, me dit Nathan, plein de surprise.

— Si tu l'avais su, il ne resterait pas grand-chose, lui dis-je en adressant un clin d'œil aux femmes. Les hommes sont comme les enfants : il faut qu'ils mettent la main sur tout ce qu'ils voient.

Je n'attendis pas la réponse ; je n'entendis que le rire qui accueillit ma plaisanterie et je sortis pour parler au joueur de tambour. Arjun, mon fils aîné, était assis à côté de l'homme et s'exerçait très prudemment à frapper le tambour avec trois doigts comme on le lui avait appris.

— Il y a des tas de choses à manger à l'intérieur, lui dis-je. Va manger pendant qu'il en reste encore.

— Je ne peux plus rien manger, répondit-il, je dévore depuis ce matin.

Malgré cela, je vis qu'il avait fait des provisions pour le lendemain ; il avait sur les genoux un paquet gonflé de nourritures ; le sirop de sucre et le beurre avaient par plaques traversé le tissu.

— Va rejoindre tes frères, dis-je à Arjun, en le remettant sur pied : le joueur de tambour va être très occupé.

Il partit en courant, tenant son paquet étroitement serré. La musique de la noce commença. Le marié et la mariée, mal à l'aise, étaient assis côte à côte, Ira très pâle et toute raide dans le sari aux lourdes broderies, des fleurs blanches dans ses cheveux. Ils ne se regardaient pas. Autour d'eux étaient entassées treize ou quatorze personnes — c'était tout ce que pouvait contenir la hutte. Les autres étaient assis à l'extérieur sur des palmes que les enfants avaient ramassées.

— Quel couple bien assorti, disaient-ils tous. Un si beau garçon, une si jolie fille, c'est trop beau pour être vrai.

Ils avaient raison. La vieille Grand-Mère se promenait, l'air radieux ; c'était elle qui avait mis en rapport les deux partis ; sa réputation de faiseuse de mariages ne pouvait manquer d'en bénéficier. Personne ne pouvait prévoir l'avenir !...

Et voilà, ils étaient mariés. Quand la lumière commença à décliner, deux jeunes gens apparurent portant un palanquin destiné au jeune couple ; ils le posèrent à terre devant l'entrée de la hutte pour que les nouveaux mariés puissent y prendre place. Le moment du départ était arrivé ; Ira, l'air effrayé, hésita un moment avant de monter ; mais déjà une douzaine de mains empressées l'avaient soulevée et déposée à l'intérieur. La foule, débordante de sympathie, gorgée de nourriture, ivre de musique, gagnée par l'excitation ambiante, se pressait autour d'eux, leur jetant autour du cou l'une après l'autre des guirlandes de fleurs dont les pétales jonchaient la terre. Au milieu de la presse : Nathan et moi, Nathan les mains tendues dans la direction d'Ira en un geste de bénédiction, elle, inclinant très bas sa tête sombre pour la recevoir. Puis le palanquin fut soulevé, les porteurs de torches l'entourèrent, les musiciens prirent leur place. Nous suivîmes à pied, parents, amis, relations et curieux. Plusieurs enfants s'étaient joints au cortège ; ils venaient les derniers, exprimant leur joie en une gigue effrénée et bruyante : ils formaient à la procession une longue arrière-garde éparpillée.

Une fois passé les champs, nous traversâmes les rues tortueuses du village, pendant que devant nous le palanquin se balançait. Enfin nous parvînmes à l'endroit où, à une distance respectable, attendait un char à bœufs qui devait emmener les jeunes mariés.

Et puis tout fut fini, l'agitation, le rire, le bruit. Les invités prirent congé. La foule se dispersa. Au bout d'un moment, nous repartîmes à pied ensemble, en direction de notre hutte. Nos fils, épuisés, s'étaient endormis appuyés les uns sur les autres, le plus jeune tenait encore un bonbon serré entre ses doigts poisseux. Le sol était parsemé de débris de nourriture. Je balayai le plancher et le jonchai de feuilles. Des fissures étaient apparues dans les murs et des morceaux de boue s'étaient détachés là où les gens les avaient heurtés ; mais je remis au lendemain les réparations. Je fis un tas des feuilles de plantain — elles serviraient à la nourriture des bœufs. Les étoiles pâlissaient dans le ciel gris quand je m'étendis enfin à côté de mon mari. Non pas pour dormir, mais pour penser. Pour la première fois depuis sa naissance, Ira ne dormait plus sous notre toit.

7

La nature est comme un animal sauvage que vous avez dressé à travailler pour vous. Aussi longtemps que vous êtes sur vos gardes et que vous avancez avec prudence et réflexion, elle vous accorde son aide ; mais détournez les yeux un instant, soyez distrait ou insouciant, elle vous prendra à la gorge.

Ira s'était mariée au mois de juin, qui est le mois favorable pour les mariages ; les préparatifs d'abord, et ensuite l'apathie qui m'avait gagnée dans les premiers jours qui suivirent son départ, firent que nous négligeâmes de rendre notre hutte imperméable à l'eau et de protéger la terre de l'inondation. Cette année la mousson arriva très tôt et se déchaîna avec une violence maléfique telle que, de mémoire d'homme, on n'en avait vu de semblable.

Il se mit à pleuvoir si fort, si longtemps et d'une manière si incessante, qu'on ne pouvait imaginer sans étonnement une période de sécheresse. On aurait dit que rien n'avait jamais existé en dehors de la pluie, et l'eau impitoyable pénétrait chaque trou de notre toit de chaume, tombait goutte à goutte sur le sol déjà mouillé. Si notre maison n'avait pas été construite sur une éminence de terrain, les murs eux-mêmes se seraient dissous dans cette humidité. Je sortis tous les pots et les plats en ma possession et les plaçai là où il y avait des fuites ; mais bientôt il y eut plus de fissures que nous n'avions de récipients... Heureusement j'avais amassé une réserve de bois en vue du mariage d'Ira et les quelques bûches qui restaient nous permirent au moins de faire cuire notre riz ; pendant que le bois brûlait en sifflant, car il était très humide, nous nous entassions autour pour essayer de nous sécher. Au début les enfants étaient assez gais — ils n'avaient jamais rien connu de pareil et les lacs et les petits ruisseaux qui se formaient à l'extérieur étaient pour eux une source infinie de délices ; mais Nathan et moi regardions avec désespoir l'eau qui montait toujours ; elle finit par recouvrir le vert tendre du champ de riz, condamné.

— C'est une mauvaise saison, dit avec tristesse Nathan. Les pluies ont détruit beaucoup de notre travail ; il n'y aura pas grand-chose à manger cette année.

A ces mots, Arjun éclata en sanglots pitoyables et son frère Thambi suivit son exemple. Ils étaient assez grands pour comprendre, mais les autres, qui ne l'étaient pas, fondirent aussi en larmes, tout engourdis et las de leur position inconfortable sur le sol humide. De plus ils avaient faim, parce qu'il n'y avait pas grand-chose à manger, la plus grande partie de la nourriture avait servi à faire le festin de noces et la nouvelle récolte était encore dans les champs où elle pourrissait. Je les fis taire du mieux que je pus, après avoir jeté à mon mari un regard qui lui reprochait ses paroles imprudentes ; mais il ne le remarqua pas, tant il était plongé dans la fureur et un désespoir impuissant.

Quand la nuit vint — la huitième nuit de la mousson — les vents augmentèrent de violence, et se mirent à gémir et à hurler autour de notre hutte comme s'ils cherchaient à l'arracher de la terre. A l'intérieur, il faisait sombre — la mèche qui brûlait dans un peu d'huile au fond d'une soucoupe ne répandait qu'une lumière pâle et tremblante — mais au-dehors la terre brillait, tantôt pâle, tantôt éblouissante dans l'étincelle de l'éclair. Vers minuit la tempête atteignit son paroxysme. Les éclairs déchiraient le ciel, presque sans interruption, le tonnerre ébranlait la terre. Je frissonnai à ce spectacle — je ne pouvais dormir et je ne parvenais à prier qu'avec peine.

— Ça ne peut pas durer, dit Nathan, la tempête se calmera avec le jour.

Au moment même où il parlait un éclair vint frapper la terre, on entendit un effroyable coup de tonnerre et, quand je découvris mes yeux terrifiés, je vis que notre palmier avait été foudroyé. Encore quelque chose dont s'était emparé la tempête.

Au matin tout était calme. La pluie aussi avait cessé. Après le déchaînement de la nuit précédente, un silence monstrueux s'était appesanti sur la terre. Je sortis pour voir s'il subsistait quelque chose de nos légumes, mais les pousses et les tiges étaient meurtries et cassées, arrachées à leurs tuteurs, mutilées ; il y avait peu de chance que les plantes survivent. Notre champ de blé était perdu. Quant au champ de riz, il avait disparu sous un lac tranquille où les enfants s'amusaient déjà à faire flotter de petits morceaux de bois.

Beaucoup de nos voisins s'en étaient tirés encore plus mal que nous. Plusieurs étaient sans abri, et dans un groupe d'hommes qui s'étaient réfugiés sous un arbre au début de la tempête six malheureux avaient été tués par la foudre.

La hutte de Kali avait été complètement détruite dans le paroxysme final de l'orage. Le toit avait été emporté tout d'une pièce par le vent, et les murs de boue s'étaient effondrés.

— Du moins elle a résisté pendant la plus mauvaise période, me dit Kali, et par la grâce de Dieu nous avons tous été épargnés.

Elle avait l'air épuisée ; depuis que je la connaissais, je ne l'avais jamais vue aussi abattue. Elle était venue demander quelques palmes pour faire le toit de la nouvelle hutte que son mari était en train de construire ; mais je ne pus que lui montrer du doigt l'arbre noirci, décapité, dont la tête n'était plus accrochée au tronc desséché que par quelques fibres.

— Il faut que nous refassions notre toit avant la nuit, dis-je à Nathan. La pluie peut revenir. Nous avons aussi besoin de riz.

Nathan approuva de la tête. « Nous pourrons peut-être acheter des palmes au village et aussi du riz. »

Il se rendit dans le coin du grenier où nos économies, enveloppées dans un morceau de tissu, étaient enterrées. Au début de notre mariage, le paquet était lourd ; mais maintenant le chiffon fané qui l'enveloppait était trop grand et les coins trop longs retombaient sur le nœud. Nathan défit le nœud et compta douze roupies.

— Une suffira, dis-je, partons.

— Je vais en prendre deux. On pourra toujours remettre l'autre.

Dans le village l'orage avait fait encore plus de dégâts et laissé plus de désolation qu'autour de nous. Des arbres déracinés étendaient, spectacle affreux, leurs branches sur les rues et sur les maisons qu'ils avaient écrasées avec les hommes et les femmes qui les habitaient. Des morceaux de bois et des pierres gisaient éparpillés partout dans une confusion sauvage. La tannerie était encore debout, ses briques et son ciment avaient résisté à la fureur du vent, mais les huttes des ouvriers, de construction plus légère, avaient été démolies. Le chaume avait été arraché de certaines d'entre elles ; d'autres il ne subsistait qu'un tas de boue que les affaires des occupants décoraient de manière pitoyable. Les abris de tôle ondulée où vivaient certains des hommes avaient disparu ; çà et là on découvrait les morceaux de tôle dans les endroits les plus imprévisibles — suspendus au sommet des arbres, ou incrustés dans les murs des maisons encore debout. Il y avait de l'eau partout, les caniveaux avaient débordé dans les rues. Des cadavres de chiens, de chats et de rats encombraient la chaussée, ou flottaient rigides, le ventre distendu, sur les eaux.

Les gens allaient et venaient au milieu des ruines, ramassaient ici un chiffon, là un ballot, serrant sur leur cœur ces objets qu'ils pensaient reconnaître comme leurs ; ils avaient des mouvements hésitants et se déplaçaient dans une atmosphère de consternation. Des gens que nous connaissions vinrent au-devant de nous et nous parlèrent à voix basse, scandant de leurs gestes leur désespoir.

— Partons, dis-je, il n'y a rien à faire ; nous reviendrons plus tard.

Nous fîmes demi-tour, sans avoir dépensé les deux roupies. Nos enfants coururent au-devant de nous, le visage éclairé d'espérance.

— Les boutiques sont fermées ou détruites, leur dis-je. Rentrez. Je vais vous donner tout de suite un peu de gruau.

Leurs visages s'assombrirent ; les deux plus jeunes se mirent à pleurer doucement de faim et de déception. Je ne trouvai pas de mots pour les consoler.

Au crépuscule, les tambours des grandes catastrophes commencèrent à résonner ; les pulsations de leur rythme grave nous parvenaient clairement dans l'obscurité ; toute la nuit leurs battements, leurs roulements redoublés, nous apportèrent l'écho de l'impuissance gigantesque de tout effort humain. J'écoutais. Je ne pouvais dormir. Dans le roulement des tambours j'entendais la tristesse de la fatalité universelle ; mais dans les silences, pleine d'attente, je voyais mon propre malheur se dresser plus grand, plus important, plus douloureux.

Nous nous risquâmes de nouveau au-dehors quand les eaux eurent un peu baissé, emportant encore avec nous nos deux roupies. Cette fois la situation s'était un peu améliorée ; les rues étaient dégagées, de nouvelles huttes s'élevaient un peu partout. Je retrouvai un peu d'espoir.

— Allons d'abord chez Hanuman pour le riz, dit Nathan, surexcité. Le gruau que nous ingurgitons contient surtout de l'eau depuis quelques jours.

Je hâtai le pas ; à l'idée de la nourriture mon estomac commençait à se contracter.

Hanuman se tenait sur le seuil de sa boutique. Il secoua la tête quand il nous vit.

— Vous êtes venus chercher du riz, nous dit-il. Tout le monde veut du riz. Je n'en ai pas à vendre, j'en ai juste assez pour ma femme et mes enfants.

— Et cependant vous êtes négociant en riz ?

— Et alors ? Et vous, est-ce que vous n'en faites pas pousser ? Pourquoi venez-vous m'en demander ? Si j'avais du riz j'ai décidé de ne pas le vendre maintenant ; mais je n'en ai pas, je vous l'ai dit.

— Nous n'en voulons qu'un peu. Nous le paierons — regardez, voilà de l'argent.

— Non, je n'ai pas de riz — mais, attendez... on dit que Biswas en vend... vous pouvez essayer...

Chez Biswas :

— Nous venons acheter du riz. Tenez, voilà notre argent.

— Deux roupies ? Qu'est-ce que vous croyez pouvoir acheter avec deux roupies ?

— Nous pensions...

— Ce que vous pensiez n'a aucune importance ! Il y a la disette ! Pouvez-vous acheter du riz ailleurs ? J'ai bien le droit de le vendre plus cher ! Je vous en donnerai deux livres par pure générosité.

— Ce n'est pas beaucoup pour deux roupies.

— C'est à prendre ou à laisser. Je pourrais le vendre deux fois plus cher aux tanneurs, mais parce que je vous connais...

Nous prenons le riz, nous nous séparons des deux pièces d'argent. Il ne nous reste rien pour acheter de quoi couvrir notre maison à moins que nous ne reprenions une ou deux roupies sur les dix qui restent au grenier.

Je mets le riz dans mon *sari,* j'arrange soigneusement le précieux chargement dans ma ceinture. Nous rebroussons chemin. Aux limites du village nous trouvons Kenny. Sa longue figure est sévère, ses yeux brûlent dans son visage pâle. Il nous voit et se dirige vers nous.

— Vous aussi vous mourez de faim, je suppose ?

Je touche le paquet qui est dans ma ceinture, les grains se séparent sous mon doigt.

— Nous avons un peu de riz. Cela nous permettra d'attendre des jours meilleurs.

— Des jours meilleurs, des jours meilleurs, crie-t-il. Il n'y aura pas de jours meilleurs avant des mois. En attendant, vous souffrirez et vous mourrez, pauvres moutons résignés. Pourquoi observez-vous ce silence affreux ? Pourquoi n'exigez-vous rien, ne demandez-vous pas du secours ? Faites quelque chose ! Il n'y a donc rien dans ce pays, Dieu, il n'y a donc rien !

Sa violence nous fait peur. Que pouvons-nous faire ? Que veut-il dire ? Il perd la tête. Nous reprenons notre chemin.

Le champ de riz était complètement ravagé ; il n'y aurait pas de riz avant la prochaine récolte.

En attendant nous vécûmes de ce qui restait de notre poisson salé, de racines et de feuilles, des fruits du figuier d'Inde et du plantain de notre arbre. Enfin vint le moment d'assécher les gradins où l'on cultivait le riz et de les préparer pour les prochaines semailles. Nathan m'annonça cette nouvelle d'une voix joyeuse et, toute heureuse, j'en fis part aux enfants : car les champs étaient pleins de poissons qui assureraient notre nourriture pendant de nombreux jours. Puis nous attendîmes, pleins d'espoir, les yeux brillants, l'estomac contracté d'impatience.

Enfin, le grand jour. Nathan partit rompre les digues, je l'accompagnai, emmenant avec moi nos enfants, aux yeux tirés, mais bruyants comme ils ne l'étaient plus depuis longtemps à l'idée du festin. Ils portaient des filets et des paniers. D'abord un trou, puis un autre, pas plus gros que le bout du doigt ; puis l'eau élargit le contour ; on aurait pu y mettre les deux poings. Contre ces trous nous appuyâmes nos filets, les pieds fermement plantés dans la boue pour résister à la puissance de l'eau se précipitant par les ouvertures ; et voilà que les poissons tombaient dans nos filets. Quand toute l'eau fut partie, il resta les poissons pris dans les mailles et aussi dans les creux du champ, des multitudes de poissons qui faisaient des cabrioles folles, tout mouillés et argentés. Spectacle délicieux ! Pleins d'avidité, nous les rassemblâmes de nos doigts agiles ; puis nous les emportâmes triomphalement. Nos visages resplendissaient largement autant que les rayons du soleil jouant sur les écailles brillantes. Puis nous revînmes ramasser ce qui restait de riz, pour le battre et le vanner.

Tard dans la nuit nous étions encore au travail, à nettoyer le poisson, décortiquer le riz, séparer le grain de la balle. Quand tout fut fini, la récolte en riz se réduisait à peu de chose — deux mesures à peine — tout ce qui restait de la production et du travail d'une année.

Nous mangeâmes, et cela nous parut incroyable. La bonne nourriture emplissait largement — pesamment même — nos ventres affamés. Déjà les enfants avaient meilleure mine ; la vue de leurs visages, encore tirés, mais satisfaits, me libéra d'un grand poids. Nous avions à manger aujourd'hui, et demain et pendant des semaines, tant que durerait le grain. Puis il y avait les poissons, nettoyés, séchés, salés, et avant que nous les ayons finis, nous réussirions bien à gagner de l'argent ; je planterais d'autres légumes... des rêves délicieux, logiques, satisfaisants, mais tissés de l'étoffe fantomatique des rêves. Enfin le sommeil, et quel sommeil ! Un sommeil profond, doux et apaisant que je ne connaissais plus depuis de longues nuits. J'y sombrai, assise au milieu de la balle de riz, des écailles de poisson et du sel en train de sécher.

8

Les deux fils aînés de Kunthi furent parmi les premiers du village à s'embaucher à la tannerie ; à eux deux ils rapportaient à la maison une somme supérieure au salaire d'un homme.

— Tu vois, me dit Kunthi. La tannerie est un bienfait pour nous. Je l'ai assez dit depuis le début. En plus de ça nous n'habitons plus un village, mais une ville en plein essor. Cette idée ne te réjouit pas ?

— Certainement non, lui dis-je. Je te répète

que notre argent a de moins en moins de valeur. Pour ce qui est de vivre en ville — si ville il y a — il n'y a rien à quoi je renoncerais plus vite si je pouvais retrouver la vie douce et tranquille du village d'autrefois. Maintenant ce n'est que bruit et bousculade partout, des jeunes vauriens mal élevés qui traînent dans les rues, des *bazaars* sales, des gens sans éducation qui ne s'intéressent plus à leur prochain, trop occupés qu'ils sont à essayer de gagner de l'argent.

— Des mots, tout ça — dit Kunthi — des mots stupides. Rien d'étonnant qu'on nous traite de paysannes bornées ; mais moi je n'en suis pas, je n'en serai jamais. Il n'y a pas de rustres dans ma famille.

— S'il y en avait, dis-je avec colère, ça vaudrait mieux pour toi ; tu aurais un sens plus juste des valeurs.

Kunthi se contenta de hausser ses épaules délicates et nous laissa. Elle passait beaucoup de son temps à se rendre sans nécessité en ville ; là sa beauté et les lignes provocantes de son corps lui assuraient l'admiration — et autre chose aussi — des jeunes gens. D'abord les femmes le dirent et les hommes les accusèrent d'être jalouses ; puis les hommes commencèrent à le remarquer aussi, à en parler et à se demander pourquoi le mari de Kunthi ne réagissait pas. « Si c'était moi, qui sois à sa place », disaient-ils... mais ils avaient des femmes ordinaires, pas une femme douée de feu et de beauté et de l'art d'utiliser ces choses. En plus de cela c'était un homme tranquille et terne.

— Ne vous occupez pas d'elle, dit Janaki. C'est une femme de mauvaise vie, tout ce qu'elle veut c'est avoir une provision d'hommes sous la main.

Il y avait dans sa voix à la fois de la colère et une amertume désespérée : depuis longtemps les affaires de son mari allaient mal. Il ne pouvait résister à la concurrence des boutiques plus importantes qu'avait fait s'ouvrir dans la nouvelle ville l'argent si facilement dépensé des ouvriers tanneurs.

Quelques jours après notre conversation, la boutique ferma définitivement. Personne ne demanda : « Où irez-vous en partant d'ici ? » Et eux, ne dirent pas : « Qu'allons-nous devenir ? » Nous attendîmes et, un jour, ils vinrent nous dire adieu ; ils portaient tous leurs biens, et leurs enfants s'égaillaient derrière eux, à l'exception de l'aîné que la tannerie avait gardé. Et voilà, ils étaient partis. Les boutiquiers furent contents d'avoir un concurrent de moins, et l'ouvrier qui s'établit dans leur hutte fut heureux d'avoir un toit au-dessus de sa tête. Nous pensâmes à eux pendant un certain temps et puis nous fûmes repris par le courant de notre vie.

Elle faisait tache d'huile, la tannerie. Elle grandissait, prospérait, s'étendait. Il ne se passait pas un mois qu'elle n'eût englouti les champs de quelqu'un, et qu'un autre bâtiment n'apparût. Nuit et jour le tannage se poursuivait. Une file ininterrompue de charrettes apportait les matières premières — des milliers de peaux de chèvre, de veau, de lézard, de serpent — et les remportait tannées, teintes, préparées. Il semblait impossible qu'on pût trouver des marchés pour de telles quantités de marchandise — et qu'il existât tant d'animaux ! — et pourtant c'était ainsi.

Le nombre des employés de la tannerie avait augmenté en même temps. En plus de l'homme blanc que nous avions vu le premier jour — qui était le propriétaire de la tannerie et qui vivait à part — il y avait sous ses ordres neuf ou dix musulmans. Ils formaient une petite colonie indépendante, à mi-chemin entre la ville et la pleine campagne ; ils habitaient des petites maisons de briques aux murs blanchis à la chaux et aux toits de tuiles rouges. Les hommes travaillaient dur, quelques-uns jusque tard dans la nuit, les femmes... à vrai dire elles étaient bizarres et leur manière de vivre était très différente de la nôtre. A quoi elles s'occupaient dans leur maison ? Je me le demande, parce qu'elles employaient des domestiques pour faire leur travail ; mais la plupart du temps elles restaient à l'intérieur, et quand par extraordinaire elles sortaient, elles étaient voilées. On m'a dit que c'était pour obéir à leur religion : elles ne se laissaient voir par aucun homme en dehors de leur mari. Quelquefois quand j'apercevais une silhouette enveloppée de volumineuses draperies se déplaçant dans un froufrou d'étoffe sous le soleil brûlant, ou un visage curieux dans l'entrebâillement d'une fenêtre ou d'un volet, j'éprouvais une pitié profonde pour ces femmes privées des plaisirs les plus simples : la chaleur du soleil ou la fraîcheur du vent sur la chair, la possibilité de marcher légère et libre, de se mêler aux hommes, de travailler avec eux.

— Elles ont des compensations, me dit Kali d'un ton sec. Elles ont une vie facile, sans avoir à se faire de souci pour le prochain repas et sans jamais manquer de rien. Je porterais volontiers un voile tout le restant de ma vie pour avoir une telle certitude.

— Un an peut-être, dis-je, mais pas toute la vie. Comment pourrait-on supporter d'être privé de soleil et d'air frais ?

— Vous jacassez comme deux singes, dit le mari de Kali, et vous avez encore moins de bon sens. Ça vous sert à quoi de parler d'« échanger », et de tout ça ? Elles ont leur vie et vous la vôtre, vous ne pouvez pas plus échanger que changer.

Une fois, une seule fois, je vis de près une de

ces femmes. Je portais quelques légumes au marché quand je la vis qui me faisait signe d'entrer dans sa maison. J'obéis, et dès que je fus à l'intérieur, la femme rejeta son voile pour choisir plus facilement ce qu'elle désirait. Elle avait un visage très pâle, à l'ossature petite et délicate. Ses yeux étaient pâles aussi, d'un ton curieux de marron clair assorti à ses cheveux soyeux. Ele prit ce qu'elle voulait et me paya. Ses jolies mains fines étaient chargées de bagues ornées de pierres précieuses : une seule nous aurait nourris pendant un an. Quand je sortis, la femme me sourit, puis rapidement laissa retomber le voile sur son visage. Je ne retournai jamais chez elle. Il y avait quelque chose dans ces portes verrouillées et ces volets fermés qui me glaçait, moi habituée à la liberté des champs, au ciel, à la lumière directe du soleil.

9

Un matin j'étais occupée à réduire en poudre des piments rouges. Cho-chup ! faisait le pilon en frappant le mortier, et en écrasant les piments craquants et les graines qu'ils contenaient. Chaque fois qu'il retombait, on voyait s'élever une fine poussière rouge qui répandait une odeur âcre et puissante. Une odeur agréable, poivrée et violente, qui me faisait monter l'eau dans les narines et m'arrachait des larmes des yeux, si bien que de temps en temps il fallait que je m'arrête pour les essuyer. C'était une belle matinée tranquille ; aucun bruit ne venait de la tannerie, qui, Dieu merci, fermait complètement un jour par semaine. Chaque fois que je m'arrêtais j'entendais les moineaux qui pépiaient et le chant clair et aigu d'un *minah*.

Voilà qu'apparurent à l'horizon deux silhouettes se déplaçant très lentement. Je continuai mon travail. Les silhouettes grossissaient chaque fois que je levais la tête ; elles étaient encore à une bonne distance quand je reconnus ma fille. Je ne l'avais vue qu'une fois depuis son mariage, et il y avait plus d'un an de cela. Surexcitée, je ramassai la poudre de piment, la mis de côté, me rinçai les yeux, me lavai la figure et sortis. Sur le seuil je traçai un *colam,* un signe de bienvenue dessiné en farine de riz blanc.

Ils approchaient lentement, comme si leurs pieds avaient été trop pesants, sans la légèreté qui aurait dû les amener rapidement à mon côté. « Il y a quelque chose qui ne va pas, pensai-je. Des jeunes gens ne devraient pas avoir une démarche pesante comme ça. » Quand je vis leurs visages, les mots de bienvenue que j'avais préparés s'effacèrent de mes lèvres.

En silence Ira s'agenouilla à mes pieds. Je la relevai doucement, le cœur battant. « Entrons, dis-je. Vous devez être fatigués. »

Ira, obéissante, entra. Son mari resta planté tout droit à la porte. « Entrez, dis-je de nouveau, entrez vous reposer un moment. Vous avez fait un long trajet.

— Belle-mère, dit-il, je ne voudrais pas être impoli, mais il ne s'agit pas d'une visite ordinaire. Vous m'avez donné votre fille en mariage. Je vous l'ai ramenée. Elle est stérile.

— Il n'y a pas longtemps que vous êtes mariés,

dis-je, les lèvres sèches. Peut-être est-elle comme moi ; elle peut encore avoir des enfants.

— J'ai attendu cinq ans, répondit-il. Elle n'a pas eu d'enfant dans sa première jeunesse, comment peut-on être sûr qu'elle en aura plus tard ? Il me faut des fils.

J'envoyai chercher Nathan qui était dans les champs. Notre gendre répéta son histoire et partit.

— Je ne peux pas le blâmer, dit Nathan. Il a des excuses, un homme a besoin d'enfants. Il a été patient.

— Pas assez, dis-je, pas autant que toi, mon bien-aimé.

Ira était assise, le visage enfoui dans ses bras. Elle leva la tête quand nous entrâmes, son père et moi, et ses lèvres s'agitèrent vaguement, comme si elle avait perdu tout contrôle de ses mouvements. Elle était encore jolie, mais l'inquiétude et le désespoir avaient mis une ombre sous ses yeux et tracé des lignes sur son front. Elle esquissa un mouvement de recul quand je m'approchai d'elle.

— Laisse-moi tranquille, mère. Il y a longtemps que je prévoyais cela. La réalité est plus facile à supporter que ce qu'on imagine. Au moins maintenant je n'ai plus rien à craindre, plus besoin de mentir et de me cacher.

— Tu n'aurais jamais dû en avoir besoin, dis-je. Ne sommes-nous pas tes parents ? Croyais-tu que nous allions te blâmer de ce qui n'est pas ta faute ?

— Il n'y a pas que vous, dit-elle. Des voisins, des femmes... et moi qui ne suis bonne à rien, pas même à avoir un enfant.

J'avais connu tout cela — la souffrance, l'angoisse. Maintenant l'histoire recommençait et cette fois il s'agissait de ma fille.

— Tais-toi, dis-je. Nous sommes tous dans la main de Dieu et Il est pitoyable.

Mes pensées se tournèrent vers Kenny. Il peut nous aider, pensai-je ; il peut certainement faire quelque chose. Je retrouvai un peu de courage.

Arjun venait d'avoir treize ans. Il était grand et d'esprit très mûr pour son âge. Je lui avais appris à lire et à écrire, le peu que j'en savais. Maintenant il aurait pu me donner des leçons à moi et à presque tous les gens de la ville. Je ne sais pas comment il avait fait, car nous n'avions pas les moyens de l'envoyer à l'école ni de lui acheter des livres. Cependant il avait toujours un livre ou deux sur lui et il répondait toujours très évasivement aux questions que je lui posais à ce sujet ; il passait des heures entières à écrire sur des petits morceaux de papier qu'il conservait précieusement ou même, quand il n'avait pas de papier, il écrivait sur la terre nue. Dans le secret de mon cœur j'étais heureuse de le voir ainsi, car je retrouvais mon père en lui ; mais quelquefois mon mari se tourmentait de voir qu'il n'avait pas de goût pour la terre. Quand, un jour, il me dit qu'il allait travailler à la tannerie, je fus absolument consternée. Ainsi ce n'était ni vers la terre ni vers les lettres que finalement il allait se tourner.

J'essayai de le dissuader :

— Tu es jeune. De plus tu n'es pas de la caste des tanneurs. Que diront nos parents ?

— Je n'en sais rien, dit-il, et je m'en moque. L'important c'est de manger.

Comme la jeunesse est égoïste ! On aurait cru, à ses paroles, que nous l'avions volontairement privé de nourriture, alors qu'en fait il avait toujours eu la plus grosse portion après mon mari.

— Alors, dis-je, nous n'en faisons pas assez pour toi ? Voilà des paroles agréables venant de mon fils aîné. Comme on aime entendre cela !

— Vous faites tout ce que vous pouvez, dit-il, mais ce n'est pas suffisant. J'en ai assez d'avoir faim et de voir mes frères avoir faim aussi. Il n'y a jamais assez à manger surtout depuis qu'Ira est venue vivre avec nous.

— Tu reproches à ta sœur la nourriture qu'elle mange ? m'écriai-je, alors qu'elle laisse toujours la moitié de ce que je lui donne pour que vous, les garçons, vous ayez davantage.

— Raison de plus pour que je gagne de l'argent, répliqua Arjun. Je ne reproche à personne la nourriture qu'il mange. Je suis simplement tourmenté par le fait qu'il y en a si peu.

Bien entendu, il avait raison. La récolte avait été très maigre, les prix des denrées étaient plus élevés que jamais.

— Bon, dis-je, vas-y, s'il le faut. Tu parles comme si tu étais un homme alors que tu n'es encore qu'un enfant. Mais je ne sais pas si on t'embauchera à la tannerie. On dit qu'ils ont assez d'ouvriers.

— Le fils de Kunthi m'aidera, répondit-il. Il me l'a promis.

Je ne voulais pas devoir quelque chose à Kunthi ou à son fils. Elle était si différente de nous, compliquée et secrète ; elle avait un air légèrement méprisant qui, chez son fils, était devenu presque de l'insolence. Il avait hérité aussi de sa beauté et, dans ses yeux hardis, on lisait qu'il ne l'ignorait pas. Un beau garçon, plein d'assurance, pas le genre de mon fils.

— Tu n'as pas besoin de t'adresser à lui, dis-je résolument. Je demanderai à Kenny de nous aider. Les hommes blancs ont de l'influence.

— Sans aucun doute, dit-il amèrement. Sur les hommes, les événements et surtout sur les femmes.

— Qu'est-ce que tu veux dire ? lui demandai-je. Parle clairement ou tais-toi.

Il me jeta un coup d'œil en coin, plein de colère, mais refusa de s'expliquer.

Quelques jours plus tard il commençait à travailler à la tannerie. Et bientôt Thambi, mon second fils, s'était joint à lui. Ils avaient toujours été très attachés l'un à l'autre depuis leur plus tendre enfance et il ne fallait pas s'étonner que Thambi voulût suivre l'exemple de son frère. Nous essayâmes tous deux, Nathan et moi, de détourner Thambi de son projet, mais sans succès. Mon mari attendait avec impatience le jour où ils l'aideraient à travailler la terre ; mais Thambi se contenta de secouer la tête négativement.

— Si c'était ta terre, ou la mienne, dit-il, je travaillerais avec joie à tes côtés. Mais que gagne-t-on à travailler pour un autre et à en retirer si peu ? Il vaut mieux refuser une telle injustice.

Nathan n'ajouta pas un mot. Il avait un air accablé qui exprimait la blessure profonde qu'il venait de recevoir mieux que n'auraient pu le faire des mots. Il avait toujours souhaité avoir sa terre à lui ; d'année en année il avait gardé l'espoir, plus faible chaque année, après chaque naissance, d'avoir un jour un petit morceau de terre qui serait bien à lui. Maintenant même ses fils savaient que son rêve ne se réaliserait jamais. Comme son frère avant lui, Thambi avait trouvé les mots les plus cruels.

Cependant c'étaient de bons fils, pleins de respect pour nous, patients avec les autres et qui nous donnaient une juste part de leurs gains. Grâce à leur argent nous recommençâmes une fois de plus à vivre bien. Dans le grenier, inutilisé depuis si longtemps, je mis de côté un demi-sac de riz, deux mesures de lentilles et presque une livre de piments. Jusque-là nous avions vendu à peu près tout ce que nous récoltions pour payer notre fermage ; maintenant il nous était possible de garder pour nous une partie de nos produits.

Je me réjouissais particulièrement de ne pas avoir été obligée de vendre tous les piments, car ils nous sont utiles ; quand le palais se rebelle contre la fadeur du riz bouilli sans aucun ingrédient, quand on rêve de beurre fondu, de sel et d'épices qu'on ne peut acheter, le goût poivré du piment relève agréablement le riz. Je réussis enfin à refaire solidement la toiture de notre hutte, en mettant deux ou trois couches de feuilles. Pour la première fois depuis des années j'achetai des vêtements pour les aînés des enfants, un *sari* pour moi et, malgré les protestations de mon mari, un *dhoti* dont il avait bien besoin, car celui qu'il portait était en loques et lui couvrait à peine les membres. Nous avions encore tous les deux les vêtements que nous avions portés au mariage de notre fille, mais il ne nous serait pas venu à l'idée de les porter ; quelles que pussent être les épreuves que nous réservait notre vie quotidienne, nous étions bien décidés à ne pas faire honte à nos fils le jour de leur mariage.

10

Deepavali, la Fête des Lumières, approchait. C'est surtout une fête pour les enfants, mais bien entendu tous ceux qui le peuvent y prennent part. Je tordis du coton pour en faire des mèches, je les trempai dans l'huile et les plaçai dans des soucoupes de terre pour les allumer la nuit venue. Aux enfants je donnai deux annas chacun pour acheter des pétards. C'était la première fois que je pouvais me permettre cela — les années précédentes nous avions dû nous contenter de regarder les fusées des autres ou d'aller au village admirer le feu de joie ; même maintenant j'hésitais un peu à dépenser de l'argent en plaisirs si fugitifs ; mais les visages radieux des enfants dissipèrent mes doutes. « Rien qu'une fois, pensai-je, un souvenir. »

Quand la nuit tomba nous allumâmes les chandelles et les mèches et nous entourâmes notre maison de lumière. Une brise légère soufflait, qui faisait sauter et danser les flammes, et aussi leurs reflets sur la surface noire et luisante de l'huile. Dans la ville et dans les maisons voisines des centaines de petits fanaux commençaient à s'éclairer, de temps en temps une fusée déchirait l'espace, éclatait et déversait son trésor de joyaux dans le ciel. Toute la nuit le crépitement et le sifflement des fusées augmenta. Les enfants avaient apporté des boîtes d'allumettes de couleur et des fusées, et quelques douzaines de pétards qui, comme de petites noix, s'ouvraient en deux à grand bruit au milieu d'une gerbe d'étincelles quand on les allumait. C'étaient ces derniers qui avaient le plus de succès. Les enfants dansaient un peu partout, en poussant des éclats de rire stridents ; ils jetaient leurs pétards dans toutes les directions, mais ils étaient assez agiles pour se sauver à temps. Tous, excepté Selvam, le plus jeune. Il se tenait à distance respectueuse, les jambes écartées, et de toute évidence prêt à prendre la fuite ; il avait à la main un bâton de sucre de canne presque aussi grand que lui, qu'il avait acheté à la place des pétards.

— Va jouer, lui dis-je. *Deepavali* ne vient qu'une fais par an et c'est la première fois que nous avons fait un feu d'artifice. Ne laisse pas passer ta chance.

— J'ai peur, dit-il avec franchise et sans sourire.

Quand nous eûmes mangé assez bien, qu'il n'y eut plus de pétards ni d'huile dans les soucoupes, nous nous rendîmes en ville. Selvam refusa de venir avec nous. C'était un enfant entêté ; je savais qu'il était inutile d'essayer de le persuader. Ira demeura aussi à la maison, sous prétexte qu'elle préférait rester avec lui. Je crois qu'elle avait été heureuse de trouver cette excuse parce que depuis son retour elle avait cherché à ne pas se faire voir ; et bien entendu il allait y avoir foule en ville. Les villageois des alentours, comme nous, étaient attirés par le feu de joie qu'on devait allumer ; déjà des serpents de fumée montaient vers les nuages, des torches commençaient à brûler. Partout régnait l'odeur de l'huile, lourde et pénétrante, excitant les sens. Nous hâtâmes le pas. Nous marchions de plus en plus vite, pour tout absorber, pour ne pas manquer un atome de plaisir. Alors, comme cela se produit même dans les moments les plus heureux, je pensai à Janaki. L'année précédente elle était venue avec nous, accompagnée de ses enfants. Cette année, où était-elle ? Qui s'en souciait ? Cette sombre pensée éteignit un instant l'ardeur qui brûlait en moi ; puis, pleine de colère et d'indignation, je repoussai l'intruse, je la chassai, je la bannis... Lassée de la tristesse, je m'efforçai désespérément d'atteindre une joie parfaite, et certainement inaccessible.

On menait grand bruit partout. Les hommes, les femmes et les enfants de la tannerie et de la campagne étaient dehors ; beaucoup d'entre eux portaient comme nous des vêtements neufs ; les jeunes filles et les femmes arboraient des fleurs dans les cheveux, des bracelets de verroterie au poignet, des anneaux d'argent aux doigts de pied ;

celles qui pouvaient se le permettre portaient des cercles d'argent autour des chevilles et des ceintures cloutées d'argent autour de la taille.

Au centre de la ville le feu de joie commençait à rougeoyer. Depuis des semaines les enfants rassemblaient des bûches, des chiffons, des feuilles, des brindilles et le résultat de leurs efforts se présentait sous la forme d'un gros tas, semblable à une énorme fourmilière, que les flammes attaquaient sauvagement. Elles sifflaient, craquaient et jaillissaient quand elles touchaient les morceaux de camphre ou de chiffons imbibés d'huile que les gens leur jetaient.

Dans la foule je perdis Nathan et les enfants, ou ils me perdirent — en tout cas nous fûmes séparés. J'essayai de me frayer un chemin à travers la foule, dans toutes les directions, pour essayer de les retrouver ; mais personne ne me faisait place et, à la fin, je dus abandonner. Peu de temps après, dans la chaleur et la surexcitation générale, je les avais oubliés. Les tambours avaient commencé à battre, le feu brûlait avec ardeur : de grandes et longues langues orange dévoraient le combustible, s'élançant vers le ciel et quelquefois sur les côtés comme si elles avaient voulu engloutir les spectateurs. Chaque fois qu'une flamme s'élançait ainsi, la foule s'inclinait hors de sa portée, puis se redressait quand le vent et avec lui la flamme avaient changé de direction ; si bien que la masse était agitée d'un mouvement incessant semblable à l'oscillation des roseaux. La chaleur était intense — la lumière du feu donnait un reflet rouge aux visages, une ou deux femmes se voilaient les yeux de leurs *saris*.

Les flammes sautaient, rugissaient dans l'apothéose de leur fureur, puis leur force diminuait, elles se calmaient. Doucement, une à une, elles perdaient leur couleur, elles baissaient, si bien que finalement il n'en restait rien — rien qu'un tas incandescent, bordé de cendres. Les tambours s'éteignaient dans un murmure. Alors naissait une senteur de jasmin, mêlée aux fumées du camphre et de l'huile et à une nouvelle odeur, celle du *toddy* (le vin de palme), dont certains hommes avaient bu plus que de raison — car ils avançaient en chancelant, en criant très fort et en riant sans pouvoir s'arrêter. Je regardais dans toutes les directions pour essayer de découvrir ma famille et finalement j'aperçus mon mari. On aurait dit qu'il était devenu fou. Il portait un de ses fils sur ses épaules, et les autres étaient accrochés à ses côtés. Il bondissait aux lisières de la foule au grand danger de mes enfants et au grand amusement des spectateurs. Je m'ouvris un chemin jusqu'à lui.

— Tu as perdu l'esprit ? lui criai-je dans le tumulte.

— Non, j'ai simplement perdu mes soucis, s'écria-t-il gaiement, en bondissant avec ardeur tandis que les enfants, ravis, s'accrochaient à lui. Tu ne sens pas la joie qui est dans l'air ?

Il avait l'air d'avoir le cœur si léger que je ne pus m'empêcher de sourire.

— Je ne sens rien, dis-je, me dirigeant vers lui. Peut-être est-ce le vin de palme qui donne cette impression-là ?

— Je n'en ai pas bu une goutte, dit-il en s'approchant de moi, tiens, sens !

— Tu es trop grand, je ne peux pas, répondis-je.

— Soulève-la, dit une voix, et une douzaine de personnes reprirent le cri : soulève-la ! soulève-la !

Mon mari me regarda d'un air solennel. « C'est ce que je vais faire », dit-il ; et reposant ses enfants, il se saisit de moi et m'éleva haut dans les airs, devant tous ces gens. Quelques femmes éclatèrent d'un rire indulgent, les enfants gazouillaient de plaisir.

— Qu'est-ce qu'on va dire ? m'écriai-je, le visage brûlant, quand il me reposa. A ton âge ! Tu devrais avoir honte !

— Je n'ai certainement pas honte, dit-il, adressant un clin d'œil aux spectateurs qui les fit se convulser de plaisir. Je suis heureux parce que la vie est belle, que les enfants sont beaux et que tu es la plus belle de toutes.

Que pouvais-je dire après cela ?

Nathan chanta à tue-tête tout le long du retour. Il était absolument exalté. Les enfants, épuisés, marquaient le pas en silence, le plus jeune essayait souvent de se faire porter ; et devant l'insuccès de sa requête il commença à pleurnicher.

C'était une nuit brûlante. Selvam et Ira dormaient dehors, dans la petite cour devant notre hutte, que j'avais balayée et badigeonnée de bouse de vache le matin même. Les autres s'étendirent et s'endormirent presque aussitôt. Nathan n'avait rien perdu de sa bonne humeur. Il avait l'air très éveillé. Je m'étendis à côté de lui, tout près de lui dans l'ombre ; et quand nos corps se touchèrent, il se tourna brusquement vers moi. Les mots s'éteignirent, le silence calme écoutait, la nuit profonde attendait.

Dans l'ombre exacerbante, je sentis son corps qui s'éveillait au désir, ses mains qui tremblaient sur moi, je sentis mes sens qui s'épanouissaient comme une fleur au soleil de son attente. Je fermai les yeux et j'attendis, j'attendis dans l'ombre, tout mon être empli d'un frémissement éperdu et extatique, j'attendis qu'il vînt à moi.

11

Un parent de mon mari étant mort, Nathan dut aller à l'enterrement. Je profitai de son départ pour aller voir Kenny. Je ne l'avais pas fait plus tôt parce que j'étais sûre que Nathan n'aurait pas aimé que sa femme ou sa fille aille trouver un Blanc. Mon père, lui, n'était pas comme cela — mais Nathan, je le sentais, n'approuverait pas cette démarche. Et s'il n'approuvait pas, l'unique chance d'Ira serait perdue ; il était donc de première importance qu'il ne fût pas au courant. J'expliquai avec beaucoup de soin la situation à Ira ; elle hocha la tête nonchalamment, approuva, oui, c'était une précaution nécessaire, mais elle ne me regarda pas et ne manifesta aucun enthousiasme. J'étais de plus en plus inquiète à son sujet : elle traînait, l'œil et le cheveu ternes, comme si la vie avait perdu tout charme pour elle — ce qui est bien le cas pour une femme que son mari a abandonnée.

Kenny travaillait dans un petit bâtiment qu'on avait élevé à côté de la tannerie. Je l'apercevais chaque fois que la porte s'ouvrait pour laisser entrer quelqu'un. Il y avait une longue file d'hommes qui attendaient ; je m'accroupis à quelque distance de là. Le jour avançait. Le soleil était couché, l'éclat du crépuscule s'effaçait dans l'ombre quand il sortit. Il avait l'air sévère et fatigué, ses yeux avaient un éclat brûlant ; il donnait une telle impression de cruauté impersonnelle que je ne pus m'empêcher de frissonner.

— C'est fini pour ce soir, dit-il brièvement aux

hommes assemblés et, descendant de la véranda, il s'éloigna. J'attendis que la foule se fût dispersée, puis je le suivis. Il marchait rapidement, à longues enjambées, je dus me mettre à courir pour le rattraper. Finalement il s'arrêta quand il entendit mes pas et il attendit que je le rejoigne, avec un froncement de sourcils qui me fit peur.

— J'ai dit, c'est fini pour ce soir. Vous ne m'avez pas entendu ? Vous croyez que je suis en acier ?

— J'ai attendu toute la journée, dis-je dans un souffle. Il faut que je vous voie. Mon mari sera bientôt de retour et alors je ne pourrai plus venir.

Il fronça encore davantage le sourcil. Il dit froidement :

— Vous n'apprendrez jamais rien, vous autres. C'est malheureux d'être stupide à ce point.

— C'est pour ma fille que je viens, dis-je. Elle est comme j'étais, elle ne peut pas avoir d'enfant.

— Vous en aurez avant elle, répondit-il avec un demi-sourire, vous avez l'air de faire cela très facilement.

— En effet, lui dis-je. Mais je voudrais bien que ce soit le contraire et que ce soit elle qui soit dans ma position ; elle est terriblement frappée parce que son mari ne veut plus d'elle.

— Alors pourquoi n'est-elle pas venue, me dit-il, puisque c'est elle qui a besoin de moi ? Ç'aurait été plus intelligent !

Il y avait de l'irritation dans sa voix et sa bouche frémissait d'exaspération, me sembla-t-il.

— Pardonnez-moi, murmurai-je, tremblante. Je n'étais pas sûre.

A ma grande surprise, il me mit les deux mains sur les épaules et me força à le regarder ; je vis qu'il riait.

— Je suis désolé de vous avoir fait peur, me dit-il. Vous ne devriez pas jouer les agneaux tremblants, à votre âge. Quant à votre fille, je ferai ce que je pourrai pour elle — mais rappelez-vous, je ne promets rien.

Il tourna sur ses talons et s'éloigna. Je m'assis pour réfléchir et reprendre mes esprits. Quand finalement je me levai pour m'en aller, la pleine lune brillait, dorée et énorme, très basse dans le ciel. Tout autour de moi les chauves-souris décrivaient leurs arabesques silencieuses. J'avançais sur le sentier étroit, dessiné en blanc par le clair de lune, d'un pas rapide, perdue dans mes pensées.

Je n'entendis pas de bruit de pas, juste une voix venant de l'ombre qui m'appelait par mon nom. Je m'arrêtai, le cœur battant d'un rythme fou dans ma poitrine ; puis j'aperçus Kunthi, debout à l'endroit où le sentier se partageait en deux, éclairée en plein par les rayons de la lune.

— Tu m'as fait peur, dis-je. Je ne m'attendais pas...

— C'est ce que je vois, me dit-elle d'un ton détaché, tout en s'avançant vers moi. Tu es dehors bien tard, Rukmani.

— Pas plus tard que toi, lui dis-je. — Il y avait quelque chose qui ne me plaisait pas dans le ton de sa voix. — J'ai mes raisons.

— Bien entendu, dit-elle doucement d'un accent moqueur. Nous avons toutes nos raisons.

— Les miennes ne sont pas les mêmes que les tiennes, dis-je méprisante tout en l'examinant.

Elle s'approcha de moi, elle était si près que je sentais l'odeur des pétales de roses dans ses cheveux et que je voyais le fard sur ses lèvres.

— Ce qui veut dire ?

— Que nous ne menons pas la même vie. Il est plus charitable de ne pas t'en dire davantage. Laisse-moi passer.

Elle me bloqua résolument le passage.

— Je ne l'aurais pas cru, dit-elle lentement, si je ne l'avais vu de mes yeux.

— Qu'est-ce que tu n'aurais pas cru ? lui dis-je. Qu'as-tu vu ?

— Que tu aies tant de tempérament, me dit-elle avec insolence, que tu en sois réduite à ce genre de chose pour te contenter. Ton mari donnerait beaucoup pour savoir où tu as été cette nuit.

Je vis ses lèvres former les mots, ses yeux mi-clos, moqueurs ; puis brusquement son visage fut tout près du mien. Je ne me rendis compte que je m'étais jetée sur elle que lorsque je sentis son corps entre mes mains. J'étais folle de rage, je ne cessais de la secouer avec fureur, je ne pouvais plus m'arrêter. Elle était mince et frêle, elle n'était pas de taille à lutter avec moi. Elle rejeta la tête en arrière, le léger *sari* qu'elle portait lui glissa des épaules. Alors je vis qu'il était attaché non pas à la taille, mais en dessous du nombril comme celui des courtisanes, et qu'en dessous elle était nue. Ses hanches rondes étaient marbrées de taches de pâte de santal, elle avait peint sous ses seins des ombres profondes qui leur donnaient un relief sensuel, les bouts étaient fardés de rouge.

Je la lâchai. Elle se tenait devant moi, haletante ; ses cheveux dénoués s'enroulaient autour de ses épaules.

— Tiens ta langue, lui dis-je, ou ça ira mal pour toi !

Elle resta silencieuse un moment, tout en remettant de l'ordre dans ses vêtements. Quand elle eut retrouvé son aplomb, de nouveau un demi-sourire insultant et moqueur incurva ses lèvres.

— Et pour toi aussi, me dit-elle d'une voix haineuse, et pour ton précieux mari !

Là-dessus elle partit.

J'allai seule rechercher le mari de ma fille.

— Reprenez-la, dis-je. Tout est arrangé, elle peut encore vous donner de nombreux fils.

— Je voudrais bien, me dit-il, tandis qu'une

ombre de tristesse passait dans ses yeux, car elle a été pour moi une bonne et belle épouse, mais j'ai attendu longtemps et maintenant j'ai pris une autre femme.

Je partis. Ira m'attendait, toute pleine d'une visible impatience.

— Tu ne peux pas le blâmer, dis-je. Il a pris une autre femme.

Elle ne dit pas un mot. Je répétai ce que j'avais dit, parce qu'elle avait l'air de ne pas comprendre, mais elle continua à me regarder d'un œil fixe.

Après cela sa conduite devint encore plus étrange. Elle passait de longues heures seule dans la campagne, ne parlait presque pas ; elle se refermait complètement sur elle-même, vaquant à ses occupations avec un air de désespoir glacé qui me déconcertait. Il n'y avait plus trace en elle de la créature vivante et charmante qu'elle avait été, sauf parfois quand Selvam s'approchait d'elle et que, niché sur ses genoux, il lui arrachait un sourire. Elle avait toujours eu une préférence pour lui. Au fur et à mesure qu'avançait ma grossesse, elle se détournait complètement de moi. Je la surprenais quelquefois en train de m'examiner avec des yeux sombres, pleins de ressentiment ; et malgré moi, je ne pouvais m'empêcher de me demander si ce n'était pas de la haine qui se cachait dans ce regard.

Enfin mon enfant naquit, un garçon bien constitué, plus petit que les autres, ce qui n'avait rien d'étonnant étant donné mon âge. Nous lui donnâmes le surnom de Kuti, qui veut dire tout petit ; comme c'était un bébé heureux et très sage, il fut accueilli avec plaisir par tout le monde. Surtout par Ira : la transformation qui s'opéra en elle fut aussi étonnante qu'inexplicable. J'avais craint qu'elle ne détestât l'enfant ; mais maintenant on aurait dit que c'était le sien. Elle avait perdu son air lugubre ; son visage avait pris de l'animation, elle avait retrouvé l'éclat de la jeunesse.

— Notre fille est redevenue elle-même, me dit Nathan. Je l'ai entendu chanter comme un oiseau.

— C'est l'enfant qui la rend heureuse, répondis-je, mais je me demande ce qu'elle deviendra plus tard.

— Toujours à te faire du mauvais sang, me dit-il d'un ton de reproche. N'est-ce pas magnifique de la voir jeune de nouveau ; nous devons en remercier le Ciel.

C'était un homme, il ne pouvait pas comprendre. Comment aurais-je pu cesser de me tourmenter ? Nous n'avions pas d'argent à lui laisser. Qui s'occuperait d'elle quand nous serions morts et que nos fils seraient mariés et auraient eux-mêmes des enfants ? Si elle avait eu une dot, elle aurait peut-être pu se remarier, mais sans dot quel homme se serait intéressé à elle, elle qui n'était plus vierge et qu'on tenait pour stérile.

Personne n'avait été plus peiné par l'issue du mariage d'Ira que la vieille Grand-Mère. C'était elle qui avait arrangé la noce ; bien qu'elle fût en mauvaise santé, elle crut de son devoir de venir me rendre visite. Elle avait terriblement vieilli depuis la dernière fois que je l'avais vue. Elle marchait très lentement, s'arrêtant après chaque pas pour reprendre des forces avant de faire le suivant. Ses mains étaient agitées d'un léger tremblement, semblable au frémissement nerveux de l'abeille posée sur une fleur.

— Ce n'est pas de votre faute, ni de la faute de ma fille, ni de celle de son mari, lui dis-je. C'est le destin. Malgré tout, je n'ose pas penser à l'avenir.

— De quoi as-tu peur ? me dit la vieille femme. Moi aussi je suis seule et je me débrouille bien.

Je la revis assise toute la journée à un coin de

rue, avec ses quelques annas de noix et légumes étalés devant elle sur une toile à sac ; j'imaginai Ira à sa place et je restai silencieuse.

— C'est supportable, dit-elle, me fixant de son regard pénétrant. On s'y fait.

C'est vrai, on se fait à n'importe quoi. Je m'étais faite au bruit et à l'odeur de la tannerie ; ils ne me gênaient plus. J'avais vu la beauté douce et calme de notre village se flétrir au souffle brûlant de la ville et je n'en étais plus affectée. J'en vins à accepter l'avenir, celui d'Ira avec le reste, je n'y pensai plus ; cependant quelquefois quand j'étais fatiguée, ou pendant le sommeil quand ma volonté était engourdie, il m'arrivait de me rebeller, de protester, de refuser cet avenir sans pouvoir retrouver mon calme.

12

Un jour par semaine, quand la tannerie fermait, Arjun et Thambi aidaient leur père aux champs, ce qui causait beaucoup de joie à Nathan. Il aimait avoir ses fils à ses côtés et leur apprendre tout ce qui concerne la terre : leur apprendre à semer, à transplanter, à récolter ; à reconnaître la pousse saine de celle qui est pourrie et qu'il faut arracher, à irriguer et à drainer les gradins où l'on cultive le riz. Dans tous ces domaines il n'avait plus rien à connaître, et je crois que cela lui était utile de savoir qu'il pouvait enseigner quelque chose à ses fils — pourtant beaucoup plus instruits en d'autres matières, et qui savaient lire et écrire mieux que personne en ville.

Le reste de la semaine ils travaillaient tous deux à la tannerie ; ils partaient peu après le lever du jour et ne revenaient qu'à la nuit. Quand ils approchèrent de vingt ans, ils gagnaient bien leur vie : une roupie par jour de travail. Ils ne manquaient jamais de me donner leur paye, sans rien garder pour le jeu ni pour les filles comme faisaient tant d'autres garçons de leur âge. Tous les matins je leur préparais du riz, quelquefois avec des lentilles et des légumes, qu'ils emportaient pour leur repas de midi ; et quand ils revenaient à la maison, je leur donnais de l'eau de riz et du poisson séché, quelquefois du petit lait ou même des plantains que j'avais mis de côté pour nous au lieu de les vendre. Mais sur ce qu'ils me donnaient il fallait aussi leur acheter des vêtements, on exigeait qu'ils portent une chemise par-dessus leur pagne et un turban rouge ; aussi malgré nos estomacs pleins et nos beaux vêtements, il ne nous restait pas grand-chose en fait d'économies, et l'espoir que j'avais chéri secrètement de mettre un peu d'argent de côté pour Ira pâlit bientôt ; quand il fut tout à fait éteint, je retrouvai ma tranquillité d'esprit et un bonheur relatif.

S'il n'y avait rien à faire aux champs, Nathan m'accompagnait quand j'allais au marché. Cela se produisait si rarement que c'était une vraie fête et pour couronner le tout nous allions à la tannerie voir nos fils. Invariablement ils sortaient pour leur repas de midi et nous nous asseyions quelques minutes avec eux pour leur parler pendant qu'ils mangeaient leur riz et se reposaient un peu. Puis un jour — un matin doux et lumineux où frémissaient des présages de pluie — nous arrivâmes à la tannerie pour trouver les portes closes et des sentinelles postées tout autour des grilles de fer qui entouraient les bâtiments.

L'après-midi s'avançait, mais toujours aucun signe des ouvriers. Finalement je trouvai le courage d'interroger les sentinelles — il faut du courage, ils sont en uniforme et ils ont un bâton attaché au poignet par une courroie.

Le premier est revêche : « Circulez ! Je n'ai pas de temps à perdre avec des commères. »

Le suivant balance son bâton d'un air dégagé ; il ne sait rien, il ne veut rien dire.

Allons, au suivant ! C'est un grand costaud ; il me regarde de haut et me dit qu'il y a eu du grabuge — les ouvriers ne sortiront pas aujourd'hui — non, pas même pour manger.

Mes genoux se dérobent sous moi. « Du grabuge ? », j'en bégaie. « Mes fils y sont-ils mêlés ? » Il secoue la tête, il ne sait pas.

Mon mari est derrière moi. Il me soutient un peu de son bras et nous rentrons chez nous. Pour attendre. Finalement ils arrivent, il fait nuit depuis longtemps ; ils n'ont pas vingt ans et pourtant leurs visages sont des visages d'hommes, pleins de colère.

— Qu'est-il arrivé ? demandons-nous en tremblant.

Ce sont toujours nos fils, mais nous avons brusquement l'impression qu'ils sont plus âgés que nous.

— Il y a eu du grabuge, disent-ils. Nous avons demandé une augmentation et ils ont supprimé la pause du déjeuner.

J'apporte du poisson séché et des beignets de riz. Ils ont une faim de loup.

— Une augmentation ? dis-je, pourquoi ? Vous êtes déjà bien payés !

— Pourquoi ? reprend l'un d'eux. Pour pouvoir manger à notre faim, nous marier et pour nos fils.

Et l'autre dit :

— Non, nous ne sommes pas assez payés.

Je ne sais que répondre — ces hommes sont des étrangers. Nathan dit que nous ne comprenons pas, qu'il ne faut pas nous mêler de cela : il me prend la main et m'entraîne. Il est très doux avec ses fils.

Dans le lac paisible de notre vie, on a jeté la première pierre.

Maintenant que je regarde en arrière, je me demande comment il est possible que nous ayons ignoré jusqu'à ce jour fatal que des ennuis se préparaient. Personne ne nous avait soufflé mot des réunions qu'avaient organisées les ouvriers, où mes fils avaient pris la parole ; ni de l'agitation qui avait suivi ; ni des menaces des propriétaires de la tannerie — ils étaient quatre maintenant. Nous n'entendîmes parler de tout cela que plus tard.

Puis un jour ils n'allèrent pas travailler.

— Nous n'y retournerons pas, dit Thambi, tant qu'on n'aura pas accepté nos conditions. Tous les ouvriers ont cessé le travail. Nous ne demandons pas la charité, nous ne demandons que notre dû.

— Comment pouvez-vous les obliger ? lui dis-je. Ce sont eux les maîtres. Ils ont trois fois plus de demandes qu'il n'en faut pour vous remplacer.

— C'est ce que nous verrons, dit-il d'une voix dure, et je n'osai rien ajouter.

Après toute une semaine d'attente, les autorités de la tannerie convoquèrent les ouvriers pour leur annoncer que ceux qui ne reprendraient pas le travail seraient remplacés. Mes fils revinrent de la réunion encore plus silencieux, si c'est possible, qu'ils ne l'avaient été jusque-là. C'était le moment décisif, et ce fut pour eux un échec. Le lendemain les effectifs de la tannerie étaient de nouveau au complet : ils étaient composés en grande partie d'anciens ouvriers qui avaient repris le travail et pour le reste de gens qui avaient été trop heureux d'être embauchés.

L'espoir et l'ardeur de la bataille qui avaient si longtemps soutenu Arjun et Thambi se transformèrent en amertume.

— Le peuple ne comprendra donc jamais, dit Arjun d'un ton furieux. Il crèvera avant.

Le peuple ne comprendra jamais ! Kenny avait dit la même chose et je m'étais demandé ce qu'il voulait dire ; maintenant c'étaient mes propres fils qui répétaient cela, et je me le demandais toujours. Qu'aurions-nous dû comprendre ? Qu'il fallait mener une bataille perdue d'avance ? A quoi cela aurait-il servi ? A perdre le peu qu'on avait. « A quoi cela sert-il de se battre quand on connaît par avance l'issue de la bataille ? » Voilà ce que je me demandais sans trouver de réponse. J'allai trouver mon mari et j'ajoutai ma perplexité à la sienne.

Naturellement notre famille n'était pas la seule touchée. Il y en avait plusieurs autres, celle de Kali, en particulier ; elle vint gémir sur les conséquences.

— Deux bouches de plus à nourrir, me dit-elle d'un ton plaintif. Il n'y a qu'un de mes fils qui a eu l'intelligence de reprendre le travail. Je me demande ce que nous allons devenir, ce n'est pas la terre qui peut nous nourrir tous. Voilà où ça nous mène de lire et d'écrire, dit-elle en dirigeant vers moi un doigt et un regard accusateurs. Je l'avais bien dit que ça nous attirerait des ennuis ! Ils nous ont mis dans un beau pétrin, vos fils !

— Un pétrin qui nous aurait permis d'obtenir quelque chose, dit Thambi d'une voix dure, s'il n'y avait pas des vendus comme votre fils qui ont trahi pour un salaire de misère.

— Tâche d'être respectueux, m'écriai-je, ou autrement...

Nathan m'interrompit avec tant de violence que j'en sursautai.

— Ça suffit, cria-t-il. On en a trop dit déjà. Nos enfants doivent agir comme ils l'entendent, ils ne nous doivent rien. Vous trouvez qu'ils n'ont pas assez souffert ?

Les veines faisaient saillie sur son front. Je ne l'avais jamais vu aussi en colère. Kali s'en alla. Puis les hommes, le père et les fils ; ils me laissèrent seule, moi qui ne comprenais rien.

Une fois de plus Nathan était seul à subvenir aux besoins de toute la famille, et nous oubliâmes la vie facile que nous avions connue. Les réserves de grain que j'avais mises de côté commencèrent à diminuer en dépit de tous mes efforts. Heureusement le moment de la récolte approchait et je me consolais avec cette pensée.

Arjun et Thambi commencèrent à fréquenter de plus en plus la ville, à aller et venir à toute heure sans un mot d'explication ; je supportais leur attitude en silence car je savais qu'ils n'avaient pas d'argent pour faire des bêtises et que je n'avais pas de remède pour les guérir de leur fièvre.

Un matin que j'étendais du linge à sécher au soleil, Selvam arriva en courant, surexcité, le visage rouge.

— Il y a des tambours qui battent, annonça-t-il, hors d'haleine. La ville est pleine de tambours, on recrute des hommes.

Je m'arrêtai de travailler et je le regardai. Mon sang ne fit qu'un tour. Ce n'était là que la répétition d'une scène déjà ancienne. Ce n'était pas Selvam qui était devant moi, mais Arjun ; il n'était pas question de tambours, mais de chars à bœufs qui nous amenaient la tannerie brique à brique. Je me couvris les yeux de la main, j'étais tout étourdie.

— Viens voir, viens vite, disait l'enfant impatient, sans rien remarquer. Les autres s'assemblèrent autour de lui et, tout fier, il répéta son histoire. Il avait éveillé l'intérêt de ses frères ; tout le monde m'avait oubliée.

Quand ils furent partis — Selvam triomphant ouvrait la marche — et que tout fut tranquille, j'entendis effectivement l'appel insistant, étouffé et lointain des tambours. Je pensai : « Si c'est quelque chose qui me concerne, j'en entendrai parler toujours assez tôt ; dans le cas contraire, ça m'aura évité de la marche à pied. » Et je cherchai à calmer mon inquiétude en vaquant à mes occupations ordinaires.

— Ils cherchent des ouvriers, dit Arjun sans lever les yeux. Ça ferait bien notre affaire.

Seuls Arjun et Thambi, qui étaient restés en ville jusqu'à la nuit, étaient debout avec mon mari et moi. Il y avait longtemps que les autres dormaient.

— Ils paient bien, reprit Arjun. Ça nous ferait du bien de recommencer à travailler. Il n'est pas bon que des hommes se corrompent à vivre dans la faim et l'oisiveté.

— J'ai entendu dire, répondit Nathan, que ce n'est pas ici qu'on vous offre du travail, mais dans l'île de Ceylan.

— Oui, dans les plantations de thé de Ceylan.

— Vous n'êtes peut-être pas qualifiés pour ce genre de travail.

— Ils nous apprendront ce qu'il faut savoir, ils l'ont dit.

— Qui paiera le voyage — est-ce que Ceylan n'est pas à des milliers de kilomètres d'ici ?

— C'est exact. Ils s'occuperont de tout, ils paieront tout.

Après cela Nathan n'eut plus rien à dire ; il voyait qu'il avait affaire à des hommes, et qu'ils avaient pris leur décision ; mais moi, comment aurais-je pu laisser partir sans lutte ma propre chair et mon propre sang ?

— Des promesses, leur dis-je. De belles paroles. Qui veillera à ce qu'elles soient respectées ? Que se passera-t-il si elles ne sont pas tenues ?

— Ils ont besoin de main-d'œuvre, dit Arjun d'un ton sec. C'est leur intérêt qui leur fera tenir leurs promesses.

— Qu'est-ce qui vous attire ? lui dis-je. Est-ce l'or ? Bien que nous n'en ayons pas, rappelez-vous que l'argent n'est pas tout.

— C'est une part importante de la vie, m'expliqua-t-il patiemment, et le travail en est une autre. Il n'y a rien pour nous ici, car nous n'avons ni le moyen d'acheter de la terre ni d'en louer. Est-ce que vous voulez que nous perdions notre jeunesse à nous casser la tête contre des choses que nous ne pouvons changer.

— Certainement pas, dis-je, mais Ceylan est un pays lointain, ses habitants ne sont pas des gens comme nous. Comment vivrez-vous ?

— Pas plus mal qu'ici, répondirent-ils, pas plus mal qu'ici.

La flamme de la lampe sautait et vacillait. Il n'y avait plus que quelques gouttes d'huile dans l'écorce de noix de coco où trempait la mèche ; mais nous n'en avions pas d'autre. Nous restâmes assis dans l'obscurité. Finalement je tentai un dernier effort.

— Si vous partez, vous ne reviendrez jamais, m'écriai-je. Le voyage coûte des centaines de roupies, vous n'aurez jamais assez d'argent.

Mes larmes se mirent à couler, des larmes brûlantes et amères, que rien ne pouvait arrêter : comme si on avait ouvert en moi les sources de la tristesse. Ils me dirent des paroles apaisantes — ils gagneraient beaucoup d'argent, un jour ils reviendraient — comme ils en auraient dit à un enfant ; je les écoutai ; et tout cela n'était que faux semblant et pieux mensonge sous lequel nous cherchions à cacher nos cœurs torturés.

Ils partirent au petit jour, chacun portant un paquet contenant de la nourriture ; avant de s'en aller, ils embrassèrent les pieds de Nathan, puis les miens et nous posâmes nos mains sur leurs têtes, pour les bénir. Je savais que je ne les reverrais jamais.

— Ils grandissent, me dit Nathan. Tu voudrais les garder éternellement au berceau ?

— Non, lui dis-je d'un ton las. Il faut qu'ils suivent chacun leur chemin. Mais il me semble que leurs chemins les emmènent bien loin. Deux d'entre eux sont déjà partis et voilà maintenant que le troisième s'en va — et même pas pour cultiver la terre — ce qui serait naturel pour lui — non, comme domestique, un travail qu'il n'a jamais fait. Qu'est-ce qu'il y connaît ?

— Il apprendra, dit Nathan. Il a l'esprit rapide et agile. Tu devrais t'estimer heureuse qu'il ne s'en aille qu'à deux jours de voyage d'ici et pour travailler dans une bonne maison. C'est Kenny lui-même qui t'en a donné l'assurance — tu devrais lui être reconnaissante d'avoir recommandé ton fils.

— Je le suis, dis-je d'un ton morne et découragé. Il a fait beaucoup pour nous.

— Tu ressasses toujours la même chose, dit Nathan, tu ne penses qu'à tes malheurs, jamais aux joies que nous avons encore. Regarde notre terre — comme elle est belle ! Les champs sont verts, le grain est en train de mûrir. Ce sera une bonne année, il y aura une belle récolte.

Il me persuada de sortir au soleil et nous nous assîmes ensemble sur cette terre brune qui faisait partie de nous et nous promenâmes nos regards sur les champs de riz qui s'étendaient riches et verts sous nos yeux. Oui, ils étaient beaux ! L'air était frais et tranquille. Cependant le riz, obéissant au moindre souffle, ondulait mollement dans un doux murmure. Autrefois les martins-pêcheurs plongeaient comme l'éclair entre les jeunes pousses pour attraper notre poisson ; il y avait aussi des oiseaux de rizières et quelquefois sur les bas-fonds de la rivière des flamants s'avançaient sur leurs hautes pattes avec une précision sans grâce au milieu des roseaux, resplendissants de la beauté irréelle de leur plumage. Maintenant les oiseaux ne venaient plus, la tannerie était trop près — il ne venait que des corbeaux, des vautours, et autres ramasseurs d'ordures, avides de se nourrir des déchets de la ville ; ou quelquefois un *pal-pitta* passait très bas, sans s'arrêter, avec un cri rauque et d'aventure laissait tomber une plume d'un bleu-noir qui faisait les délices des enfants.

Nathan alla cueillir quelques tiges vertes et me les apporta.

— Vois comme elles sont solides et fortes — pas trace de maladie. Regarde, le grain se forme déjà.

Je lui enlevai la plante des mains, j'écartai l'herbe, et là sous sa balle protectrice, je vis le grain de riz, tout juste perceptible, blanc, parfait, et contenant en lui-même nos vies.

— Il y a là la promesse d'une bonne récolte, répéta-t-il avec ardeur. Nous pourrons payer le loyer, manger et même peut-être mettre quelque chose de côté. Qui sait si nous n'aurons pas assez pour aller rendre visite à notre fils — ce serait magnifique !

C'est ainsi qu'il cherchait à me réconforter ; bientôt je fus à l'unisson avec lui et me mis à penser avec plaisir à la récolte, aux potirons en train de mûrir sur leurs tiges, à la visite projetée auprès de notre fils — c'est ainsi que nous faisions des projets.

Peu après Kenny m'apporta des nouvelles de mon troisième fils. Tout allait bien pour lui, dit-il. Son employeur était content de son travail, on prenait bien soin de lui, je n'avais aucune raison de me tourmenter. Mon fils m'écrirait bientôt lui-même.

— C'est très gentil de votre part de me dire cela, lui dis-je. Vous avez fait beaucoup pour moi et pour les miens.

— Ce n'est rien, dit-il, vous demandez bien peu de chose.

Je regardai cet homme assis dans notre hutte, son visage long et hagard, ses yeux couleur d'aile de martin-pêcheur, cet homme qui vivait au milieu de nous qui n'étions pas son peuple, dans un pays qui n'était pas le sien ; brusquement je ne pus m'empêcher de lui demander s'il était vraiment seul.

— Seul ? dit-il. Je ne suis jamais seul. Vous ne voyez pas la foule qui se presse toujours à ma porte ? Est-ce que j'ai l'air de manquer d'escorte ?

— Ce n'est pas ce que je voulais dire, repris-je ; puis j'attendis tranquillement.

Il ne répondit pas tout de suite. Son visage s'était contracté. « Je l'ai offensé, pensai-je, envahie par la panique. Pourquoi a-t-il fallu que je parle ? » Le silence s'approfondit. Finalement il leva les yeux.

— Je suis surpris que vous ne m'ayez pas demandé cela plus tôt. Il y a bien des années que je vous ai vue pour la première fois dans la maison de votre mère.

Je pensai : « Si je ne vous l'ai pas demandé plus tôt, c'est parce que je n'ai pas osé ; il y a en vous quelque chose de terrifiant, votre attitude interdit de telles questions. »

Gênée, je dis :

— J'ai pensé à cela plus d'une fois... Mais ce

n'est pas à moi de poser des questions. Vos allées et venues ne regardent que vous. Je ne sais pas ce qui m'a poussée à vous questionner.

— Pourtant puisque vous me l'avez demandé, je vais vous le dire, me répondit-il. J'ai les charges habituelles des hommes — une femme, des enfants, un foyer — des charges qui auraient dû m'enchaîner, mais j'ai résisté, aussi suis-je seul. Quant à mes allées et venues, je fais ce que je veux, je suis mon propre maître, n'est-ce pas ? Je travaille au milieu de vous quand mon humeur m'y pousse... Je m'en vais quand je suis las de vos folies et de vos stupidités, de votre éternelle et honteuse pauvreté. Je ne peux vous supporter, dit-il, qu'à petites doses.

Je gardai le silence, sans me vexer. Des paroles cruelles, mais sans pouvoir, prononcées par quelqu'un de si compatissant. Des mots durs venant d'un homme doué de telles réserves de tendresse, comme je le savais par expérience.

— Je vous ai dit cela dans un moment de folie, dit-il. Je ne veux pas que ce soit répété.

— Je n'ai pas une langue de commère, lui dis-je, ennuyée. Ne craignez rien, je ne répéterai pas ce que vous avez dit.

— Jamais. C'est compris ?

— J'ai compris.

Il se mit debout et sans un autre mot s'éloigna, marchant à grandes enjambées rapides, un peu voûté, comme d'habitude. Une nature étrange, que je ne pouvais comprendre qu'à demi. Un homme à moitié dans l'ombre, à moitié dans la lumière, insaisissable.

13

Cette année-là la mousson ne vint pas. Une semaine se passa, puis deux. Nos regards se fixaient sur un ciel cruel, calme et bleu, insensible à nos besoins. Nous nous jetâmes sur la terre pour prier. Je portai un potiron et quelques grains de riz à ma Déesse et je pleurai à ses pieds. J'eus l'impression qu'elle me regardait avec pitié et je m'éloignai réconfortée, mais la pluie ne vint pas.

— Peut-être demain, dit mon mari, il n'est pas trop tard.

Nous sortîmes pour examiner le ciel, clair et beau, mortellement beau, sans un nuage pour troubler sa sérénité. D'autres nous imitèrent qui sortirent aussi pour contempler le ciel et murmurer : « Demain, peut-être. »

Le lendemain vint et encore d'autres lendemains, mais toujours pas de pluie. Nathan ne disait plus « peut-être » ; une faible lueur d'espoir se refusant obstinément à mourir le faisait seule sortir à l'aube chaque jour pour interroger le ciel.

Chaque jour le niveau de l'eau baissait et la tête des plants de riz s'inclinait davantage. La rivière s'était amenuisée jusqu'à n'être plus qu'un filet d'eau, le puits était complètement à sec. Bientôt la pointe des tiges de riz tourna au brun ; sous nos yeux, la métamorphose s'opéra comme s'étend une maladie contagieuse, effaçant le vert qui pour nous était la vie.

Le moment de la récolte, et rien à ramasser. Le riz avait pris toute notre peine et maintenant il gisait devant nous en tas, passés, inutilisables.

Sivaji vint encaisser ce qui était dû à son

maître ; il changea d'expression quand il vit l'étendue des pertes, car il était bon et avait pitié de nous.

— Il n'y a rien cette année, lui dit Nathan, pas même de glanures ; le grain n'était pas assez avancé.

— Vous avez eu la jouissance de la terre pour laquelle vous vous êtes engagés à payer, dit Sivaji : tant en argent, tant en riz. C'est une juste redevance, vous me la devez. Voulez-vous que je reparte les mains vides ?

Nathan baissa la tête. Il avait l'air fatigué et découragé. Je vins me mettre à côté de lui, Ira et les garçons étaient accroupis près de nous, sur la défensive.

— Il n'y a rien, répéta Nathan. Vous ne voyez donc pas que la récolte est perdue ? Il n'a pas plu et la rivière est à sec.

— Pourtant vous aviez accepté le contrat, autrement on ne vous aurait pas loué la terre.

— Que voudriez-vous que je fasse ? La dernière récolte a été si maigre, nous n'avons rien mis de côté.

Sivaji détourna les yeux.

— Je ne sais pas. C'est votre affaire. Je dois faire ce qu'on m'ordonne.

— Alors quoi ?

— La terre ira à un autre si vous ne pouvez pas payer.

— Laisser la terre après toutes ces années ? Où irions-nous ? De quoi pourrions-nous vivre ?

— C'est votre affaire. J'ai reçu des ordres, je dois les exécuter.

Nathan restait là, immobile, couvert de sueur et tremblant.

Finalement d'un ton plein d'humilité, il dit :

— Prenez patience jusqu'à la prochaine récolte. Je m'arrangerai pour vous payer à ce moment-là.

— Donnez-moi la moitié de ce que vous me

devez maintenant, dit Sivaji, et j'essaierai de faire ce que vous me demandez.

Il parlait rapidement, comme pour essayer de ne pas se donner le temps de se repentir de sa proposition ; et il prit la fuite avant même que mon mari ait pu accepter.

— Ce n'est pas facile pour lui, dis-je. Il doit rendre des comptes, tout comme nous.

— C'est pour cela qu'on emploie des gens comme lui, dit Nathan avec amertume. Pour éviter à leurs maîtres des tâches aussi désagréables. De cette façon le propriétaire peut nous pressurer sans se soucier de la misère qu'il cause : ce n'est facile pour personne de supporter le spectacle d'un homme qui meurt de faim avec sa femme et ses enfants, ni de jouir de l'argent payé un tel prix.

Il rentra dans la hutte et je le suivis. Quelques pots de terre, deux récipients de cuivre, la malle de fer-blanc que j'avais apportée avec moi le jour de mon mariage, deux chemises que mes fils aînés avaient laissées, deux livres de lentilles et une poignée de piments séchés, reste des temps meilleurs, c'était tout ce que nous avions à vendre.

— Il vaut mieux renoncer à tout ça, dit Nathan, que nous laisser prendre la terre ; nous pouvons nous passer de ces choses, tandis que nous ne pouvons pas nous passer de la terre, c'est elle seule qui peut assurer notre existence ; sans elle, nous sommes condamnés à errer comme des chacals. Il examina un moment ce que nous avions à vendre, puis fit un effort pour dire quelque chose, dut s'y reprendre avant de pouvoir enfin prononcer d'une voix étranglée : « Il faut vendre les bœufs. Autrement nous n'aurons pas assez. »

Mais quand nous les eûmes ajoutés à notre fortune, et fait et refait nos comptes, nous dûmes convenir que cela ne suffisait pas encore.

— Il reste les *saris*, dis-je. De beaux *saris*, en bon état, il faut les vendre.

Je sortis le *sari* rouge qui avait servi à mon mariage et à celui de ma fille, et aussi le *sari* et le *dhoti* que j'avais achetés quand Thambi travaillait à la tannerie. Je fis un paquet du tout et je me mis en route.

— Tiens, voilà Rukmani, dit Biswas, de son air faux et mielleux. Qu'est-ce qui vous amène ? Il y a longtemps que je ne vous ai vue et que vous ne m'apportez plus vos fruits succulents. Serait-ce des fruits que contient votre paquet ?

— Oh ! non, me bornai-je à répondre, crispée que j'étais, comme d'habitude, par sa voix. Malheureusement la terre est brûlée et réduite en poussière et tout ce que j'avais planté est mort. Comme vous savez, il n'y a pas eu de mousson.

— Oui, oui, oui, dit-il en m'examinant d'un œil rusé. Les temps sont durs pour nous.

« Pas pour vous, pensai-je. Vous vous engraissez de la misère des autres. »

— Il nous faut de l'argent pour payer le loyer de la terre, dis-je. Je vous ai apporté les deux chemises dont mes fils n'ont plus besoin puisqu'ils sont partis, les deux *saris* que je ne porte jamais et le *dhoti* de mon mari. Les deux *saris* sont très finement travaillés et ils n'ont presque pas été portés.

Je les sortis du paquet et les étalai devant lui. Il palpa le tissu épais, mesura les bordures entre son pouce et son petit doigt étendus, tira un peu sur les fils d'argent pour les examiner de plus près, regarda les chemises par transparence pour y déceler les signes d'usure.

— Vous en voulez combien ?

— C'est à vous de faire une offre.

— Dites-moi d'abord combien vous voulez, je verrai ce que je peux faire.

— De quoi payer le loyer.

— C'est-à-dire ?

— C'est mon affaire.

Il resta silencieux un moment ; exaspérée, je lui dis :

— Si vous ne voulez pas l'acheter, dites-le-moi ; j'irai ailleurs.

— Toujours pressée ! (Il avait la même voix douce et mielleuse pour me faire ce reproche.) Pourtant cette fois, il faudra que vous attendiez mon bon plaisir, Rukmani.

— Que voulez-vous dire ? demandai-je, irritée. Il ne manque pas de gens qui seraient heureux d'acheter de belles choses comme celles-ci.

— Je ne crois pas, dit-il, je ne crois pas. Voyez-vous, il y a d'autres épouses qui sont venues me trouver, comme vous, et qui sont parties, comme vous menacez de le faire, et qui ont été obligées de revenir parce que, dans la période difficile que nous traversons, personne d'autre que moi ne peut se permettre d'acheter.

— Je vous crois sans peine, dis-je d'un ton méprisant. (Et brusquement, sous le coup d'une inspiration, j'ajoutai :) si vous ne me donnez pas un bon prix de ces *saris*, je les porterai ailleurs. Je connais la femme d'un des employés musulmans de la tannerie. Elle me les achètera comme elle m'a déjà acheté d'autres choses.

— Vraiment, dit-il un peu décontenancé. Ma foi, Rukmani, il y a longtemps que nous faisons des affaires ensemble et que j'admire votre courage, aussi je vous donnerai trente roupies. Personne ne pourrait faire mieux.

— C'est ce que vous croyez, répondis-je. Ce sera soixante-quinze roupies ou rien. C'est à prendre ou à laisser.

Je rassemblai mes affaires et je fis semblant de me diriger vers la porte. J'espérais qu'il me rappellerait, parce qu'en réalité je ne savais pas où aller, mais sinon tant pis — ses trente roupies étaient vraiment trop loin de compte — et s'il ne me donnait pas ce que je demandais, je pouvais aussi bien garder les *saris*.

Au moment où j'atteignais la porte, il m'appela :

— Très bien, Rukmani. Je vous donnerai ce que vous demandez, pour vous rendre service.

J'attendis. Il disparut dans une autre pièce et revint quelques minutes plus tard, le visage fermé, portant une petite bourse de cuir pleine d'argent. Il tira sur les cordons, et sortit des billets et des pièces qu'il compta deux fois pour plus de sûreté.

— Un prix exceptionnel, dit-il en me tendant l'argent. Rappelez-vous toujours le service que je vous ai rendu.

Je plaçai soigneusement l'argent sans répondre et je partis d'un pas plus léger que je n'étais venue.

Nathan était rentré, lui aussi, après avoir vendu les pots et les poêles, la nourriture et les bœufs. Nous rassemblâmes l'argent pour le compter ; en tout, il y avait cent vingt-cinq roupies, pas même la moitié de ce qu'il nous fallait.

— Il y a encore la semence, dit Nathan. Il faut que nous la vendions.

— Et la prochaine récolte ? lui dis-je. Si nous vendons la semence, pourquoi garder la terre ? Nous ne pourrons plus rien semer.

— Il vaut encore mieux se défaire de la semence que de se laisser dépouiller de la terre où l'on doit la planter. La semence ne coûte pas cher, on peut l'acheter. Je peux gagner quelques roupies, ou mes fils peut-être...

Comment ? Comment ? me demandai-je en moi-même. Mon fils va tous les jours à la tannerie et personne ne veut le regarder à cause de ses frères. Et toi, mon mari, quelle chance as-tu, alors qu'il y a tant d'hommes jeunes qui se rongent dans l'oisiveté !

— Ça ne représente que quelques roupies, lui

dis-je. Ne sacrifions pas l'avenir à notre besoin immédiat.

— Quelle autre solution y a-t-il ? s'écria Nathan. Crois-tu que je sois aveugle ou alors stupide au point de croire qu'on peut récolter sans avoir semé ? Me prends-tu pour un imbécile qui...

Ce n'était pas à moi qu'il en avait, mais au choix terrible auquel nous étions contraints. Je le savais, mais je ne pouvais empêcher ma gorge de se contracter, ni contraindre mes larmes à remonter à leur source.

— Essayons quand même, lui dis-je au milieu de mes sanglots. Gardons de quoi espérer en une prochaine récolte.

— Très bien, très bien, s'écria Nathan. Essayons à tout prix. Ce sera peut-être notre perte, mais qu'est-ce que ça peut faire ! Je ferai n'importe quoi pour que tu cesses de pleurnicher. Va-t'en maintenant, tu m'as assez exaspéré pour aujourd'hui.

« Il se fait du souci, pensai-je, en étouffant mes sanglots. Il est si tourmenté qu'il ne sait plus ce qu'il dit, il ne veut pas me faire de peine. »

Je rentrai et je m'étendis, gardant l'argent serré dans ma ceinture ; finalement je m'endormis d'un sommeil troublé.

Le matin, Sivaji arriva ; mon mari prit l'argent et le compta devant lui.

— Cent vingt-cinq roupies, lui dit-il. Moins de la moitié de ce que nous devons. Nous ne pouvons pas donner plus, à moins de vendre la semence nécessaire à la prochaine récolte.

— Ça ne donnerait que quelques roupies, dis-je d'un ton suppliant. Permettez-nous de les garder et nous vous en rendrons deux fois plus.

— Ce n'est pas pour moi, répondit Sivaji. C'est un autre que vous payez. Comment lui expliquerai-je que je lui apporte une si petite somme ?

Vous aviez promis de me donner la moitié de ce que vous deviez.

— Faites-nous grâce pour quelque temps, dit Nathan, non sans peine. Nous vous paierons notre dû et davantage à la prochaine récolte.

Nous restâmes là à discuter, à le supplier et finalement Sivaji accepta d'attendre. Il prit l'argent, se dirigea vers la porte, puis après un moment d'hésitation il dit non sans mélancolie :

— Ce que j'ai à faire, il faut bien que je le fasse ; je dois penser aux miens... Je voudrais bien ne pas être dur. J'espère que tout ira bien pour vous.

— Et pour vous aussi, dis-je dans un murmure. Ses mots m'avaient prise au dépourvu, j'étais presque incapable de parler. « Que la bénédiction des dieux soit sur vous. » Là-dessus il partit.

La sécheresse continua si longtemps que nous perdîmes le compte des jours. Matin après matin le soleil dardait ses rayons impitoyables, grillant tout ce qui s'efforçait encore de pousser, cuisant et durcissant la terre au point que finalement elle se fissura et que de grandes failles béantes s'ouvrirent dans le sol. Les plantes s'étiolèrent, les herbes périrent, le bétail et les moutons se traînèrent jusqu'au lit de la rivière et y moururent par manque d'eau ; les lézards et les écureuils haletaient, étendus inertes sous le soleil brûlant. En ville on avait construit un réservoir pour les ouvriers de la tannerie et leurs familles, mais maintenant on distribuait aussi de l'eau aux autres. Je m'y rendais donc tous les matins et quand j'avais dit combien nous étions à la maison on m'en mesurait une ration d'un demi pot de terre, quelquefois un peu plus, suivant la personne qui était chargée de la répartition. Mais bientôt quelques femmes en vinrent à s'inventer des enfants qu'elles n'avaient pas ou des parents imaginaires, et il y eut des jalousies, des mots amers et de violentes discussions. Si bien que finalement il fut décidé que chaque personne devait venir elle-même, nul ne pouvait se faire remplacer, pas même les enfants et les vieillards. Cette décision mit fin aux abus et aux disputes, mais elle fut très pénible pour le grand nombre de gens qui n'avaient plus toutes leurs forces.

Enfin, après des jours et des jours de chaleur qui avaient tué notre espoir en détruisant le riz — trop tard pour qu'ils puissent être d'aucune utilité, nous vîmes s'assembler les nuages d'orage. Bientôt des rafales de pluie, aussi furieuses que superflues, apportèrent à la terre comblée tout ce qu'elle pouvait absorber et plus encore. Mais en nous il ne restait plus rien — ni joie ni motif de joie. Il était trop tard.

14

Dès que la mousson fut terminée, les fissures de la terre comblées, et le sol humide prêt à recevoir les graines, nous portâmes nos semences à notre déesse ; nous les plaçâmes à ses pieds pour qu'elle pût les bénir ; puis nous les reprîmes pour faire nos semailles.

Après quelques semaines, les plantes germèrent ; de tendres pousses apparurent qui s'élevèrent vers le ciel avec une force croissante ; bientôt nous pûmes transplanter les pieds un à un ; d'abord il n'y eut que de petites pointes, fragiles, isolées et tremblantes, séparées par des espaces vides ; mais elles grandirent, grandirent, et finirent par se confondre en une seule masse épaisse et verte, un champ de riz bruissant. Dans ce champ, dans ce grain qui n'avait pas encore commencé à se former reposaient notre avenir et notre espoir.

L'espoir, et la peur. Deux forces sœurs entre lesquelles au début nous étions tiraillés, sans pouvoir décider laquelle était la plus puissante. De la seconde nous ne parlions jamais, mais elle était toujours présente. La peur, compagne constante du paysan. La faim, toujours à ses côtés pour lui pousser le coude s'il se détendait un moment. Le désespoir, prêt à l'engloutir s'il se laissait aller. La peur ; peur du gouffre de l'avenir ; peur de l'aiguillon de la faim ; peur de l'ombre de la mort.

Bien avant que le grain ne fût mûr, nous arrivâmes au bout de notre réserve de poisson séché. Il ne nous restait plus d'argent — nous avions dépensé jusqu'à notre dernier sou pour payer le fermage. Il ne nous restait rien à vendre. Rien de tout le mal que je m'étais donné. Mes plantes grimpantes et mes légumes avaient péri pendant les longues semaines de sécheresse.

Je n'avais plus le choix, il me fallut puiser dans ma réserve secrète : un petit stock de riz (dix livres en tout) que j'avais réussi à garder intact malgré les innombrables tentations de le vendre ou de l'échanger, et qui même était resté seul de tous nos biens quand la nécessité de payer le loyer nous avait fait nous séparer de tout le reste. Je le sortis donc et le mesurai de nouveau, dix livres exactement. Puis je le divisai en plusieurs portions égales, chacune de ces portions représentant le minimum de ce qu'il nous fallait pour une journée ; je comptai les portions, il y en avait vingt-quatre ; nous avions donc presque un mois à être assurés de ne pas mourir de faim. Pendant longtemps j'hésitai ; je me demandai s'il ne serait pas possible de diminuer la ration quotidienne, de façon à faire durer le riz trente jours ; mais finalement j'abandonnai cette idée. Kuti était déjà affaibli et il nous fallait garder nos forces pour la récolte.

Nous sommes assurés d'avoir à manger au moins vingt-quatre jours, pensai-je. Après cela — ma foi, nous sommes entre les mains de Dieu. Il ne nous abandonnera pas.

A certains moments je pensais ainsi, à d'autres je me mettais à trembler, j'avais peur et je ne savais plus où chercher secours.

Les plus mauvais moments étaient les nuits, pas seulement pour moi d'ailleurs. La paix semblait avoir abandonné notre hutte ; j'entendais mon mari et mes enfants qui s'agitaient sans pouvoir trouver le repos dans leur sommeil, qui prononçaient des paroles indistinctes ; avaient-ils faim, avaient-ils peur, je ne sais. Une fois Nathan poussa un grand cri et, tout endormi, fit un bond. J'allai à lui ; alors, il s'éveilla et s'accrocha à moi.

— Ce n'est qu'un rêve, lui dis-je, dors, mon chéri.

— Un cauchemar, me dit-il, tout en sueur. Je voyais tout le riz tourné en paille, tout le grain perdu... Mon Dieu, tout était perdu.

Sa peur était tout entière dans sa voix ; il avait perdu ce pouvoir de dissimuler que donne la pleine conscience.

— N'aie pas peur, lui dis-je d'un ton faussement assuré, de crainte que la panique ne s'empare de nous. Tout ira bien.

Il se prépara à se rendormir.

— Tu es une bonne épouse, murmura-t-il. Je ne changerais pour rien au monde.

Finalement je glissai dans un sommeil agité peuplé de mauvais rêves ; dans l'un je vis une forme sans visage se faufiler dans notre hutte et emporter les dix livres de riz. Je savais que c'était le fruit de mon inquiétude mais, la nuit suivante, je fis le même rêve. Au fur et à mesure que passaient les jours je devenais de plus en plus méfiante. En dehors de ma famille, je n'avais confiance en personne. Je ne me sentais complètement en sécurité que la nuit quand il n'y avait plus de passants. Alors je sortais le riz de sa cachette, je le mesurais, je faisais glisser les grains entre mes doigts amoureusement, je les caressais comme une simple d'esprit. Quand j'avais mis de côté la ration du lendemain, j'enterrais le reste : une moitié, enveloppée d'un chiffon blanc dans un trou que je creusais à quelque distance de notre hutte, l'autre moitié dans notre grenier.

Plusieurs fois je pensai avoir recours à Kenny et deux fois j'allai jusque chez lui. Il nous aurait aidés, j'en suis sûre, mais les deux fois on me répondit qu'il était absent... les gens de la ville ne l'avaient pas vu depuis des semaines. Je n'aurais pas hésité à y retourner souvent, mais j'avais perdu une partie de mes forces ; ce n'était plus une petite affaire d'aller à pied jusqu'à la ville et d'en revenir. Nous aurions pu emprunter à Biswas, mais il ne nous restait plus rien à mettre en gage ; de toute façon nous n'aurions pas eu les moyens de payer l'intérêt qu'il exigeait.

Sept jours passèrent, sept précieuses rations de riz évanouies. Le huitième jour, Kunthi arriva au moment où j'étais en train de préparer l'eau de riz.

Je ne l'avais pas vue depuis très longtemps — depuis le jour où ses vêtements écartés m'avaient révélé sa nudité ; elle avait tellement changé que j'eus du mal à la reconnaître. Je l'examinai, n'en pouvant croire mes yeux. La peau de son visage était raide et brillante, par endroits, comme si elle avait été trop tendue ; ailleurs elle formait des plis et des rides. Sous son *sari* fané, on voyait sa poitrine tombante ; elle avait perdu cette fermeté et cette élasticité de forme qui étaient sa gloire et la source de son succès. Rien ne restait de sa beauté passée. « Ma foi, pensai-je, toutes les femmes en viennent là tôt ou tard ; mais elle, elle s'en est plus mal tirée que beaucoup. »

— Assieds-toi et repose-toi un moment, lui dis-je. Qu'est-ce qui t'amène ?

Elle ne répondit pas, mais s'approcha du pot qui était sur le feu et regarda dedans.

— Vous mangez bien, dit-elle, mieux que la plupart des gens.

— Nous ne mangeons pas bien. Nous mangeons, c'est tout.

— Tu as toujours ton mari ?

— Oui, pourquoi ? (Je restai immobile à la regarder sans très bien comprendre ce qu'elle voulait dire.) Pourquoi me demandes-tu ça ?

Elle haussa les épaules.

— J'ai perdu le mien. Je me demandais ce qui t'était arrivé.

« La pauvre, pensai-je, elle a souffert. » Je la regardai avec pitié.

— Je n'ai pas besoin de ta pitié, me dit-elle d'un ton sauvage. Et mon mari non plus. Il est vivant et en bonne santé — il m'a quittée pour une autre.

J'évoquai son mari, ce caractère lent, résolu, assuré, qui faisait penser à un bœuf, je ne pouvais pas croire cela de lui ; puis j'évoquai la Kunthi que j'avais vue, la bouche peinte et les hanches parfumées, et qui avait envoûté tant d'hommes ; et je me demandai si, après toutes ces années, il n'avait pas fini par apprendre la vérité sur elle. « Peut-être l'a-t-on obligé à ouvrir les yeux », pensai-je, fixant d'un œil soupçonneux sa beauté disparue.

— Ne te gêne pas, me dit-elle d'un ton méprisant, la politesse ne t'a jamais étouffée, Rukmani.

Je détournai les yeux précipitamment. Je ne trouvais rien à dire.

— Je suis venue, continua-t-elle, non pas pour me montrer ou pour te voir, mais pour prendre un repas. Il y a longtemps que je n'ai pas mangé.

Je me dirigeai vers le pot, en remuai le continu, puis j'emplis un bol que je lui donnai. Elle l'avala rapidement, puis reposa le bol.

— Il me faut aussi du riz. Je ne peux pas venir tous les jours... j'ai déjà attendu très longtemps pour être sûre de te trouver seule.

— Je n'ai pas de riz à donner, lui dis-je. Il faut que je pense à mon mari et à mes enfants. Ce n'est pas une période d'abondance.

— Malgré cela, répliqua-t-elle, tu m'en donneras. Je ne me remettrai pas tant que j'aurai faim. Il faut que je reprenne possession de tous mes moyens pour recommencer à vivre.

« Elle est folle, pensai-je. Elle croit ce qu'elle dit ; elle ne se rend pas compte qu'elle ne peut pas revenir en arrière. »

— Ecoute-moi bien, lui dis-je, je n'ai rien ou presque rien. Bois notre eau de riz, viens tous les jours, mais ne demande pas de riz. Moi aussi j'ai une fille et des fils, j'ai des devoirs envers eux. Ce que j'ai nous appartient à tous. Pourquoi ne t'adresses-tu pas à tes fils ?

— Mes fils, dit-elle en me regardant d'un air pensif, me m'appartiennent pas à moi seule. (Voyant mon étonnement, elle ajouta :) Ils ont des femmes. Je ne veux rien leur demander maintenant.

— Pourquoi sont faits les fils ? commençai-je...

— Pas pour qu'on leur demande la charité, interrompit-elle avec une nuance de mépris. Je peux me tirer d'affaire toute seule ; mais d'abord il faut que je retrouve tout mon éclat.

Je restai silencieuse ; j'avais dit tout ce que j'avais à dire.

— Alors, dit-elle rompant le silence d'une voix tranchante, il faudra que j'attende longtemps ?

Elle s'avança vers moi et mit son visage tout près du mien. Je vis la chair grise et fatiguée, les yeux aux lourdes paupières, profondément enfoncés dans leurs orbites ; je fis mine de me détourner, mais elle me retint.

— Je n'ai pas beaucoup de patience, dit-elle. Je veux le riz tout de suite, ou ton mari saura que sa femme n'est pas aussi vertueuse qu'il le croit — ou qu'elle le prétend.

— Il croit la vérité, dis-je avec colère. Je ne prétends rien qui ne soit vrai.

— Il n'a peut-être pas vu ce que j'ai vu, dit-elle ; (le ton et les mots étaient pleins de menaces.) Les allées et venues à la tombée de la nuit, les conversations tendres, les cadeaux de lait et de miel, que les hommes font aux femmes qu'ils ont eues.

— Tais-toi !

Je hurlai ces mots et me bouchai les oreilles.

Les pensées tourbillonnaient dans ma tête comme des écureuils affolés d'être enfermés dans une cage neuve. Dans une illumination soudaine je me rappelai l'expression de ma fille ce jour lointain où j'étais allée voir Kenny ; les paroles de mon fils : ces hommes-là ont de l'influence, surtout sur les femmes ; je me rappelai mes omissions stupides. Je fermai les yeux et je m'effondrai. Elle vint s'asseoir à côté de moi.

— Qu'as-tu décidé ? Qu'as-tu décidé ?

Ses paroles martelaient mon cerveau, ses horribles syllabes emplissaient l'air autour de moi, la pièce résonnait de leur vacarme.

« J'ai besoin de toi, m'écriai-je en moi-même, Nathan, ô mon mari. Je ne peux pas prendre de risque ; et il y a un risque parce qu'elle est intelligente et moi pas. La colère, la jalousie, ou simplement le fait que tu n'es plus toi-même après la tension de tous ces mois peuvent te pousser à croire ce qu'elle dit et ce qu'elle insinuera. Parce que je t'ai caché une partie de la vérité et que je ne peux pas nier tout ce qu'elle raconte, tu auras d'autant plus de raisons de la croire. » Je la tuerai plutôt, pensai-je. J'en avais vraiment envie. Je me sentais trembler. Je mis mes mains devant mes yeux que troublait un nuage rouge. Puis j'entendis un cri, cri d'oiseau ou d'enfant, cri arraché à mon âme torturée, je ne sais ; et le nuage se dissipa. Je sentis l'eau qui coulait entre mes paupières closes, entre mes doigts serrés. Je retirai mes mains ; Kunthi était toujours là à côté de moi, attendant avec la patience de celui qui connaît son pouvoir, la patience du vautour.

Sept jours de rations à Kunthi, huit que nous avions mangés. « Il en reste encore pour neuf jours », pensai-je ; mais cette pensée ne faisait naître en moi aucun réconfort, rien que de l'angoisse ; je me sentis de nouveau envahie par la haine de cette femme qui m'avait privée de mon bien, et aussi par le mépris de moi-même qui m'en étais départie.

Cette nuit-là j'attendis longtemps avant de sortir, de peur que Kunthi ne fût aux aguets. « Elle ne reculerait devant rien, pensai-je, étendue dans l'obscurité. Il faut que j'attende, que je prenne garde de ne pas faire de bruit et de revenir sans être vue. Je serai aussi rusée qu'elle. » J'écoutai les bruits que faisaient autour de moi les dormeurs dans leur sommeil agité. « C'est moi qui l'emporterai ; elle a beau être fine, elle n'aura pas tout. » Finalement je me levai et je sortis doucement ; je regardai autour de moi avant de me diriger rapidement vers l'endroit où j'avais creusé un trou ; avec mes mains j'enlevai la terre ; le paquet apparut, blanc sous la lumière des étoiles. Je m'accroupis, chantonnant pour moi-même ; je défis le paquet et fis glisser les grains entre mes doigts. Il n'y en avait plus qu'une poignée — la ration d'une journée à peu près, à la place de la ration de neuf jours que je m'attendais à trouver.

J'eus une nausée, le sang vint battre à mes tempes, je me sentis au bord du vertige. Qui donc avait pu savoir ? Qui avait pu me faire cela ? J'entendis un gémissement ; c'était moi qui gémissais et le son me terrifia, car je n'avais pas eu l'intention de parler. Je promenai autour de moi un regard affolé, cherchant à percer les ténèbres. Rien en vue, pas d'autre bruit que les battements précipités de mon cœur. Je m'enfonçai les ongles dans les paumes, m'efforçant au calme, essayant de penser. « Qui avait pu faire cela ? Kunthi ? — Elle connaissait la cachette du grenier, mais pas celle-ci. Ma famille ? — Non ! » Dans mon désespoir je repoussai chaque embryon de soupçon, à peine formé. « Certainement pas. Mais qui d'autre ? Qui ? »

Le temps passa ; quand finalement je me levai, mes membres étaient engourdis et pleins de fourmillements ; l'obscurité avait fait place aux premières traces grises de l'aube.

Nathan n'était pas dans la hutte quand j'y rentrai : je le vis assis à côté des champs de riz, comme à son habitude quand il ne pouvait pas dormir. Les enfants dormaient encore, les deux aînés des garçons côte à côte, et Kuti, pressé contre Ira qui l'entourait de son bras. Je saisis Ira par l'épaule : Kuti s'éveilla le premier et se mit à pleurer. Je le soulevai, le portai dehors et le laissai là ; quand je rentrai, les autres étaient éveillés. J'examinai leur visage, emplie de pensées amères. « C'est un des trois qui m'a fait cela... Lequel ?... Lequel ?... » me demandai-je tout en leur posant des questions et en scrutant leur physionomie pour essayer de lire leurs pensées. Mais je ne voyais que de l'inquiétude ; ma véhémence les terrorisait.

Je criai :

— Il faut que je sache. Il faut que je sache qui a fait cela.

Ils me dévisagèrent comme si j'étais devenue folle. Ira dit timidement :

— Nous n'aurions pas pris ce qui nous appartient à tous.

— Tu ne vas quand même pas me dire que j'ai inventé cette histoire, m'écriai-je avec fureur, ou que c'est moi qui ai mangé ce qui manque.

Ils fixaient sur moi le regard de leurs yeux écarquillés. Dehors Kuti poussait des hurlements. Nathan s'était approché, attiré par ses cris ; il m'appela.

— Occupe-toi de l'enfant, dit-il en fronçant le sourcil. Tu ne l'entends donc pas ? Il va s'étouffer.

— Tant mieux, dis-je, ça fera une bouche de moins à nourrir.

— Tu es malade, dit-il, tu ne sais pas ce que tu dis.

Il prit l'enfant dans ses bras, et attendit qu'il se fût calmé pour le donner à Ira.

— J'ai le cœur déchiré, lui dis-je. On m'a volé mon riz, mon bien le plus précieux, et c'est un de mes enfants qui m'a fait ça.

— C'est de cela que tu les as accusés ?

Je hochai la tête. Je vis son visage se figer.

— C'est moi qui l'ai pris, dit-il finalement.

— Toi ? Mon mari ! Je ne peux pas le croire.

— C'est la vérité.

Le silence tomba sur nous comme un linceul. Je l'écoutai, prisonnière de mon amertume et de ma tristesse. Puis il fut déchiré par un son si douloureux, si bouleversant que mes nerfs se mirent à hurler à l'unisson. Je levai les yeux : c'était Nathan. Son visage grimaçait ; de sa gorge sortaient des sanglots hideux, sans larmes.

— Ce n'était pas pour moi, marmonnait-il tout en essayant de maîtriser sa voix instable, c'était pour quelqu'un d'autre. J'ai pris le riz pour quelqu'un d'autre. Je ne pouvais pas faire autrement. J'espérais que tu ne t'en apercevrais pas. Il fallait que je le fasse.

Je m'approchai de lui. Je ne voulais plus savoir pourquoi il l'avait fait ou pour qui, cela n'avait plus d'importance ; mais il continuait à parler ; on aurait dit qu'il ne pouvait pas s'arrêter.

— C'est Kunthi qui a tout pris, je le jure. Elle m'y a obligé, je ne voulais pas que tu saches.

Après cela, il se tut.

— Quel étrange pouvoir elle a, cette femme, dis-je me parlant surtout à moi-même.

— Il n'y a rien d'étrange, dit Nathan. C'est moi qui suis le père de ses fils. Elle te l'aurait dit, alors j'ai cédé.

Incapacité de le croire, d'abord ; puis désillusion ; colère, reproches, souffrance. Découvrir la vérité, après tant d'années, de manière si cruelle ! Les paroles de Kali : elle a du feu dans les veines ; les hommes s'enflamment avant et après. Mon mari avait été un de ces hommes. Ce n'est pas une fois qu'il l'avait eue, mais deux ; il y était retourné pour lui donner un second fils. « Et entre-temps, combien de fois ? » me demandai-je dans ma désolation, pendant que son mari dans son impuissance et moi dans mon innocence, nous ne faisions rien !

— C'était il y a longtemps, dit Nathan. J'étais très jeune, et elle était très habile.

— Ça a commencé avant notre mariage ? dis-je.

— Elle était si belle qu'on ne voyait pas le mal, dit-il.

Je réussis enfin à me secouer.

— En effet, c'était il y a longtemps, dis-je. Je sais par expérience qu'elle est mauvaise et habile. N'en parlons plus.

Je pus enfin me confesser à mon tour. Je lui racontai comment Kunthi était déjà venue et m'avait extorqué du riz à moi aussi ; et il me sembla alors que nous avions enfin trouvé la paix, maintenant que les mensonges, la dissimulation et la tromperie n'étaient plus nécessaires, maintenant que nous n'étions plus obsédés par la peur de nous trahir et que nous avions finalement dépouillé Kunthi du pouvoir que nous lui avions nous-mêmes donné.

A présent que le reste du riz avait disparu, nous éprouvions une sorte de soulagement ; plus besoin de plans et d'économies pour le faire durer davantage : tout avait été mangé jusqu'au dernier grain.

A partir de ce moment-là, nous mangeâmes uniquement ce que nous pouvions trouver : le fruit moelleux dans sa maturité du figuier de Barbarie ; une ou deux patates douces, noires et à demi pourries jetées au rebut par une main plus riche ; quelquefois un crabe que Nathan arrivait à attraper près de la rivière. Le matin et le soir mes fils parcouraient la campagne, rapportant tantôt quelques pousses de bambou, une tige de canne à sucre abandonnée dans un champ vide ou un morceau de noix de coco ramassé dans un ruisseau de la ville. Pour se les procurer il leur fallait chercher très loin ;

nous n'étions pas les seuls dans notre cas, d'autres fermiers, d'autres familles étaient eux aussi en quête de nourriture ; pour chaque plante ou racine comestible, il fallait se battre — livrer une bataille désespérée qui transformait les amis en ennemis et mettait fin à toute notion d'humanité.

Mais ces expédients ne suffisaient pas. Quelquefois, par pure révolte, nous mangions de l'herbe tout en sachant qu'il en résulterait nécessairement des crampes d'estomac et de violentes nausées. La faim est une curieuse chose : au début elle est tout le temps avec vous, que vous soyez éveillé, endormi ou en train de rêver, et votre estomac réclame avec insistance et vous sentez au fond de vous une morsure et une douleur, comme si une bête féroce s'attaquait à vos organes essentiels ; il faut arrêter cela à tout prix ; et pour un moment de répit vous êtes prêt à affronter les conséquences, même quand vous les connaissez et qu'elles vous font peur. Puis la douleur s'émousse, mais elle ne vous quitte pas, si bien que, maintes fois dans la journée, vous pensez à la nourriture et chaque fois vous êtes saisi d'un terrible malaise ; comme vous le savez, vous essayez d'éviter de penser, mais rien à faire, la faim est en vous. Et puis ce second stade aussi est dépassé ; il ne subsiste ni souffrance ni désir, rien qu'un grand vide, comme le ciel, comme un puits à sec et c'est alors que la force abandonne vos membres ; vous essayez de vous lever et vous vous apercevez que vous en êtes incapable ; vous tentez d'avaler de l'eau et votre gorge s'y refuse ; l'effort qu'il vous faut faire pour avaler et pour garder le liquide vous épuise.

« La récolte n'est plus loin », murmurait Nathan et j'acquiesçais, étouffant en moi la voix qui demandait si notre force durerait jusque-là.

Je disais : « Oui, elle n'est plus loin maintenant ; le grain sera mûr dans très peu de temps. »

J'étais comme les autres, mais je ne me voyais pas, je voyais seulement ce que les autres étaient devenus : je voyais fondre leur chair, je voyais leur peau pendre et se creuser entre leurs os en saillie, je voyais leurs yeux s'enfoncer dans leur crâne, leurs côtes soulever de plus en plus leur peau ; et cette malédiction qui desséchait les jeunes pesait deux fois plus lourd sur les vieux, qui étaient deux fois plus émaciés.

Mais de nous tous, c'était Kuti qui souffrait le plus. Cet enfant n'avait jamais été robuste ; et maintenant il était constamment souffrant. Au début il demandait de l'eau de riz et pleurait parce qu'il n'y en avait plus, mais ensuite il avait cessé de demander, il se contentait de pleurer. Même dans son sommeil il gémissait, se tournant et se retournant sans fin, nous interdisant à tous le repos. Ira était toute douceur pour lui, et toute patience ; elle le berçait dans ses bras maigres et lui donnait presque tout ce qui lui revenait de nourriture. Mais la plupart du temps il se détournait de la pauvre pitance qu'elle lui offrait et alors elle le serrait contre elle et lui donnait le sein ; il tétait le bout desséché et s'apaisait ; un moment son faible gémissement s'éteignait.

15

Un jour Raja sortit comme d'habitude et ne revint pas. Le soir on nous apporta son corps, balancé entre deux hommes : l'un à la tête, l'autre aux pieds. Il y avait, au coin de sa bouche, un petit filet de sang encore frais et d'un rouge éclatant ; et aussi du sang sur sa tête, du sang noir, en caillots, qui lui collait les cheveux.

Les hommes l'étendirent sur le sol. Ils baissèrent la tête, traînèrent les pieds, dirent quelques mots à voix basse ; puis ils s'en allèrent. C'était vrai ; et pourtant je croyais vivre un cauchemar, mon fils n'était pas étendu mort devant moi, ce n'était pas possible. Telles étaient mes pensées, troublées, confuses, semant la douleur là où il n'y avait qu'insensibilité ; et mon cerveau furtivement s'approchait au bord de la conscience, pour s'enfuir aussitôt, terrorisé.

On l'avait pris, disaient-ils ; une histoire d'argent. Comme si mon fils pouvait avoir une histoire d'argent, lui qui n'avait pas un sou ! Il n'était pas très fort, me disaient-ils. Ils avaient simplement mis la main sur lui et il était tombé ! Comme si je ne savais pas à quel point il était devenu maigre et fragile ! Mais pourquoi les autres avaient-ils mis la main sur lui ? Ils me le dirent, mais je ne pus saisir le sens des mots qu'ils employaient. Ils me le dirent, mais je ne pus me le rappeler. Ils le répétèrent et le répétèrent encore, mais chaque fois j'oubliais. J'entendis Ira qui commençait à chanter tout bas une mélopée ; elle se balançait doucement d'avant en arrière et elle pleurait.

— Pourquoi pleures-tu ? lui dis-je. Tu n'as déjà pas de forces et tu perds en larmes le peu que tu as.

Elle me regarda stupidement puis détourna les yeux pour les fixer sur le corps de son frère. Sa douleur me gagna ; l'engourdissement commençait à passer. J'essayai éperdument de revenir en arrière — j'aurais aussi bien pu essayer d'emprisonner un nuage.

C'est donc pour cela que je t'ai donné la vie, mon fils, pour que finalement tu gises étendu à mes pieds le visage couleur de cendre, les membres glacés, pour que tu abandonnes ton corps sans laisser de trace, pour qu'il ne me reste de toi que cette masse d'os et de chair sans signification.

Et voilà que je pense : il faut fermer les yeux que la mort déjà a voilés, je les ferme ; il faut attacher la mâchoire qui pend, je lui passe un bandage sous le menton ; il faut laver le corps, je le lave ; et Ira vient m'aider et rince la bouche, parce que j'ai oublié de le faire. Toutes ces choses étaient toi, et maintenant il n'y a plus aucun lien entre elles et toi ; la douleur que j'éprouve n'est pas pour ce corps qui a souffert et qui, souffrant, a laissé fuir l'esprit, elle est pour toi, mon fils.

Nathan prépare le cercueil, je le vois y déposer le corps. Puis il sort et marche en direction de la ville. A l'aube on commence à entendre les tambours funèbres et peu après arrivent nos amis et nos voisins. La Grand-Mère, la première bien qu'elle ait peine à marcher ; puis Durgan ; puis Kannan avec sa femme qui apporte quelques boutons de jasmin ; et Kali, chargée, elle, d'un morceau de mousseline pour couvrir la bière. Ils présentent leurs respects en silence ; quand le soleil est levé, les hommes soulèvent le cercueil et l'emportent ; mais les femmes restent là, parce que c'est l'habitude. Toute la matinée le bruit étouffé des tambours nous parvient, montant et descendant avec le vent ; enfin un dernier roulement fait vibrer l'air jusqu'à nous et, tendant l'oreille, nous attendons le suivant ; mais ce bruit, ce bruit qui déjà s'est éteint, était le dernier.

Et maintenant il n'y a même plus un tas d'ossements ; seules quelques cendres témoignent qu'un homme a vécu.

Il n'y avait pas trois jours que Raja était mort, quand nous reçûmes la visite de deux employés de la tannerie ; celui qui était grand et fort, avec de longues moustaches, prit seul la parole ; l'autre, qui était mince et insignifiant, s'avança timidement dans son ombre et se contenta d'acquiescer à tout ce qu'il disait.

— Les gardes ne faisaient que leur devoir, commença le grand. On les emploie pour protéger notre propriété, vous comprenez.

— Je comprends.

— Ils n'ont pas eu recours à la violence, dit-il. Juste ce qu'il fallait pour l'arrêter. C'était indispensable, vous êtes bien d'accord ?

— Il ne faisait rien de mal.

— Si, au contraire. On l'a vu dans la cour, où il n'avait rien à faire, et quand les gardes l'ont attrapé ils ont découvert qu'il avait volé une peau de veau.

— Je ne le crois pas, dis-je. A quoi cela pouvait-il lui servir ?

— A rien en soi, sans doute, répondit-il de la voix tendue de celui qui fait un effort pour garder son calme, mais naturellement il aurait pu la vendre, n'importe où. Nous avons eu beaucoup de pertes ces temps derniers.

— Vous ne pouvez pas en rendre mon fils responsable, dis-je avec lassitude. Nous vivons au jour le jour, comme vous pouvez le voir... il n'y a pas ici la trace de cette aisance que vos biens auraient pu nous apporter.

— Je ne m'en prends pas seulement à votre fils, dit-il en choisissant ses mots avec soin, mais bien entendu tout le monde sait que vos fils ont toujours été des fauteurs de troubles. Et maintenant nous ne voulons pas que vous fassiez d'histoires, vous comprenez. Le gamin a été pris la main dans le sac — peut-être, comme vous le dites, était-ce la première fois et dans un moment de faiblesse — en tout cas on l'a pris et personne n'est responsable des conséquences qui ont suivi, si ce n'est lui. Il n'aurait pas dû se débattre. Dans ces conditions, il est évident que vous n'avez aucun droit sur nous.

— Un droit ? dis-je. Qui a parlé de droit ? Je ne vous comprends pas.

Il eut un geste d'impatience.

— Vous en parlerez peut-être plus tard, quand vous voudrez essayer d'obtenir des indemnités. Je vous avertis que ça ne donnera rien.

Des indemnités, pensai-je. Quelles indemnités peuvent prétendre payer la mort ? J'avais l'esprit troublé, je ne comprenais pas où il voulait en venir. Il y eut une pause. L'ombre timide du gros homme dit :

— On ne l'a pas traité brutalement ni battu, vous savez. On lui a simplement donné un coup de matraque, parce qu'il essayait de s'échapper, et il est tombé. Il devait être très faible ou quelque chose comme ça.

— Il était très faible, dis-je. Il travaillait dur et il mangeait peu.

— Naturellement, ça a dû vous donner un coup, dit le petit homme. C'est dur de perdre... enfin.

Il laissa sa phrase en suspens ; il avait vu le regard de son compagnon fixé sur lui.

— L'essentiel, dit l'autre, en martelant le sol pour donner plus de poids à ses paroles, c'est de bien comprendre que nous ne sommes pas à blâmer. Absolument en rien. Naturellement, comme l'a dit mon ami, c'est une perte pour vous. Mais, n'oubliez pas, nous n'en sommes pas responsables. Et en fin de compte, continua-t-il, ça vous rendra peut-être service... Vous avez beaucoup de bouches à nourrir et...

Le petit homme leva la main pour l'arrêter ; il était horrifié par ce qu'il entendait et en même temps terrifié de sa propre audace. Pauvre petite souris : ce geste avait usé tout son courage, il ne lui en restait plus pour prendre la parole. Son agressif compagnon s'arrêta court ; l'expression de surprise qui s'était répandue sur son visage céda la place au mécontentement. Il se tourna vers moi.

— Je ne veux pas vous blesser. Mais il faut quelquefois dire la vérité, pour désagréable qu'elle soit.

Je hochai la tête ; à quoi bon répondre ? Accepter ou discuter ? L'abîme qui nous séparait était trop grand ; les paroles que nous nous serions jetées par-dessus ce gouffre béant n'auraient pas eu de sens.

— Donc vous êtes d'accord ? insista-t-il. Nous ne sommes pas responsables.

— Oui, dis-je.

J'avais l'impression que mes lèvres étaient paralysées.

— Je suis bien content que tout ceci soit réglé. Une affaire ennuyeuse, réglée à l'amiable.

Il eut un rictus qui prétendait être un sourire et se tourna triomphalement vers son compagnon.

— Je vous avais bien dit qu'il n'y aurait pas de difficultés. Vous avez peur de tout. Je vous avais bien dit qu'ils seraient raisonnables.

L'autre n'avait pas l'air triomphant ; on aurait plutôt dit qu'il avait rétréci et qu'il évitait à tout prix de me regarder. Au moment de sortir avec l'autre, il me lança un coup d'œil rapide, un seul, mais en ce bref instant, je lus de la douleur dans ses yeux.

— Vous ne devriez pas prendre cela à cœur, lui dis-je tout doucement, pour lui seul. Ça n'a pas d'importance.

Il m'entendit, se tourna à demi, un peu rasséréné.

— Je suis désolé pour vous, dit-il à voix basse. Puissiez-vous trouver la paix.

Là-dessus il partit, le visage accablé de honte et de tristesse.

16

— Il faudra moissonner, dis-je, et battre et vanner. Comment nous en tirerons-nous quand le moment sera venu ?

— Quand le moment sera venu, dit Nathan, les yeux brillants, les forces reviendront aussi, ne crains rien.

Je le regardai, pleine de doute : si maigre, si usé, avec des jambes et des bras si frêles qu'il n'y avait plus trace de muscle même quand il les pliait. Il faudrait arracher le riz pied à pied, séparer le grain de l'enveloppe, et battre la balle pour en extraire les derniers grains... Il faudrait passer de longues heures à travailler, le dos courbé dans les champs inondés, et ensuite travailler encore de longues heures avant d'être en possession du riz. Ce n'était pas un travail pour des corps épuisés.

— Tu verras, me dit-il avec confiance. Nous retrouverons nos forces. Il nous suffira de regarder les grains gonflés pour sentir renaître notre vigueur.

Oui, cela nous faisait vraiment du bien de voir mûrir le riz. Nous le surveillions avec l'attention jalouse du chien qui surveille un os, terrifié à l'idée qu'on pourrait le lui enlever ; ou comme une mère contemple son enfant, avec orgueil et affection. Mais dominant toutes choses, il y avait la peur.

Pendant que nous étions assis, Irawaddy arriva sans faire de bruit.

— Il fait trop chaud à l'intérieur, dit-elle d'un air désolé. Je ne peux pas me reposer.

Elle alla cueillir un pied de riz avant de s'asseoir à côté de nous. Je vis ses doigts qui écartaient l'enveloppe pour chercher le grain.

— Dans combien de temps ?

Toujours la même question ; Ira connaissait déjà la réponse, elle qui vivait de la terre depuis sa naissance.

— Trois semaines.

La réponse de Nathan, grave, sincère, était parfaitement honnête ; un autre à sa place se serait laissé tenter et aurait dit quelque chose de plus agréable.

— Nous n'avons plus longtemps à attendre, dis-je pour la réconforter. Si les dieux ont pitié de nous, ce sera même peut-être plus tôt.

C'était ce que nous demandions dans nos prières — que cela n'arrive pas trop tard. Les larmes qui brillaient dans les yeux d'Ira, les silences de mon mari, les crispations du visage de Selvam, tout cela venait de la même source, de la pensée cachée au fond de notre cerveau et que nous nous gardions d'exprimer : peut-être Kuti ne verrait-il pas la moisson. Il était possible que les autres survivent ; notre endurance était plus grande ; mais lui n'était qu'un enfant, il n'avait pas encore cinq ans ; il y avait longtemps déjà qu'il attendait et il avait souffert plus qu'aucun d'entre nous. Que ce fût par le manque de nourriture appropriée, ou par suite des incessants mouvements nerveux dont son corps était agité, il était couvert d'une éruption qui le démangeait et qu'il ne cessait de gratter ; là où ses ongles attaquaient la peau, des plaies et des maux se formaient qui lui interdisaient tout repos. Quelquefois, après avoir gémi pendant des heures d'affilée, il sombrait dans une torpeur épuisée — on ne pouvait qualifier cela de sommeil, ce n'était rien d'aussi bénéfique — et je m'approchais de lui, le cœur battant, pour voir s'il n'avait pas abandonné la partie ; mais toujours il se débattait, revenait à la conscience pour reprendre le fil de son martyre ; il m'arrivait presque de souhaiter qu'il en fût autrement.

Deux ou trois jours plus tard, je remarquai un changement en Kuti : ses yeux avaient retrouvé un peu de leur éclat et le gémissement incessant qui avait été si éprouvant à entendre diminua et finit même par cesser. Je pensai que c'était la fin — le mieux fugitif, la mobilisation des dernières réserves de force qui se produit quand il n'est plus nécessaire de rien préserver, comme le dernier sursaut de la bougie sur le point de s'éteindre — puisque nous ne lui donnions rien, pour la raison que nous n'avions rien à donner, qui pût expliquer ce changement. Le jour suivant, cependant, l'amélioration persista et cette nuit-là il dormit paisiblement. Je contemplai le petit visage fatigué, détendu dans le sommeil, comme il ne l'était plus depuis longtemps ; et tout en m'émerveillant de ce changement, je me sentis envahie par une profonde gratitude ; il me sembla que les dieux n'étaient pas si lointains, si indifférents, puisqu'ils avaient entendu ses plaintes et qu'ils les avaient, pour ainsi dire par miracle, apaisées. Irawaddy se glissa près de moi pendant que je regardais, et elle nous adressa un sourire, à l'enfant et à moi ; je murmurai : « Il va mieux », mais c'était inutile, parce qu'elle le savait mieux que personne.

Le soulagement et l'épuisement me procurèrent cette nuit-là un sommeil profond ; je m'éveillai, délassée, un peu avant l'aube, pleine d'un espoir nouveau. « Bientôt tout ira bien, pensai-je. Nous mangerons et les forces nous reviendront et nous n'aurons plus rien à craindre. Nous avons connu des temps difficiles, mais ils passent, comme toujours passe le temps, surtout quand il s'agit de chagrins qui toujours sont plus lents à partir, alors que la joie, elle, s'évapore en un instant ; il nous faut être patients. Encore quelques jours d'attente, encore quelques jours d'anxiété — nous pouvons le supporter, ce n'est pas trop demander. » Telles étaient mes pensées, tandis qu'étendue j'écoutais le sommeil des autres, perdue dans mes rêves.

L'ombre se dissipait quand j'entendis un bruit de pas, prudents, doux, moins un bruit qu'un léger frémissement du sol. S'il avait eu la sonorité d'un gong, ce bruit n'aurait pas eu sur moi un effet plus violent. Mes rêves prirent la fuite sur-le-champ ; à leur place se forma un nuage noir et gris, qui tourbillonna devant mes yeux, dessinant des ombres et des formes fantastiques, puis l'une d'entre elles se détacha du maelstrom de nuées, me montrant un visage. Kunthi. Nulle autre que Kunthi, qui venait comme un voleur la nuit nous dérober le peu que nous avions, sans pudeur et sans honte, comme toujours.

Les pas s'approchaient ; je me soulevai sur le coude pour les entendre mieux, essayant de percer le bourdonnement de mes oreilles qui m'assourdissait. Plus près, toujours plus près. Je me redressai, je rassemblai mes forces pour la bataille ; je quittai l'ombre familière de la hutte pour la pâleur de la nuit extérieure. Il y avait quelqu'un là, une silhouette vague aux formes imprécises, mais incontestablement une femme. Je me jetai sur elle, lui immobilisant sauvagement les bras ; je lui lançai des coups et la précipitai sur le sol ; je me laissai tomber sur elle avec fureur ; je sentis le corps se débattre faiblement sous moi, comme peut se défendre un oiseau mis en cage, et j'exultai. L'air retentissait de cris rauques ; venaient-ils de sa gorge, de la mienne, existaient-ils dans ma seule imagination ? Je ne sais. Je n'étais plus moi-même ; le moi que j'étais d'habitude s'était volatilisé dans les flammes de la colère et de la haine qui m'avaient consumée pendant ces quelques minutes ; j'ignore ce qui avait pris sa place.

Tout à coup j'entendis un cri faible mais aigu : « Maman ! Maman ! » Des mains cherchaient à m'arracher à ma proie. Je me sentis tirée et jetée de côté. « Démon ! Folle ! », criait Nathan. « Mère maudite ! » Il se penchait sur la forme, lui faisait quelque chose. Je vis qu'il était complètement nu et je m'en étonnai ; j'avais oublié qu'il avait été arraché au sommeil. Il se tourna vers moi.

— As-tu perdu l'esprit ? Ta propre fille, tu l'as tuée ! Tu es une meurtrière !

Selvam et lui portèrent le corps dans la maison. Je me glissai derrière eux, je ne pouvais pas y croire. Ce ne pouvait pas être Irawaddy. C'étaient eux qui avaient fait cette erreur monstrueuse, pas moi. Je rampai jusqu'à eux ; c'était bien Irawaddy. Son visage était gonflé et portait d'horribles meurtrissures ; elle avait une lèvre en sang, à l'endroit où elle s'était mordue. Je fermai les yeux. Des cercles rouges se formaient devant moi et reculaient pour se perdre dans un infini d'ombre. Je m'arrachai à cette vision et allai porter secours à mon mari. Il avait un pot d'eau à côté de lui et lavait le sang qui maculait le corps d'Irawaddy. Son *sari* était taché de sang. Je lui pris des mains le linge.

— Je vais m'occuper d'elle.

Il me repoussa.

— Va-t'en : tu as fait assez de mal déjà. Tu n'es pas dans ton état normal.

— Je croyais que c'était Kunthi, murmurai-je.

Il se recula un peu pour me laisser de la place, mais il resta là à me surveiller, pas tout à fait rassuré.

Ira avait des plaies profondes. Une longue coupure, aux lèvres déchiquetées, béait à son flanc gauche ; une autre, semblable, à son poignet gauche.

— Ces blessures, dis-je, ce n'est pas moi qui les ai faites.

Je ne m'attendais pas à ce qu'il me croie.

— Je sais. Son bracelet s'est cassé.

Un bracelet ? Comment pouvait-elle avoir un bracelet, elle qui n'avait pas un sou ? Je le regardai, ébahie par ces événements invraisemblables, ne sachant plus si les mots que j'avais entendus étaient bien ceux qu'il avait prononcés. Il me montra quelque chose du doigt.

— Tu ne vois pas les morceaux de verre, là, et là ? Elle portait un bracelet.

Le bracelet s'était brisé contre son corps, c'est pour cela que je n'avais pas été blessée. Je com mençai à éponger le sang. Les coupures étaient pleines de verre, tantôt en éclats, tantôt en une poudre fine comme du sable brillant. Quand j'eus fini de les nettoyer, je bandai les deux plus grandes. Je n'avais rien pour panser les autres, mais elles étaient plus petites et heureusement elles cessèrent bientôt de saigner. Le *sari* que je lui avais retiré était absolument imbibé de sang et la poussière, par endroits, avait collé au tissu humide. Je l'emportai à la rivière pour le laver ; Je commençai par le secouer pour en faire tomber la poussière et les débris de verre. C'est alors que quelque chose s'échappa des plis, tomba dans l'eau boueuse, coula et disparut ; j'avais eu le temps de voir que c'était une roupie.

Je continuai mon travail, je frottai les taches de sang, je rinçai le vêtement et l'étendis sur l'herbe pour le faire sécher ; puis je retournai à la hutte pour la balayer et la nettoyer ; je débarrassai aussi la cour de tous les signes du combat qui s'y était livré. Le soleil approchait du méridien quand j'eus terminé. Maintenant qu'il n'y avait plus rien à faire, les pensées que j'avais réussi jusque-là à écarter de mon esprit, accoururent, pressées et tumultueuses. Qui lui avait donné l'argent ? Pourquoi ? L'avait-elle volé ? A qui ? Comment ? Pourquoi fallait-il qu'elle se promène la nuit avec des bracelets de verroterie ? Je restai parfaitement immobile pour ne pas éveiller ma fille qui dormait tandis que ces pensées me galopaient dans la tête, ces questions, toutes ces questions, sans réponse.

Kuti qui était couché dans un coin de la hutte commença à gémir. Ira l'entendit et ouvrit les yeux, faisant un geste vague dans sa direction. Je m'approchai d'elle d'abord.

— Reste tranquille ; tes blessures vont s'ouvrir.

Elle me jeta un regard sombre.

— Donne-lui à manger, il a faim. Prends la roupie que tu trouveras dans mon *sari*.

Je compris alors que c'était à elle que l'on devait l'amélioration de l'état de Kuti, pas à moi, ni à mes prières.

Nathan allait dire quelque chose, lui poser une

question, peut-être. Je lui empoignai le bras pour l'obliger à garder le silence. Ira faisait des efforts pour se lever.

— Reste tranquille, lui dis-je une fois encore, m'efforçant de la recoucher. Je vais m'occuper de lui.

Je pris dans mes bras l'enfant qui gémissait et je l'emmenai dehors pour essayer de le calmer. Sans résultat. Ira lui avait donné à manger, l'avait délivré de la faim ; il avait encore sur les lèvres le goût de la nourriture et il ne voulait pas se calmer. Je m'éloignai avec lui de la hutte et finalement ses cris aigus s'atténuèrent, il se mit à gémir faiblement puis finit par se taire.

Les blessures d'Ira étaient à peine cicatrisées que déjà celle-ci était sur pied.

— Où vas-tu ? lui dis-je. Repose-toi un peu ; tu es encore pleine de marques livides.

— Me reposer ? dit-elle avec mépris. Comment pourrais-je me reposer ? Qui pourrait se reposer ? Tu n'entends pas le petit ?

— Où vas-tu ? répétai-je. Dis-moi seulement où tu vas.

— Ne me le demande pas, dit-elle. Il vaut beaucoup mieux que tu ne le saches pas.

Elle était en train de se peigner, elle laissait tomber ses cheveux d'un côté de son cou, puis de l'autre. Finalement l'ensemble, tête et cheveux, apparut lisse et brillant. Elle ne s'était pas donné autant de mal depuis son mariage.

Je la vis s'avancer dans le crépuscule, étroitement serrée dans son *sari*. Je la vis marcher vers la ville, suivre l'étroit sentier qui longeait la tannerie, jusqu'à l'endroit où il s'élargissait et où il était bordé d'un côté d'échoppes où l'on vendait des cigares et de l'autre de petites boutiques clinquantes où des hommes au regard effronté étaient attablés à fumer ou à boire du toddy dans

de grandes chopes écumantes. Elle s'avançait d'un air dégagé, posant les pieds avec une délicatesse affectée au milieu des ordures qui encombraient la rue, les débris de canne à sucre mâchonnés, les gâteaux écrasés, le jus rouge craché par les chiqueurs de noix de bétel ; oui d'un air dégagé, un demi-sourire aux lèvres, elle répondait aux appels et aux railleries, scrutant les visages d'un regard furtif, rapidement voilé sous les paupières demi-closes. A chaque coin de rue — il ne manquait pas de sentiers obscurs et d'impasses — elle s'arrêtait, s'avançait un peu dans l'ombre et attendait, perdue dans la nuit.

— Il faut que je sache, lui dis-je d'un ton suppliant. J'aime mieux savoir qu'imaginer.

Ira me regarda de côté :

— Tu n'as pas assez d'imagination.

— Tu ne me connais pas, dis-je troublée. Et moi, je ne te comprends plus.

— La vérité est désagréable, répondit-elle.

Je restai silencieuse un moment, cherchant dans ma mémoire : tout à coup je retrouvai : l'homme qui était venu après la mort de Raja. Il avait dit la même chose : la vérité est désagréable.

Nathan rentra des champs au crépuscule au moment où Ira se mettait en route. Il avait nettoyé les canaux d'irrigation, consolidé les barrages, et la fourche qu'il portait était couverte de boue. Il la piqua dans la terre et s'appuya dessus.

— Où vas-tu à cette heure-ci ?

— Il vaut mieux n'en pas parler.

— J'exige que tu me répondes.

— Je ne peux pas.

Nathan fronça les sourcils : elle ne lui avait jamais parlé de cette façon. Je la regardai et il me sembla que, du jour au lendemain, elle avait changé : elle qui était tendre, pudique et obéissante, ne montrait maintenant aucune trace de

ces qualités ; il était difficile de croire qu'elle les avait jamais possédées.

Nathan cherchait ses mots avec un effort visible.

— Je ne veux pas qu'on dise — je ne veux pas que tu te donnes en spectacle la nuit...

— Cette nuit, et la suivante et toutes les autres nuits, aussi longtemps que ce sera nécessaire. Je ne veux plus avoir faim.

— Comme une courtisane, dit-il. Une vulgaire prostituée.

Les veines faisaient saillie sur son front, son sang battait violemment aux tempes. Ira, debout devant lui, le défiait en silence, pendant que ses doigts tiraillaient la frange de son sari. Je fermai les yeux, je ne pouvais supporter de les voir ainsi face à face.

— Ce ne sont que des mots, dit-elle finalement. Il y a d'autres mots, des mots plus aimables que par pudeur...

— Par pudeur ! (Il lui cracha le mot au visage.) Ne parle pas de pudeur !

Elle resta muette un moment et il dit avec une cruauté préméditée :

— Aucun homme ne te regardera, défigurée comme tu l'es.

— Les blessures se cicatriseront, répondit-elle. Ce n'est pas à ma figure que les hommes s'intéressent.

Je pense qu'il étendit le bras pour la retenir, car j'entendis qu'elle disait : « Laisse-moi passer », et il y eut un bruit léger, comme un froissement de tissu, quand elle lui échappa.

Et voilà, nous l'avions laissé partir. Nous avions essayé tous les moyens dont nous disposions, nous ne pouvions rien faire de plus. Elle n'était plus une enfant, qu'on puisse intimider ou forcer à la soumission, c'était une femme qui s'était fixé un but précis et qui était douée d'une invincible détermination. Nous étions depuis si longtemps habitués à la voir plier devant notre volonté que, lorsqu'elle cessa de le faire de son plein gré, ce fut pour nous un choc terrible. Pourtant nous n'avions pas le choix. Il nous fallait bien accepter ce changement, pour étrange et surprenant qu'il fût ; on ne peut obtenir de force l'obéissance. Ce fut aussi simple que cela : nous lui avions interdit de faire quelque chose, elle avait refusé ; nous avions perdu. Et nous nous habituâmes à ses allées et venues, comme nous nous étions habitués à tant d'autres choses.

Avec l'argent qu'elle gagnait, Irawaddy put acheter du riz et du sel, et du lait pour l'enfant qui était trop faible pour supporter toute autre nourriture. Je lui fus vraiment reconnaissante de la nourriture qu'elle nous offrait, après les détritus et les racines dont nous avions dû nous contenter ; mais de ce qu'elle acheta Nathan ne voulut jamais toucher le moindre morceau. Jour après jour il continuait à sortir comme par le passé, cherchant désespérément sa nourriture, maigre et desséché comme une tige vide de bambou.

— Ce qui est fait est fait, lui dis-je pour le persuader de manger. Tu as fait de ton mieux, tu n'as rien à te reprocher.

— Je n'y toucherai pas, dit-il en me regardant droit dans les yeux.

Je ne sais pas ce qu'il y avait d'amertume dans cette attitude, ou de remords né de son incapacité à nourrir ses enfants ; je sais seulement qu'il avait beaucoup de courage et que c'était un homme de bien.

Pendant les premiers jours où Ira recommença à donner du lait à Kuti, l'enfant sembla aller mieux, mais le mieux — si mieux il y eut vraiment je n'en sais rien, il cessa simplement de gémir et nous prîmes cela pour le signe qu'il allait mieux — ne dura pas. Il devint bientôt évident qu'il déclinait. Ses yeux se firent plus grands dans son visage tiré, leur iris d'un brun doux brillait d'un éclat étrange, comme si tout ce qui lui restait de vie s'y était concentré ; et de fait c'était la seule chose mobile qui restât en lui. Il n'était plus capable de faire aucun autre mouvement, mais du coin où il était étendu, il nous suivait constamment du regard et il ne semblait jamais se fatiguer de cette quête incessante. A part cela il gisait sans bouger, comme un oisillon blessé ; épuisé, les lèvres desséchées et parcheminées, le corps incapable de continuer la lutte.

Je ne l'entendis appeler qu'une fois : un murmure léger que je perçus à peine :

— Ama ?

— Oui, chéri.

— Je ne te vois plus. Je ne vois plus rien.

— Je suis là, mon fils, tout près de toi.

Il remua légèrement les bras ; je m'agenouillai à côté de lui, et mis ses bras autour de mon cou , il était trop faible, il me fallut les maintenir en place.

— Dors, chéri. Bientôt tu iras mieux et tu recouvreras la vue. Je te le promets, tu verras de nouveau.

Il sembla satisfait ; il accepta les mensonges que je lui disais et soupira un peu — peut-être de soulagement : qui peut deviner les craintes qui assaillaient son cerveau d'enfant ? Bientôt je sentis qu'il se détendait ; je dénouai ses bras et m'éloignai doucement de lui. Plus tard j'entendis un bruit léger ; je me retournai et vis qu'il avait ouvert les yeux, son regard parfaitement immobile était posé sur Ira. J'allai à lui ; ses yeux ne voyaient plus ; déjà une légère pellicule les couvrait. Je le pris dans mes bras et le serrai contre moi ; son corps abandonné, émacié, si léger qu'on aurait plutôt cru tenir une poignée de feuilles qu'un enfant, pendait inerte contre moi. Je me mis à chanter pour lui, oubliant qu'il était mort ; mais petit à petit le froid gagna ses membres et il commença à se raidir ; alors seulement je le reposai, lui fermai les yeux et repoussai les mèches de cheveux humides qui lui revenaient sur le front. Il avait l'air fatigué mais très calme et son visage ne portait plus la marque de ses souffrances. Nathan vint s'agenouiller à côté de lui, le visage durci par la douleur et les yeux pleins d'amertume. Notre dernier enfant, conçu dans le bonheur, à un moment où le flot de notre vie coulait paisible, nous avait été pris ; je ne savais que trop ce qu'il éprouvait. Cependant le chagrin que je ressentais n'était pas pour mon fils ; au fond de mon cœur je ne pouvais pas souhaiter une autre issue. La bataille avait été trop longue et trop pénible pour que je pusse espérer le voir revenir et la reprendre.

17

Après la disparition de Kuti — avec une superbe indifférence qui semblait une insulte à notre perte — une abondante récolte arriva à maturité. C'était la deuxième de l'année, plantée dans un sol qu'on n'avait pas laissé reposer, aussi pensions-nous qu'elle serait assez maigre ; contrairement à toute attente, ce fut une très bonne moisson. Tous les épis étaient pleins, toutes les tiges étaient droites et robustes, il n'y avait aucun vide dans leurs rangs. Nous passâmes des journées entières, du matin à la nuit noire, à rentrer le riz, puis nous travaillâmes encore trois jours à drainer les champs et à les nettoyer et puis encore trois nuits à tamiser et à vanner. Malgré cela, il resta encore dans notre grenier un tas de riz non décortiqué, que nous gardâmes en attendant que le marché soit fait.

— N'est-ce pas comme je l'avais prédit ? s'écria Nathan. La force nous a été donnée. Autrement comment un tel travail aurait-il pu être accompli par des gens dans l'état où nous étions ?

Il promena autour de lui un regard triomphant et montra du doigt les monticules réguliers de riz blanc et le tas bruissant et brun de la balle. Nous nous sommes dévisagés, tous les deux, nous avons vu nos corps couverts de sueur, maigres, osseux et laids comme des épouvantails, et brusquement ce qu'il avait dit nous a paru du plus haut comique. Selvam et Ira, les premiers, ont commencé à rire, éperdument, sans pouvoir parler, avec des larmes qui leur ruisselaient le long des joues ; et nous, les parents, nous avons été petit à petit entraînés dans la danse — nous n'avons pas pu nous en empêcher — et le spectre de ce qui s'était passé frappait en vain à la porte de notre mémoire. Nous étions là, tous les quatre, déchaînés, au bord de l'hystérie, secoués par le rire, cherchant en vain un souffle qui s'épuisait à chaque inspiration. Nos joues creuses, nos estomacs ballonnés, nos os saillants et grotesques étaient devenus source de comique ; déjà, bien qu'ils fussent encore présents, notre esprit les reléguait dans le passé — dans ce passé horrible que nous rejetions de toutes nos forces ; et c'était le soulagement de voir que nous pouvions penser ainsi qui était en quelque sorte l'origine de notre rire.

Nathan surtout, était d'une humeur particulièrement exubérante. Il ne cessait de se taper sur les cuisses et de secouer la tête, comme pour exprimer son incrédulité devant une telle bonne fortune ; dans sa paume il tenait quelques grains de riz, et ne se lassait pas d'écouter avec délices le froissement sec qu'ils faisaient en frottant l'un sur l'autre. Il cherchait peut-être à se rassurer, à se convaincre qu'ils étaient réels, et non pas nés de son rêve désespéré.

— Il y aura de quoi payer ce que nous devons, s'écria-t-il, et garder ce dont nous avons besoin. Nous pourrons aussi renouveler les poissons dans les champs...

— Et planter des légumes, dis-je. Il faudra que j'achète des semences de haricots et de piments, et peut-être quelques plants de potirons... et naturellement quelques patates douces... J'ai déjà gagné beaucoup d'argent avec mes légumes.

— Certainement, dit-il avec chaleur. Nous aurons assez d'argent pour faire tout ça, tu verras. Dieu, dans Sa bonté, nous a donné une autre chance.

— Première chose, faire le marché, dis-je en souriant, comme il était impossible de ne pas le faire devant un tel enthousiasme, ensuite les projets.

Sur-le-champ, dévorés d'impatience, nous sortîmes les sacs en toile de jute et la haute mesure de cuivre ; et nous nous mîmes à calculer les quantités et les prix.

Les semailles disciplinent le corps et la vue du grain qui germe élève l'esprit, mais rien n'égale la profonde satisfaction que procure la vue de la récolte engrangée : le grain s'amoncelle devant vous en tas luisants et la poussière du bon riz blanchit vos mains, et le seul fait de mesurer, de remplir la mesure, de faire même une sorte de montagne au sommet, sans souci de la hauteur, parce qu'on a les moyens d'être insouciant, et parce que, par héritage de prudence, on sait que les grains se chargeront eux-mêmes de mettre un frein à la générosité, qu'ils glisseront et se tasseront sur les bords de la mesure de sorte que la montagne ne sera pas trop haute. Tant de poignées pour faire une mesure, tant de mesures pour faire un sac. On emplit les sacs l'un après l'autre, on les range l'un après l'autre, le cœur empli de joie et de gratitude.

Plus tard nous allons offrir nos prières, portant des offrandes de camphre, de *kum-kum*, de riz et d'huile. Nos cœurs débordent de reconnaissance.

18

J'allai au marché chargée de *brinjals* à l'écorce lisse et de potirons ronds et dodus comme des jeunes femmes. La terre avait été généreuse : il y avait en outre des haricots et des pommes de terre, des melons et des piments ; j'étais très fière d'eux et les pièces d'argent contre lesquelles je les avais échangés. Je ne vendais plus mes produits à Biswas ; il y avait maintenant quelques autres boutiques en ville où l'on me donnait un meilleur prix et où je n'avais pas à supporter les insinuations malveillantes auxquelles se livrait

Biswas. Les années avaient augmenté son volume de graisse et la proéminence de sa bedaine ; mais elles n'avaient pas amélioré sa nature, ni fait naître en lui la bonté. Sans souci des malédictions qui pleuvaient sur lui — elles ne manquaient pas, car c'était un usurier d'une dureté vraiment gratuite — il continuait à prospérer, à se nourrir de la chair même des malheureuses créatures qui étaient contraintes de lui emprunter de l'argent, à tirer sa force de leur faiblesse.

Me voyant passer, il sortit sur le seuil et m'appela :

— Rukmani ! J'ai des nouvelles pour vous. Attendez une minute.

— De quoi s'agit-il ?

— Kenny est de retour. Je l'ai vu.

— Vraiment, dis-je avec prudence. Tout le monde sera bien content.

— Surtout vous, dit-il en me surveillant du coin de l'œil.

— Tout le monde, répétai-je, c'est un bon médecin. Il a rendu service à beaucoup de gens.

— C'est aussi un homme, dit-il. On prétend que c'est un de vos amis.

— Oui, il a été un bon ami pour toute ma famille, dis-je gagnée par la colère. Il a fait beaucoup pour nous.

— Pour vous en particulier, insista-t-il, un sourire plein de sous-entendus jouant sur les lèvres flasques. Kunthi m'a mis au courant.

— Des boniments de prostituée, dis-je d'un ton méprisant, aussi suspects que son corps.

Il approcha son visage du mien.

— Mais pas nécessairement à écarter pour cette raison, dit-il en me regardant en dessous.

J'aurais voulu me jeter sur lui, lui faire rentrer ses paroles dans la gorge. Je dus faire un effort pour me contenir.

— Cochon de calomniateur, dis-je, charognard !

Il avait l'habitude des injures, il se contenta de sourire.

— Aussi emportée que d'habitude, Rukmani, dit-il. Où irez-vous la prochaine fois que vous aurez besoin d'argent ?

Il était si insaisissable, si indigne que ma colère tomba. L'influence malveillante de Kunthi ne réussissait même plus à me mettre hors de moi : rien ne pouvait m'atteindre.

Je restai là un moment, incapable de décider ce que je voulais faire : ou essayer de voir Kenny en ville, ou rentrer chez moi avec prudence et attendre sa venue qui, j'en étais sûre, ne pouvait tarder. Puis il me parut grotesque de me mettre si tardivement à prendre des précautions ; je me rendis donc à la petite maison blanchie à la chaux qu'il occupait aux limites de la ville, impatiente, portant en signe de bienvenue une guirlande de roses et de jasmin, et un limon pour lui porter bonheur.

La maison était nue — comme à l'habitude — et froide et sans vie après sa longue absence. Il y avait une épaisse couche de poussière sur le sol, et de petits monticules réguliers de morceaux de ciment et de terre, aux endroits où les rats, pour des raisons obscures connues d'eux seuls, avaient fait des trous. Je vis tout cela par la fenêtre de devant qui était cassée, puis je poussai la porte et entrai.

Kenny se tenait dans une petite pièce qui donnait sur la pièce principale. Il se retourna en m'entendant entrer et fronça le sourcil.

— Comment avez-vous su que j'étais là ?

Tout habituée que j'étais à lui, je me sentis incapable, devant ces mots brusques et cet accueil brutal, de prononcer les mots de bienvenue.

— C'est Biswas qui m'a avertie, dis-je. Je suis venue tout de suite.

Il y eut un silence. La guirlande que je tenais m'embarrassait horriblement, j'avais l'impression d'avoir fait une sottise en l'achetant. Le limon lui-même paraissait déplacé. J'essayai de les cacher derrière mon dos. Il le remarqua tout de suite.

— Qu'est-ce que vous avez là ?

— Quelques petites choses — je viens du marché, commençai-je, toute gauche.

— C'est une guirlande, n'est-ce pas ?

— Oui, dis-je humblement. Je l'ai achetée pour vous. Vous avez deviné juste.

Il m'attira près de la fenêtre et du doigt me montra l'extérieur. Il y avait un tas de guirlandes, de roses, de lis, de chrysanthèmes ; évidemment je n'étais pas la première.

— Je n'ai pas deviné, dit-il d'un ton grave, je *sais*. Il y a eu des précédents.

— Mes intentions étaient bonnes, malgré tout — commençai-je avec chaleur, alors il se mit à rire de si bon cœur que toutes les rides qui marquaient son visage s'effacèrent en quelque sorte dans les plis du rire, lui donnant l'air jeune et aimable. Je me sentis tout de suite mieux ; l'impression de froideur se dissipa.

— Vous avez été absent longtemps, dis-je. Trop longtemps, vous nous avez manqué.

— Pourquoi ! dit-il. Encore des ennuis ?

Je me demandai ce qu'il fallait répondre et je l'examinai discrètement. Son visage était devenu très sérieux, presque triste, toute trace de rire avait disparu. Après tant d'années, il restait absolument imprévisible.

— Nous avons eu nos ennuis, dis-je, prudemment. Cependant ce n'est pas seulement à cause de cela que vous nous avez manqué. C'était — je m'arrêtai, ne sachant comment terminer. Il nous serait venu en aide, il nous aurait apporté de la nourriture, de l'argent et sa science ; cependant il nous offrait encore quelque chose de plus, je le sentais, mais je ne trouvais pas les mots pour l'exprimer.

— Votre présence — j'hésitai un moment — a un grand prix pour nous. Il y a en vous une douceur rare, d'autant plus précieuse qu'elle se manifeste si brièvement.

Je ne sais pas ce qui m'avait donné le courage de dire ces choses — peut-être son silence. Il avait l'air d'écouter à peine. Il était toujours debout, devant la fenêtre à regarder au-dehors en se rongeant les ongles.

— Des ennuis, dit-il, nous en avons tous. Je suppose qu'il y a eu de mauvaises récoltes et la famine.

— Ç'a été une mauvaise période, répondis-je. Nous avons perdu deux fils. Raja est mort accidentellement. Quant au petit, il était trop sensible pour ce monde ; il ne pouvait pas supporter la vie que nous menions. Quand il y a eu cette sécheresse — je m'arrêtai de nouveau. Je ne pouvais pas me délivrer du souvenir de ces jours, mais le passage du temps lui avait fait perdre son acuité ; or, voilà que mes propres paroles lui avaient rendu une vie nouvelle et me déchiraient d'une douleur aiguë et poignante qui me réduisit au silence. Je restai muette un instant, attendant que la douleur se soit apaisée et que j'aie retrouvé mon calme. Il ne se retourna pas, peut-être eut-il conscience du combat qui se livrait en moi.

— J'ai assez parlé de moi, dis-je finalement. Parlons de vous et des vôtres.

Il se retourna brusquement vers moi.

— En quoi cela vous regarde-t-il ?

— En rien ; mais je forme des vœux pour leur bonheur.

— Gardez-les pour vous, dit-il sans douceur. Ma femme m'a quitté. Quant à mes fils, on leur a appris à m'oublier.

J'essayai en vain de l'imaginer, cette femme qui, après tant d'années, pouvait se séparer aussi radicalement de son mari et briser le lien qui existait sûrement entre eux, malgré ses longues absences. « Peut-être est-ce justement cela qui l'a poussée à agir ainsi, pensai-je. Il a certainement une part de responsabilité. »

— Vous pensez que c'est de ma faute, dit-il. Ne protestez pas, ça se lit sans peine sur votre figure.

— Les femmes ont besoin des hommes, dis-je en haussant les épaules. Il n'est pas juste de les en priver.

— Autre question, continua-t-il. Ne croyez-vous pas qu'un homme a le droit de choisir son travail ?

— Un homme comme vous, oui, répondis-je.

— Et si sa femme ne peut pas l'accompagner ?

— Si elle ne peut pas ? dis-je. Mais elle le doit. La place d'une femme est aux côtés de son mari.

Il eut un soupir d'impatience.

— Vous simplifiez tout, vous ne pouvez pas comprendre. Vos vues sont si étroites qu'il est impossible de vous expliquer.

— Etroites, oui, acquiesçai-je. Mais elles ne sont pas immuables. Nos habitudes ne sont pas les mêmes que les vôtres.

— Vos instincts sont très sûrs, dit-il.

Pour la première fois depuis que je le connaissais, je vis une étincelle d'admiration dans ses yeux.

— Je ne suis pas une imbécile, dis-je à voix basse, tout heureuse de l'approbation lue dans son regard, mais aussi, en même temps, un peu blessée : j'ai quand même assez de bon sens pour m'apercevoir que vous n'êtes pas l'un de nous. Vous vivez ici, vous travaillez ici, vous êtes plein de sollicitude pour nous et d'amour pour nos enfants. Mais ici ce n'est pas votre pays et nous ne sommes pas de votre peuple. Même si vous passiez ici toute votre vie, cela n'y changerait rien.

— Mon pays ? dit-il. Quelquefois je me demande où il est, mon pays. Jusqu'à ce jour, j'avais pensé que c'était peut-être ici.

Ses paroles rendaient un son amer et las ; il me sembla partager sa désolation, je sentis en moi s'ouvrir un grand vide. J'aurais voulu pouvoir reprendre les mots que j'avais prononcés, les garder cachés au fond de moi, silencieux, impuissants à faire souffrir.

— N'ayez pas de regrets, me dit-il. Vous ne m'avez rien appris que je ne sache déjà.

Je me levai pour partir.

— Mon mari et mes enfants seront heureux de vous voir. Nous aurons plaisir à vous accueillir dans notre maison.

— Comme je vous l'ai déjà dit, vous n'êtes pas sans richesses, dit-il se parlant à demi à lui-même. Comment va votre fille ? C'était une jolie jeune femme.

— Elle est enceinte, elle va bien.

— Ainsi la visite qu'elle m'a faite n'a pas été inutile ?

— Si elle avait pu ne jamais cesser d'être stérile, ça aurait mieux valu.

— Pourquoi ? N'était-ce pas votre désir ?

— Pas dans ces conditions, dis-je, quand il y a une douzaine d'hommes qui peuvent être le père.

— Je suppose que c'était nécessaire, dit-il doucement. J'ai déjà vu cela.

— Nous n'avons pas pu la retenir, répondis-je. Elle était très attachée au petit ; nous n'avons pas pu la retenir. Mais bien entendu, elle ne savait rien, elle n'avait aucune expérience de ces choses, et maintenant elle attend un enfant. Elle a été prise très vite.

— Ça s'arrangera après la naissance, dit-il. Un

enfant né d'une passade en vaut bien un autre.

— Vous avez peut-être raison, dis-je avec amertume, mais vous ne vous rendez pas compte de la honte qui rejaillit sur nous. Les gens ne nous ont pas épargnés.

Il me fixa d'un regard impatient.

— Vous ne pensez donc qu'à cela, à l'opinion des gens ! D'un bout à l'autre du monde on entend toujours la même histoire. Est-ce que ça a de l'importance, l'opinion des gens ?

Son ton était méprisant. Et je pensai : « Pour vous, c'est facile ; pour nous, ce n'est peut-être pas aussi simple. »

Je rentrai à la maison en réfléchissant à ce qu'il avait dit ; bientôt il me sembla qu'il y avait une part de vérité dans ses paroles et j'en fus un peu réconfortée. Nathan avait dit à peu près la même chose ; Kenny et lui, si différents sous les autres rapports, étaient très proches dans leurs vues sur ce sujet.

19

Le retour de Kenny marqua le commencement d'un autre changement dans notre vie et dans celle de Selvam. Selvam, bien qu'il eût été élevé par des paysans et qu'il fût descendant de paysans, ne se sentait pas attiré par la terre. Comme ses frères, il était travailleur et consciencieux mais son cœur n'était pas dans ce qu'il faisait et en conséquence la terre n'était pas généreuse avec lui. Il avait une connaissance des cultures et des saisons, née de l'expérience ; mais les cultures qui prospéraient sous les mains de Nathan, périclitaient avec lui. Malgré ses soins jaloux, les graines qu'il plantait ne levaient pas, et celles qui levaient donnaient des plantes stériles.

Un jour qu'il revenait tout droit de travailler au champ, il jeta par terre la bêche qu'il portait et annonça qu'il en avait fini avec la terre.

— Je ne suis pas un paysan, dit-il. La terre ne m'aime pas et moi je n'ai pas de temps à lui consacrer.

— Que feras-tu, alors, mon fils ? dis-je, pleine d'inquiétude. De quoi vivras-tu, après notre mort ?

Il ne me répondit pas tout de suite. Il était assis, les jambes croisées, fixant d'un regard absent le vert frais des champs de riz au-delà de la petite cour. Mais il ne pensait pas au spectacle qu'il avait sous les yeux.

— Kenny est en train de bâtir un hôpital, dit-il. Quand ce sera fini, il aura besoin d'un assistant, et il m'a offert la place.

— Mais tu ignores tout d'un tel travail.

— Oui. Mais il va me former, il va commencer dès que possible. Il pense que ce ne sera pas trop difficile pour moi, parce que je ne suis pas complètement ignorant.

C'était vrai. Selvam était de la même étoffe que ses frères. Il avait appris très vite le peu que j'avais pu lui enseigner et il avait continué à partir de là, porté par ses propres efforts et son propre enthousiasme. L'étude lui était naturelle ; il écrivait et il lisait avidement, avec plaisir, comme je l'avais fait autrefois moi-même. « Il apprendra, pensai-je. Voilà la chance qu'il attendait. »

Selvam commença à s'agiter.

— J'en ai parlé à mon père, dit-il en hésitant. Il est tout à fait d'accord.

Je lui souris :

— Moi aussi. J'espère que tu réussiras.

Il se détendit :

— J'en suis heureux. J'avais peur que — que ça ne te déplaise.

— Non, ça ne me déplaît pas. Ça me déçoit peut-être un peu, de voir que tous nos fils ont abandonné la terre. Mais tu as bien choisi ta voie.

— Oui, j'ai bien choisi ma voie, répéta-t-il. Ce sera une grande aventure. Nous avons beaucoup de projets et d'espoirs.

Le silence retomba entre nous. Je l'examinai à la dérobée, me demandant s'il fallait lui dire : « Prépare-toi aux conséquences, les gens verront des motifs secrets dans cette association ; il y en aura de malveillants qui prétendront qu'on n'a pas fait cela pour toi, mais pour ta mère et qui chercheront à détruire la tranquillité de ton esprit. » Puis, je pris ma décision : « Je n'éteindrai point la flamme de sa volonté ; je ne ferai point naître entre eux deux la suspicion », et je me tus. Mais son regard tranquille et droit pesait sur moi.

— Je ne suis pas naïf, dit-il calmement. Mais si tu as la force, et moi la confiance, que demander de plus ?

— En effet, dis-je soulagée. Je voulais simplement que tu saches.

Nous échangeâmes un sourire ; nous nous comprenions parfaitement.

★

J'allai de nouveau voir Kenny.

— Une fois de plus, nous sommes vos débiteurs. Mon fils déborde de joie. C'est quelque chose qu'il attendait sans le savoir.

— Moi aussi je suis son obligé. J'ai besoin d'un assistant ; il promet d'en être un bon et il sera, je l'espère, le premier d'une longue série. La ville s'est agrandie et agrandira encore, vous savez.

— Votre installation sera plus importante qu'autrefois ?

— Ce sera un hôpital, non plus un dispensaire, dit-il froidement. Je vais vous montrer.

Il sortit plusieurs papiers, des dessins et de grandes feuilles couvertes de calculs qui me restèrent incompréhensibles, même quand il me les eut expliqués — ce que je me gardai bien de lui dire. Je me rendis seulement compte qu'il s'agissait d'une entreprise importante.

— D'où viendra l'argent ? lui demandai-je, stupéfaite. Une telle construction nécessitera je ne sais combien de centaines de roupies.

— J'en ai des milliers, répondit-il.

— Je ne me rendais pas compte, vous vivez comme les pauvres, comme nous.

— L'argent n'est pas à moi. On me l'a donné — je l'ai rassemblé pendant mon absence.

— Il vient de votre pays ? dis-je, de votre peuple ?

— Oui, dit-il avec impatience ; il vient en partie de mon pays et de mes compatriotes, en partie des vôtres. Pourquoi avez-vous l'air si étonnée ?

— J'ai peu de compréhension, répondis-je humblement. Je ne sais pas pourquoi des gens qui ne nous ont jamais vus, qui ne nous connaissent pas, font cela pour nous.

— Parce qu'ils en ont les moyens, dit-il, et qu'ils ont appris que vous en aviez besoin. Ne voit-on pas les malades mourir dans les rues parce qu'il n'y a pas d'hôpitaux pour eux ? N'y a-t-il pas des enfants qui naissent dans le ruisseau ? Je vous l'ai déjà dit, je vous le répète encore : il faut appeler au secours si vous voulez qu'on vous aide. Cela ne sert à rien de souffrir en silence. Qui secourra l'homme qui se noie s'il n'appelle pas de toutes ses forces ?

— On dit — commençai-je...

— Oubliez ce qu'on dit et ce que vous avez appris. Il n'y a pas de grandeur dans le besoin — ni dans la résignation.

En moi-même, je pensai : « Et si nous n'avions pas la force de nous résigner devant chaque nouveau malheur ! Nous serions vraiment dans notre faiblesse de pauvres créatures ; l'intelligence n'a-t-elle pas été donnée à l'homme pour s'élever au-dessus de ses infortunes ? Quant à nos besoins, ils sont nombreux et insatisfaits, et qui est assez riche ou assez bon pour les satisfaire ? Le besoin est notre compagnon de la naissance à la mort, familier comme les saisons ou la terre, différent seulement en intensité. A quoi servirait-il de gémir sur ce qui a toujours été et ne peut pas changer ? »

Il ferma à demi les yeux ; peut-être parce que nous nous connaissions depuis longtemps, ou parce qu'il avait l'habitude des hommes, il pénétrait toujours le cœur des choses, qu'on restât silencieux ou que l'on cherchât à exprimer sa pensée en mots.

— Pauvres moutons résignés ! dit-il avec mépris, croyez-vous que l'approfondissement spirituel vient du besoin ou de la souffrance ? Que peut-on penser quand on a le ventre vide ou le corps malade ? Dites-moi que vous avez des pensées élevées, et je vous traiterai de menteuse.

— Cependant nos prêtres jeûnent et s'infligent de terribles châtiments, et l'on nous apprend à supporter nos chagrins en silence, tout cela pour que l'âme soit purifiée.

Il se frappa le front.

— Mon Dieu, s'écria-t-il. Je ne vous comprends pas. Je ne vous comprendrai jamais. Partez, avant que, moi aussi, je ne me laisse prendre à votre philosophie.

20

Si dans la ville, où toute trace de nature avait été sacrifiée depuis longtemps, on ne pouvait plus suivre le passage des saisons, c'était encore possible dans la banlieue. Dans la ville il y avait la foule, et les rues que le poids des pas, peu à peu, avait tracées sur la terre, et la saleté que les hommes avaient entassée ; il fallait en marchant prendre garde à ce qu'on pouvait avoir sous les pieds, et à ce qui pouvait vous menacer en avant ou en arrière ; si bien qu'ainsi préoccupé on oubliait de regarder le soleil et les étoiles, on oubliait même de constater leurs changements de position dans le ciel : on ne savait rien de l'écoulement du temps, si ce n'est la stérile précipitation et l'heure des pendules. Mais pour nous qui vivions au bord des champs verts et tranquilles, malgré la menaçante proximité de la ville, la nature exprimait encore son message étouffé. Chaque jour qui passait, chaque semaine, chaque mois laissait sa marque claire, sans équivoque.

Les tendres bourgeons de la nouvelle année, les pervenches et le jasmin, la douce floraison parfumée du *champak* avaient cédé la place aux fleurs éclatantes de l'arbre de Judée et du *mohur* d'or quand vint pour Ira le moment de la délivrance. Quand ma fille fut en travail, je plaçai à l'extérieur la grille de bambou qui était destinée à prévenir mon mari et mon fils, comme c'est la coutume pour ceux qui vivent dans une seule pièce ; quand j'eus nettoyé la hutte et que j'eus parsemé le sol de fumier humide j'apportai le matelas de paille tressée qui m'avait servi autrefois, pour y coucher Ira ; puis je sortis ramasser les pétales qu'avaient répandus les arbres ; je lui apportai un plein panier où s'étageaient en couches éclatantes l'or, le rouge, le mauve et le pourpre.

— Un enfant de l'été, lui dis-je, ne peut manquer d'être solide.

Elle sourit et posa les mains sur les pétales.

— Il est solide. Je le sens.

En attendant, je songeai aux autres naissances qu'avait vues cette hutte. D'abord Ira elle-même, puis un long, très long intervalle, et ensuite presque chaque année j'avais eu un fils. Avant chaque naissance, il y avait eu l'espoir et l'attente, peut-être une certaine inquiétude ; des sentiments naturels. Maintenant les craintes tournoyaient autour de ma tête comme les noires fourmis volantes après l'orage et le battement de leurs ailes me faisait trembler. Un enfant né d'une passade ne diffère pas d'un enfant né dans le mariage... c'était ce que Kenny avait dit ; mais pouvait-on en être sûr ? Un homme possède son épouse avec passion, comme il est naturel, mais il prend soin d'elle : dans la fièvre qui les tient poitrine contre poitrine et hanche nue contre hanche nue, il sait encore se contrôler et donner autant qu'il reçoit et satisfaire sans meurtrir. La femme lui appartient, c'est sa femme, non pas seulement pour cet instant où le désir monte en lui, mais demain et l'année prochaine. Elle recevra sa semence, en sera fécondée, et il verra jour après jour son enfant se développer en elle. Aussi est-il doux et attentif, et prend-il garde de venir à elle sain et pur pour que leur union soit bénie et prolifique.

Mais l'homme qui rencontre une femme dans la rue, lui fait un clin d'œil et claque des doigts pour qu'elle le suive, lui jette quelques pièces pour payer son plaisir, la tient dans ses bras, soumise à tous ses caprices, puisque son argent lui donne tous les droits — cet homme-là se moque bien de la femme qui lui appartient un instant. Il a trouvé son plaisir, elle son gain. Insouciant, il se perd dans la foule, l'abandonnant à l'ombre où elle a travaillé et aux rues tapageuses où elle a cherché fortune.

De tous les milliers d'hommes du village, de la ville, peut-être même d'un autre village, d'une autre ville, un homme, un inconnu est le père : qui pourrait assurer que cet homme, pris au hasard parmi tant d'autres, n'est ni malade ni impur ? Pourquoi se tourmenter ou se protéger des conséquences quand elles sont heureusement cachées aux yeux du responsable et quand la femme n'est qu'une unité au milieu de la foule, douce, désirée, perdue et depuis longtemps oubliée.

Si Ira avait des craintes, elle ne les montrait pas. Peut-être avait-elle résolu ses problèmes dans la solitude, quand je n'étais pas là pour la voir et lire sur son visage ce qu'elle voulait cacher ; ou peut-être l'amour qu'elle portait aux enfants avait-il oblitéré tout autre sentiment. Elle était faite pour avoir des enfants : je l'avais toujours su. C'était vraiment un coup cruel du destin que de les lui donner de cette façon.

L'enfant, finalement, se présenta ; et pendant que je donnais à Ira les soins nécessaires, ces pensées reprirent place dans un coin obscur de mon cerveau ; je ne songeais plus qu'au présent et à l'avenir immédiat, cet avenir que chaque seconde reléguait immédiatement dans le passé. Puis il n'y eut plus ni passé ni avenir, rien que le présent, ce présent où je reçus l'enfant et le tins dans mes bras et où toutes les terreurs qui n'avaient pas de visage jusque-là, fondirent sur moi, se dévoilèrent, révélant leur visage. Je tenais dans mes bras cet enfant conçu dans la rue, par un inconnu dans un moment de plaisir facile : tous mes espoirs se brisèrent, et retombèrent autour de moi comme une pluie d'éclats de verre coloré.

Je ne voulais pas que sa mère le voie : je le lavai lentement, le frictionnai à l'huile pour essayer d'atténuer la blancheur de son corps et donner de la couleur à sa peau ; il criait de toutes ses forces, c'était un enfant robuste : et finalement sa mère le réclama. Je l'emmaillotai soigneusement avant de le lui donner, espérant encore — contre tout espoir — qu'elle ne remarquerait rien.

— Ton fils, lui dis-je, et je lui donnai le paquet, sans m'éloigner trop, tant j'étais inquiète. Elle le prit et sourit, toute détendue.

— Un bel enfant, dit-elle, fixant d'un regard ravi le petit visage clair comme une fleur.

Clair ! Il n'était pas trop clair. Sa mère était la seule à ne pas voir à quel point sa pâleur était peu naturelle, et à ne pas remarquer que les cheveux qui poussaient lentement, comme à regret, sur son crâne étaient de la couleur du clair de lune, et que ses yeux étaient roses. Quelquefois je me demandais si elle avait perdu l'esprit, puisqu'elle ne voyait pas ce qui était évident pour les autres ; ou bien si son orgueil de mère la poussait à jouer cette horrible comédie au prix de Dieu sait quel effort surhumain. En tout cas, si elle jouait la comédie, elle la jouait bien ; aucun signe de crispation ni de crainte n'apparaissait sur son visage, elle était gaie comme un pinson avec son fils, elle lui chantait des chansons, elle jouait avec lui, avec des petits cris et des petits rires, comme s'il avait été le plus beau bébé qu'une femme puisse avoir. Peut-être l'était-il pour elle. La charge du souci ne pesait pas sur elle, mais sur nous, ses parents et surtout sur Nathan qui, de nous tous, était le plus frappé.

— Elle a perdu la raison, disait-il. Elle ne voit pas son enfant comme il est, mais comme elle voudrait qu'il soit. Elle lui trouve la peau claire, c'est tout, alors qu'il est évident qu'il ressemble tout à fait à une souris blanche. Elle porte grand tort à l'enfant et à elle-même en renonçant à son bon sens et en n'ayant pas le courage de regarder la vérité en face. C'est de ma faute, disait-il en se balançant lentement sur les talons. J'aurais dû empêcher cela.

— Chut, lui dis-je. Ne te tourmente pas. Tu n'aurais pas pu l'arrêter, elle avait pris sa décision.

— C'est une chose cruelle à supporter au soir de notre vie.

— Cruelle à supporter, mais pas insupportable. Elle est heureuse et l'enfant se porte bien.

— Je l'ai observé quand il est au soleil, dit Nathan avec tristesse. Il se détourne de la lumière, il cherche l'ombre qui lui est plus clémente. Déjà il commence à avoir conscience de n'être pas comme les autres, tout bébé qu'il est.

— Quelle sottise ! lui dis-je. Il se détourne de la lumière parce qu'il a les yeux faibles. Kenny m'a dit que c'était tout à fait normal pour les enfants comme lui.

— C'est l'un ou l'autre, répondit-il. Qui peut en être sûr ? Mais quelle que soit la cause, le résultat est terrible. Le soleil est fait pour les hommes, l'obscurité pour les chauves-souris, les serpents, les chacals, et les autres créatures de ce genre.

Son chagrin le poussait à exagérer. En effet l'enfant ne reculait que devant la lumière directe du soleil ; dans la hutte ou à l'ombre d'un arbre, il était tout à fait heureux, étendu sur le sol ou suspendu à une branche, gazouillant et suçant ses pieds comme tous les autres bébés. Et moi-même, je préférais ne pas le voir en plein soleil ; sa peau pâle, membraneuse, ne faisait pas écran à la lumière qui le traversait, et qui éclairait profondément la chair, lui donnant une sorte d'apparence translucide et hideuse. En plus de cela, il attrapait facilement des coups de soleil. Une heure en pleine lumière suffisait à faire apparaître sur son front et sur son cou des taches rouges et squameuses, et à le rendre nerveux, alors que mes enfants qui avaient grandi en plein air n'en avaient jamais souffert, loin de là.

★

La nouvelle se répandit très vite et très loin. On vint voir l'enfant ; je ne sais quelles histoires racontèrent ceux qui étaient venus, mais d'autres encore arrivèrent, la curiosité peinte sur leur visage — une curiosité insatiable bien qu'ils fixassent le petit tout leur saoul de leurs yeux exorbités ; ils s'en allaient après quelques paroles de circonstance tombant de lèvres sur lesquelles se formaient déjà les descriptions de ce pauvre petit albinos qu'ils venaient de voir. Quelques-uns étaient bons, la plupart exprimaient une sympathie à fleur de peau et sans portée ; tous se retiraient sans pouvoir cacher leur sentiment dominant, ce soulagement que tous les hommes éprouvent quand ils voient quelqu'un de plus mal loti qu'eux.

Ce fut pour nous un supplice prolongé. Un jour qu'un nombre particulièrement élevé de visiteurs avait défilé chez nous, Nathan déclara brutalement qu'il ne pouvait en supporter davantage.

— Nous allons faire un baptême, dit-il. Invitons tous les gens que nous connaissons et finissons-en. Après cela personne n'aura plus d'excuse pour venir.

C'est l'habitude de faire cette cérémonie le dixième jour qui suit la naissance : c'est l'habitude et je l'avais respectée pour tous mes enfants. Mais que convenait-il de faire pour cet enfant sans père et marqué à sa naissance ? Cependant Nathan avait pris la décision ; et après cela je me sentis mieux. En dépit de toutes mes hésitations, j'avais au fond de moi-même la conviction que c'était là la chose à faire.

Ils vinrent donc, les amis, les voisins, apportant de la canne à sucre, du sucre candi et des sucres d'orge rayés pour le nouveau-né. Ira accepta les présents en son nom, toute souriante. Elle n'avait jamais été aussi gracieuse, aussi paisible. Je pense que son attitude surprit et même impressionna les invités. La vieille Grand-Mère, toute courbée sur sa canne, apporta une roupie qu'elle me donna pour que je la mette de côté pour l'enfant. Je ne voulais pas la prendre, mais elle insista : si j'avais su que c'étaient ses derniers sous, je n'aurais pas cédé devant son insistance. Au lieu de cela, je la pris en la remerciant.

— Vous êtes une bonne amie pour nous.

— En intentions, dit-elle, c'est tout. Le mariage que j'ai arrangé pour votre fille a mal tourné. C'est moi qui suis responsable de ce qui est arrivé.

Elle se refusait encore à oublier. Je répondis comme je pus pour essayer de la consoler ; mais elle ne m'écouta pas, c'est là le privilège du grand âge, et s'éloigna, cahin-caha, en marmottant des paroles indistinctes sur sa responsabilité. Ce n'était pas de sa faute, ni de celle de Nathan, ni de la mienne, ni d'Ira. « Ni du père, avait dit Kenny. Un accident. » A qui faut-il s'en prendre ? pensai-je avec lassitude. Au vent, à la pluie, au soleil, à la terre ; ils ne peuvent pas se défendre, donc ils sont coupables.

La voix de Nathan me parvint de très loin.

— Qu'est-ce que tu as ? Tu ne te sens pas bien ?

— Je vais très bien. Je réfléchissais.

— N'y pense plus, dit-il, n'y pense plus.

J'avais été soulagée de l'absence de Kali, la plus bavarde des femmes, mais ce ne fut qu'un soulagement passager. Elle souffrait d'un de ses périodiques accès de fièvre, et dès qu'elle fut remise, elle arriva en se dandinant. Elle avait terriblement engraissé depuis que la prospérité était revenue à la terre.

— Je serais venue plus tôt, dit-elle, tout essoufflée, si je n'avais pas eu la fièvre. Mais cette année, quel accès ! quels frissons ! Je dois dire que je ne sais vraiment pas comment j'ai survécu.

Elle baissa la voix pour me dire en confidence : « Tu sais ce que c'est — je suis à un âge critique. »

— J'espère que tu vas mieux, lui dis-je.

— Il ne faut pas trop me demander. Je ne vais pas mal. Mais je ne suis pas venue pour parler de moi.

Je la regardai sans bienveillance : le but de sa visite était évident. Elle baissa de nouveau la voix :

— C'est vrai pour l'enfant ? On prétend qu'il est blanc comme neige.

— Il a le teint clair, acquiesça Ira, d'un ton aimable. Voyez par vous-même !

Et elle tendit à Kali l'enfant, endormi dans ses bras. Kali se pencha avidement, tremblant de curiosité, et juste à ce moment, par pure malchance, l'enfant s'éveilla, ouvrit ses pauvres yeux roses, bâilla et se mit à pousser des hurlements stridents. Kali recula comme si on lui avait fait un affront prémédité : toute la pitié qu'elle avait pu éprouver se dissipa.

— Il a l'air bizarre, dit-elle avec franchise. Pas du tout normal. On n'a jamais entendu parler d'un enfant avec des yeux roses.

Je ne savais pas quoi dire. Nathan la regardait avec hostilité ; il n'avait jamais eu de sympathie pour elle. Le visage d'Ira était défait, tiré et étrangement sur la défensive : on aurait dit qu'elle avait été blessée et se demandait où tomberait le prochain coup. « Ainsi, elle sait », pensai-je avec une sorte de soulagement, qui, hélas ! n'était pas sans mélange. « Elle réussit parfaitement à cacher son jeu. » Le silence continua, tout le monde avait peur de parler, on avait l'impression de sentir les pensées se croiser dans l'air tendu ; les yeux se détournaient, fuyaient et finalement arrêtaient leur regard sur le sol. Puis j'entendis Selvam qui s'éclaircissait la gorge pour parler ; immédiatement les gens se tournèrent vers lui, le visage surpris, délivrés de l'attente, en alerte.

— Ce n'est qu'une question de pigmentation, dit-il, ou plutôt de manque de pigmentation. Il suffit de s'y habituer. Qui peut dire qu'une couleur est la bonne ou la mauvaise ?

Les mots d'un enfant — Selvam n'avait que seize ans — nous faisant honte à tous !...

— Quand même ! commença Kali, le rose...

— Un enfant aux yeux roses vaut bien un enfant aux yeux marrons, dit-il, la fixant d'un regard froid et réprobateur. J'aurais cru que votre instinct maternel, à défaut d'autre chose, vous aurait suggéré cela.

Il se détourna d'elle, plein de mépris, et commença à claquer des doigts pour amuser l'enfant. Sacrabani, qui était en train de hurler de toutes ses forces, commença à se calmer ; il poussa encore un ou deux gémissements sans conviction, puis sa bouche s'ouvrit en dessinant quelque chose qui ressemblait à un sourire et ses doigts se serrèrent autour de ceux de Selvam.

Selvam se tourna vers nous en souriant, les sourcils levés en une muette interrogation : « Cet enfant n'est-il pas exactement comme les autres ? Ne vous l'avais-je pas dit ? »

Triomphalement il se tourna vers Kali, mais, sans bruit, celle-ci s'était éclipsée.

21

A partir du jour où commença la construction de l'hôpital, Selvam cessa de nous appartenir. Pendant la période préliminaire, où l'on avait acheté et fait déblayer le terrain, où l'on avait engagé un entrepreneur pour se procurer des ouvriers et des matériaux, il avait passé le plus clair de son temps avec Kenny ; je ne sais de quoi ils discutaient, mais en rentrant à la maison, il était tantôt ravi, tantôt morose et déprimé ; il est certain que les nombreux délais qui leur étaient imposés lui pesaient terriblement. Puis, quand on commença vraiment à construire, que les briques s'entassèrent en hautes piles, le ciment en tas, il se mit à passer tout son temps libre à regarder les briques s'entasser sur les briques, et le mortier les unir entre elles ; quand les ouvriers le lui permettaient (ce qui n'arrivait pas souvent car ils étaient très jaloux de leurs prérogatives) il aidait lui-même à la construction ; et rien ne pouvait lui faire plus plaisir. Ce qu'il ne savait pas c'était qu'il faudrait encore sept mortelles années avant que le bâtiment soit achevé. Kenny et lui, dans l'ardeur de leur enthousiasme, avaient compté que les choses iraient beaucoup plus vite. Au fond il valait peut-être mieux qu'ils ne l'aient pas su à l'avance : c'est difficile d'être patient pendant sept ans.

Si tout avait marché comme ils l'espéraient, et si l'hôpital avait été achevé dans l'année, la vieille Grand-Mère ne serait pas morte dans la rue. Elle n'avait pas d'autre endroit où aller ; elle avait passé sa vie dans la rue, c'est là qu'elle mourut. Jour après jour, assise derrière sa toile de sac déchirée, elle avait vendu des poignées de noix et de fruits, devenant de jour en jour plus vieille, plus guenilleuse, plus faible. Elle n'avait plus de famille — personne sur qui elle eût des droits — il n'y avait certainement plus personne pour se demander si elle gagnait encore sa vie et combien de temps elle pourrait continuer à le faire. C'était plus simple d'éviter ces questions, de passer rapidement près d'elle, une bonne parole aux lèvres, que de s'arrêter pour la questionner ; qui donc se chargerait allégrement d'une bouche de plus à nourrir ? C'est ainsi qu'un jour elle disparut sans histoire. On trouva son corps sur le chemin qui menait au puits, un pot de terre vide à côté d'elle et la toile de sac attachée autour de sa taille. Elle était morte de faim.

Quand un être humain est mort, on trouve toujours des gens disposés à payer les funérailles ; sans doute parce qu'à ce moment-là il ne peut plus être question de demandes d'assistance renouvelées et prolongées. Après tout la mort est le point final. Je ne pouvais me libérer de cette pensée, dure et amère — née sans doute du malaise de ma propre conscience — en voyant soulever ce corps, léger comme de la poussière, en le voyant placer sur le cercueil ; en voyant tous ceux qui pleuraient la défunte lui apporter des fleurs, en voyant verser à flots sur son bûcher l'huile et le camphre, en voyant asperger son corps d'eau de rose et de pâte de santal. Ce qu'on avait fait pour mes fils, ce qu'on faisait maintenant pour la vieille Grand-Mère, on le ferait sans doute un jour pour moi, et pour nous tous. Il arrivait qu'un homme glissât à la mort avant son heure sans que personne y prît garde, mais quand il était mort et libéré de tout souci, on pouvait être certain qu'alors il y aurait des gens pour s'occuper de lui...

★

La mort de la vieille Grand-Mère me porta un coup terrible : non seulement parce que nous étions amies depuis mon mariage, mais aussi parce que je ne pouvais me pardonner d'avoir accepté cette roupie qui lui aurait assuré plusieurs jours de nourriture. J'aurais voulu la jeter — la donner au premier pauvre vieux misérable que j'aurais trouvé sur mon chemin — faire n'importe quoi pour soulager ma conscience ; mais l'argent ne m'appartenait pas, il était à Sacrabani.

— C'est puéril, me dit Nathan. Elle aurait pu vivre combien de temps sur cette roupie ?

— Quelques jours au moins, lui dis-je.

— Et après ?

— Je ne sais pas... quelque chose aurait pu se produire. Quel dommage que l'hôpital n'ait pas été terminé. Elle aurait pu y aller.

— Un hôpital n'est pas une soupe populaire, dit-il.

Je ne savais pas ce qu'il voulait dire avec sa soupe populaire et je me contentai de le regarder fixement. Il répéta les mots, tout heureux de savoir quelque chose que j'ignorais.

— C'est un endroit où les pauvres sont nourris gratuitement, m'expliqua-t-il. Dans d'autres pays, Selvam me certifie que cela existe vraiment.

— Qu'en sait-il ? Il n'a jamais mis les pieds hors de cette ville depuis sa naissance.

— Il l'a peut-être lu dans les livres — ou Kenny le lui a dit. J'ignore comment il le sait.

— En tout cas, dis-je, revenant au sujet de notre discussion, soupe populaire ou pas, il n'aurait pas refusé d'accepter une vieille femme épuisée.

— A quoi bon insister ? me dit Nathan, exaspéré. Tu ne fais que te tourmenter avec ce qui aurait pu ne jamais exister. Je te répète qu'un hôpital est fait uniquement pour les malades. Il n'y a rien de prévu pour les vieillards.

L'hôpital n'était guère commencé que depuis quelques mois et ses murs n'avaient au plus que quelques pieds de haut, quand les gens commencèrent à essayer d'affirmer leurs droits. Ils allèrent voir Kenny, ils vinrent voir Selvam, ils me firent même des ouvertures à moi, sa mère ; à observer leur nombre, je compris vite qu'il n'y aurait pas de place pour le dixième d'entre eux. Ce que moi, avec mon peu de jugeote, je parvenais à deviner, Kenny et Selvam le savaient infiniment mieux que moi : mais ils n'en soufflaient mot ni l'un ni l'autre. Nous avions tissé autour de nous un filet de silence dont les mailles retenaient mal notre peur et nos doutes.

Pendant ce temps la construction de l'hôpital ne marchait pas toute seule ; deux fois l'entrepreneur fut changé, et chaque fois le nouveau venu amena d'autres contremaîtres qui, à leur tour, firent venir leurs propres ouvriers. Une année on manqua de main-d'œuvre ; l'année suivante de matériaux. Au cours d'un été très chaud un incendie ravagea les huttes des ouvriers, et avant qu'on pût l'éteindre, il se communiqua aux bois de construction empilés non loin de là. Il fallut remplacer ce qui avait été perdu de même qu'il fallut remplacer la charretée de briques qui avait été volée avec la charrette, malgré la présence d'un gardien. Plusieurs fois le travail cessa complètement, je ne sais pour quelle raison ; Kenny et Selvam arpentaient le chantier désert, exaspérés, d'une humeur massacrante, inaccessibles. Kenny s'absentait assez souvent de la ville et il revenait fatigué et souvent découragé de ses voyages ; mais toujours le travail reprenait à son retour.

— Il faut batailler pour le moindre sou, me dit Selvam. Ce ne doit pas être facile.

— Il m'avait dit qu'il avait assez d'argent, lui dis-je. Il est resté longtemps au loin à en rassembler.

— Il n'y en a jamais assez, me dit Selvam en s'éloignant.

Je ne pouvais m'empêcher de me demander quel puits sans fond ils cherchaient à combler, et de quelle bourse sans fond, elle aussi, ils tiraient l'argent. Je me rappelle avoir pensé : « Ce n'est pas aussi simple que le disait Kenny. Il ne suffit pas de crier fort, ni d'exhiber ses maux ou de dresser une liste de ses besoins ; les gens peuvent se boucher les yeux et les oreilles, on ne peut pas les forcer à voir à et entendre, ni à répondre à vos appels s'ils ne le veulent pas ou ne le peuvent pas. » Un jour j'allai jusqu'à m'ouvrir de ces pensées à Kenny. Il me regarda avec tristesse et me répondit qu'il y avait d'autres moyens qu'il ne pouvait pas m'expliquer. Selvam et lui parlaient beaucoup de fondations, de subventions et d'autres choses de ce genre, mais je ne sais pas si cela donna quoi que ce soit. De toute façon la construction continuait lentement, péniblement ; mais enfin, elle continuait.

Très vite Selvam commença ses études. Le petit cottage blanchi à la chaux fut remis en service, avec mon fils comme assistant de Kenny. A partir de la deuxième année de son apprentissage il commença à soigner les cas les plus bénins et Kenny se mit à lui verser un petit salaire, pas régulièrement, mais dans la mesure où les fonds lui parvenaient. Un jour, dans un moment d'étourderie, je lui demandai comment il ferait pour payer tout le personnel quand l'hôpital fonctionnerait, car il aurait certainement besoin de beaucoup de gens pour en assurer la marche normale. Son visage s'assombrit : il me répondit qu'il aviserait à ce moment-là. C'était devenu sa formule habituelle.

22

Selvam et Ira avaient toujours été très proches l'un de l'autre ; leur affection n'avait en rien souffert des années de séparation que ma fille avait passées avec son mari ; elle le traitait plus en fils qu'en frère et lui, en retour, acceptait son amour et le lui rendait à sa manière, profonde et discrète. Il la comprenait bien, mieux que moi qui étais sa mère ; en fait je me demande si les parents connaissent jamais leurs enfants aussi bien qu'ils se connaissent entre eux. En tout cas, dans ma famille, mes fils et ma fille avaient toujours été d'accord ; les schismes qui avaient pu se produire les avaient séparés de nous, mais non point les uns des autres. Kali disait que cela venait de ce qu'ils étaient plus instruits, plus savants que nous : mais depuis les histoires à la tannerie, histoires où ses fils avaient été mêlés, et aussi pour d'autres raisons, elle en était venue à voir d'un mauvais œil toute forme d'instruction. A son idée, presque tous les malheurs du pays avaient vu le jour dans les pages d'un livre.

L'attitude très naturelle de Selvam à l'égard du petit albinos rapprocha encore Ira de lui. Dès le début Selvam avait accepté l'albinisme de l'enfant : il l'avait accepté et n'y pensait plus. Il traitait Sacrabani exactement comme s'il avait été un enfant normal. Par malheur il s'agissait là d'une bataille perdue d'avance. Il avait beau faire, nous avions tous beau faire, il était impossible d'amener les autres au même point de vue. Sacrabani fut isolé dès le départ, oiseau blanc dans un vol de corbeaux noirs, grain de blé au milieu du riz. Dès l'âge de quatre ans, il avait pris l'habitude d'être un témoin — toujours en marge des activités des autres. Parce qu'il était différent, les autres enfants ne s'attendaient pas à le voir participer automatiquement à leurs jeux ; s'il manquait un joueur, ou pour toute autre raison, ils l'invitaient quelquefois à se joindre à eux, mais sous aucun prétexte il ne devait le faire de son propre mouvement. Dans l'espoir de cette invitation, il lui fallait s'attacher à leurs pas, patient et soumis. Ses tares physiques auraient suffi à elles seules à le condamner à ce rôle de client ; sa peau ne pouvait pas supporter le soleil et la grande lumière lui fatiguait les yeux. Le spectacle qu'il offrait, tapi dans l'ombre, la peau rouge, en larmes, n'inspirait aucune pitié à ses camarades, ils trouvaient cela au contraire très comique. Pauvre enfant ! il lui fallait même supporter les regards curieux de ceux de ses aînés qui ne l'avaient pas encore vu, les coups de coude qu'ils échangeaient, leurs murmures et leur agitation et l'empressement des autres, qui eux le connaissaient, et se bousculaient pour être les premiers à expliquer la situation. Puis un jour, issues de Dieu sait quelle persécution, commencèrent les questions, les premières :

— Maman, qu'est-ce qu'un bâtard ?

Que peut-on dire à un enfant ? Quelle réponse peut-on lui faire ? Je vis Ira sursauter en regardant Sacrabani, et tout de suite sur ses gardes, cherchant à deviner la part d'innocence et la part de savoir qu'il y avait dans cette question, se demandant jusqu'où il fallait aller dans la vérité, posant à son tour des questions pour gagner du temps.

— Pourquoi me demandes-tu cela ?

— Je voudrais savoir.

— C'est un enfant dont sa mère n'a pas souhaité la naissance.

— Oh, dit-il en la dévisageant d'un regard méditatif, tu ne voulais pas de moi ?

— Mais si, bien sûr, mon chéri, s'écria Ira, la voix chargée de tous les remords que lui inspiraient les tentatives qu'elle avait faites pour avorter. Pour rien au monde, je ne voudrais te perdre. Pourquoi faut-il que tu me le demandes ?

— Je voudrais savoir, répéta-t-il légèrement, sans se compremettre, sans soupçonner la blessure cruelle qu'il venait d'infliger à sa mère.

Quelques jours plus tard, il revint à la charge.

— Maman, est-ce que j'ai un père ?

— Bien entendu, mon chéri.

— Où est-il ?

— Il n'est pas ici, mon fils ; il est en voyage.

— Pourquoi ne vient-il jamais nous voir ?

— Il viendra quand il le pourra.
— Mais pourquoi pas maintenant ?
— Parce qu'il ne le peut pas. Tu comprendras quand tu seras plus grand.
— Quand est-ce que je serai plus grand ?
— Je ne sais pas. Maintenant va jouer. Il ne faut pas poser tant de questions.
Le premier mensonge : le premier d'une longue succession. La nécessité torturante et impérieuse du mensonge.
— Je lui aurais expliqué que son père était mort, dis-je à Ira. Il l'est en fait, en ce qui vous concerne tous les deux. Ç'aurait été plus facile.
— Ne t'en mêle pas, dit Nathan. C'est à Ira de décider.
Ira, accablée, avait l'air de souffrir.
— Oui, tu as raison, dit-elle. C'est ce que j'aurais dû lui dire. Mais je ne m'attendais pas à sa question — c'est encore un bébé.
— Il n'y a pas pensé tout seul, lui dis-je. Il est encore trop jeune. C'est sans doute un de ses camarades.
— Ne revenez pas là-dessus, dit Nathan. Ta fille est déjà assez ennuyée comme ça.
Il tendit la main à Ira, mais elle eut un mouvement de recul. Je la vis quitter la hutte.
Cependant un peu plus tard, son père alla la rejoindre et sa douceur vint à bout des derniers vestiges de sa résistance : elle se mit à pleurer. Je l'entendis pleurer longtemps.

23

Mon troisième fils, Murugan, celui qui était domestique, se maria avec une jeune fille de la ville où il travaillait. Nous ne l'avions jamais vue, nous ne connaissions pas sa famille, et le mariage, deux ans après la naissance de Sacrabani, fut célébré dans la maison des parents de la fiancée sans qu'il nous fût possible d'y assister. Si nous l'avions pu, nous y serions allés, mais c'était hors de question. La ville était à plus de cent milles de chez nous ; comme la récolte avait été maigre et que Selvam gagnait fort peu, nous n'avions pas de quoi payer le chemin de fer. Durgan, il est vrai, avait un bœuf de trait, en plus de ses vaches, qu'il offrit de nous louer pour une petite somme, mais Nathan n'était pas en état d'entreprendre un tel voyage aller et retour. Il approchait de la cinquantaine et il n'était plus aussi solide qu'autrefois. Il commençait à souffrir de rhumatismes et en outre il avait eu plusieurs accès de fièvre qui, chaque fois, duraient plus longtemps et le laissaient plus affaibli. Quelquefois il devait interrompre les semailles, ou la moisson ou le labourage, ou l'une des multiples tâches qu'exigeait la terre, et il se redressait, tout tremblant, le souffle court. Il était souvent incapable de poursuivre son travail, et obligé de s'étendre dans la hutte un moment. Nous faisions ce que nous pouvions, Ira et moi ; mais la terre est faite pour l'homme, pas pour la femme. Les durs travaux qu'elle réclame sont au-dessus des forces de celle-ci. Plusieurs fois Kenny vint le voir, lui apporta de la nourriture et de temps en temps des médicaments ; il me dit tout à trac que mon mari était sous-alimenté.

— Nous ne manquons de rien quand la récolte est bonne, lui répondis-je, mais bien entendu, il y a des années de vaches maigres.

— Il y en a trop, dit-il. Il faut à votre mari du lait, des légumes, du beurre à la place du riz, qui est sa seule nourriture.

Je le regardai, incrédule.

— Ces choses-là ne nous sont accessibles que dans les bonnes années, lui dis-je. On ne peut pas lui en donner tout le temps, ni même souvent. Nous ne sommes pas riches, vous le savez bien.

— Je ne réfléchissais pas, murmura-t-il. Bien entendu, je le sais.

Puis un jour il me dit que mon mari ne se remettrait que s'il cessait de se faire du souci.

— Il se tourmente beaucoup à votre sujet, dit-il. Il faut que vous essayiez de le rassurer.

— C'est ce que je ferais si j'en avais le pouvoir. Mais quel réconfort peut-on offrir à un homme qui sait que sa famille dépend de lui seul et qu'elle ne peut compter sur personne d'autre ?

Quand j'eus prononcé ces mots, je pensai : « Peut-être va-t-il me mépriser à cause de ma faiblesse ; peut-être va-t-il penser que je suis une bonne à rien qui s'apitoie sur son propre compte, et qui ne pense qu'à son propre bien-être », aussi ajoutai-je rapidement :

— Je ne suis pas seule en cause... je fais ce que je peux, mais ce n'est pas grand-chose.

— C'est bien ce que j'avais compris, dit-il doucement. Dites-moi, vous n'avez personne, en dehors de votre mari ?

— Personne. Mes sœurs ont des enfants ; de plus elles habitent très loin, il y a des années que nous ne les avons vues. Mes fils, eux, ont fait leur vie ailleurs, vous le savez.

Il y eut un silence, je pensai : « Voilà que je l'ai blessé. » Je n'en avais pas eu l'intention. Je fis un geste en sa direction, mais j'eus l'impression qu'il se rétractait. Il enfouit son visage dans ses deux mains.

— Ce n'est pas un reproche, commençai-je timidement.

Il écarta ses mains et je vis la marque de la tristesse sur son visage.

— Et moi, je vous ai enlevé le dernier d'entre eux, dit-il. Pourquoi ne le dites-vous pas ? C'est vrai. Je vous l'ai pris, et il n'y a aucune compensation.

Je restai un moment sans réussir à trouver les mots ; il n'y avait place en moi que pour l'affection, une affection très profonde et très tendre pour cet homme qui souffrait pour moi.

— Vous ne nous avez rien enlevé qui fût ou qui eût été à nous, lui dis-je finalement. Selvam n'a jamais été un paysan ; il n'aurait jamais suivi les traces de son père. Ne vous tourmentez pas parce qu'il s'est détourné de la terre et qu'il a trouvé la paix avec vous. Nous n'aurions pas voulu qu'il en soit autrement.

— Pourtant, au fond de votre cœur, vous avez certainement souhaité autre chose.

— Peut-être, mais nous l'avons oublié depuis longtemps. Nous ne voudrions pas que notre fils soit autre chose que ce qu'il souhaite être. Il a bien choisi.

Un autre silence.

— Est-ce qu'il ne vous arrive jamais, dit-il, de penser à l'avenir ? Pendant que vous êtes encore en pleine force et que vous pouvez faire des projets ?

— Nous ne pouvons pas éviter d'y penser. Mais faire des projets ! Comment le pourrions-nous ? Nous n'en avons pas le moyen.

— N'y a-t-il rien que vous puissiez faire ? demanda-t-il. Vraiment rien ?

— Que pourrions-nous faire ? Il y a beaucoup

de gens comme nous qui ne peuvent pas assurer leur avenir. Vous le savez vous-même.

— Oui, je le sais... Je me demande pourquoi je vous ai posé la question ; elle était bien inutile. Il n'y a aucun recours, dit-il, se parlant surtout à lui-même ; ni pour les vieux, ni pour les jeunes, ni pour les malades. Ils l'acceptent ; ils n'ont pas le choix.

Il avait l'air si dur que j'en fus épouvantée.

— Ne vous tourmentez pas, lui dis-je en hésitant. Nous sommes dans la main de Dieu.

Il leva brusquement la tête, comme si le fil de ses pensées avait été brisé brutalement ; puis il me quitta.

Nathan était couché dans la maison.

— Que s'est-il passé ? me demanda-t-il, en tournant son visage vers moi. Tu es restée longtemps.

— Nous parlions, c'est tout.

— De quoi ?

— Tu es aussi têtu que ton petit-fils, lui dis-je, mais à ton âge ce n'est pas admissible. Nous parlions de Selvam. Kenny pense qu'il réussira. Il marche bien.

— J'en suis heureux. Dis-moi, il n'a pas parlé de moi ?

— Il a simplement dit qu'il fallait que tu cesses de te faire du mauvais sang et qu'alors tu serais bientôt sur pied.

— Du mauvais sang ? A quel sujet ? Il te l'a dit ?

— Eviter tout mauvais sang. Te reposer.

— Parfait, dit-il, je vois que tu tiens ta langue. Ça ne fait rien ; ce n'est pas difficile de deviner. Mais bientôt je serai rétabli, tu verras.

Quelques jours plus tard il se leva, et, à ma grande surprise, pendant un an ou deux, il n'eut plus aucun malaise. Puis un jour où je me félicitais de sa guérison, le coup fut frappé.

★

J'étais dehors en train de ramasser de la bouse de vache ; je ne vis pas arriver Sivaji, et il se sauva dès qu'il eut transmis le message dont il était chargé. J'arrivai avec mon panier à moitié plein et je trouvai mon mari assis sur le sol, le regard fixe, une expression d'égarement sur le visage, les lèvres molles et tremblantes. Sacrabani était accroupi dans un coin, les genoux serrés dans les bras, ses yeux roses, écarquillés, fixés, mi-curieux, mi-terrifiés, sur son grand-père. Je fis sortir l'enfant et m'approchai de Nathan, pensant qu'il avait eu un autre accès ; mais il sembla s'éveiller en entendant ma voix, et m'écarta du geste :

— Je vais bien.

— Tiens, bois ça. Tu te sentiras mieux.

J'inclinai le pot de terre et remplis un bol que je lui tendis. Il obéit et le but comme pour me faire plaisir, non sans renverser un peu d'eau. Il tremblait encore. Je m'assis à côté de lui et j'attendis.

— Ils vont vendre la terre, dit-il. Il faut que nous partions. Sivaji est venu ce matin. Il dit qu'il n'y a rien à faire.

Je ne pouvais pas le croire. Je le regardai, la bouche ouverte, sans comprendre. Il hocha la tête comme pour réaffirmer la vérité de ses paroles.

— Les propriétaires de la tannerie achètent le terrain. Ils en donnent un bon prix.

La tannerie ! Ce mot m'arracha immédiatement à ma stupeur. La lucidité me revint avec la rapidité et la fulguration de l'éclair.

Je me rappelle avoir dit puérilement : « C'est impossible. La terre est à nous : il y a trente ans que nous sommes ici. »

Nathan écarta les bras, tremblant, impuissant.

— Sivaji dit qu'il y a de l'argent à gagner. L'affaire est réglée ; les papiers sont signés. Il faut que nous partions.

« Où pouvons-nous aller ? » Voilà la question que j'aurais voulu poser. Une question sans réponse pour le moment. Je me contins. Ce fut lui qui demanda : « Où aller ? Que faire ? »

— De combien de temps disposons-nous ? demandai-je, préparée au pire.

— Il ne s'attend pas à ce que nous partions tout de suite. Il a la bonté de nous donner un délai de deux semaines pour préparer notre départ.

Une douzaine de pensées prirent naissance dans mon esprit, se développèrent sans aboutir, se croisèrent, s'emmêlèrent comme des fils inutiles sur un métier. Ma tête tourbillonnait. « Il faut que je m'asseye pour réfléchir, pensai-je, mais pas maintenant, plus tard. Que je suive chaque idée jusqu'à sa conclusion, que je décide ce que nous allons faire, que je fasse des projets pour nous et nos enfants, comme disait Kenny. Cette confusion dans mon esprit, c'est de la folie ! »

— Je me demande pourquoi ils ont besoin de ce morceau de terre, dis-je à la manière des gens qui parlent par besoin de l'équilibre que procure le langage.

« Ils ne peuvent certainement pas construire là-dessus ; c'est un marécage qui ne peut servir qu'à faire pousser du riz.

Nathan haussa les épaules. « Qui sait ? Peut-être peuvent-ils l'assécher et raffermir le sol ; ils ont des ressources que nous ne pouvons imaginer. Ou peut-être veulent-ils faire pousser du riz pour leurs ouvriers. »

Lui aussi faisait comme moi, il parlait automatiquement, par simple besoin d'entendre sa voix.

Je fis un autre effort, pitoyable car les mots que je prononçai n'étaient pas de ceux qui pouvaient nous réconforter.

— Au moins nous n'aurons pas grand-chose à porter. Le grenier est presque vide.

Il m'approuva mécaniquement de la tête. Puis une fois encore le silence tomba entre nous ; nous étions perdus dans nos propres pensées.

J'avais toujours pressenti que la tannerie finirait par être notre perte. J'avais eu cette impression dès le premier jour, quand les chars étaient arrivés avec leur chargement de briques et d'hommes bruyants et poussiéreux, souillant la pureté des douces pelouses vertes qui avaient été la parure de notre village, et violant de leur vacarme son silence frais. Depuis, la tannerie avait gagné comme le chiendent dans un jardin abandonné, étranglant toute vie qui s'opposait à son passage. Elle avait rendu méconnaissable le visage de notre village, et transformé la vie de ses habitants d'une multitude de façons. Certains — la minorité — en avaient bénéficié ; la plupart des autres, perdus dans les griffes du monstre, en avaient souffert. Et comme elle grandissait et prospérait, elle avait acquis le pouvoir que donne l'argent, si bien qu'essayer de lui résister était aussi inutile qu'essayer d'arrêter la marche en avant du grand Djaggernat. J'imagine qu'il y avait des familles qui espéraient assurer par elle l'avenir de leurs enfants ; en fait, il y en avait encore beaucoup qui vivaient des salaires qu'elle donnait ; si mes fils avaient été encore là, mes pensées auraient peut-être été différentes ; mais dans l'état actuel des choses, pour nous et beaucoup d'autres dans notre cas, il n'y avait place que pour la résignation et le ressentiment. Il y avait eu un temps où, nous aussi, nous avions profité de sa présence — un temps si lointain maintenant qu'il paraissait appartenir à une autre vie — mais elle nous avait coûté plus cher qu'elle ne nous avait rapporté ou ne nous rapporterait jamais. Ira s'était perdue au contact des foules qu'avait attirées la tannerie. S'il n'y avait pas eu ces étrangers, personne ne l'aurait approchée, en dépit de ses avances. Deux de mes fils étaient partis parce qu'elle leur avait fait grise mine ; implacable, elle en avait détruit un autre. Nous n'avions pas été les seuls à pâtir de son contact. Il y avait eu Janaki et sa famille, le malheureux cordonnier Kannan, même Kunthi...

Je dois cependant être juste, comme mes fils et mon mari l'ont toujours été : on ne peut pas rendre la tannerie responsable de tous nos malheurs. Tannerie ou pas, nous aurions pu être dépossédés de la terre. Elle ne nous avait jamais appartenu, elle ne nous avait jamais rapporté assez pour que nous puissions envisager de l'acheter. Et Nathan, fils d'un homme qui ne possédait pas de terre, n'avait rien reçu en héritage. De plus, quelle qu'ait pu être l'influence complémentaire de la tannerie, les calamités de la terre n'appartiennent qu'à elle seule ; elles naissent du vent, de la pluie, du climat, toutes puissances que ni l'homme ni ses créations ne peuvent modifier. Pour ceux qui vivent de la terre, il y a nécessairement de mauvaises années, des années de privations, de peur et de faim, de même qu'il y a des années d'abondance. C'est là une des vérités de notre existence reconnue par tous ceux qui vivent de la terre : tantôt nous mangeons, tantôt nous mourons de faim. Nous vivons de notre travail d'une récolte à l'autre, il n'y a aucun moyen de savoir de façon certaine si nous pourrons assurer la subsistance de nos enfants et la nôtre ; si les périodes de vaches maigres se prolongent, nous savons — par expérience — qu'il nous faudra voir périr les plus faibles. Dans notre vie il n'y a pas de marge de sécurité.

Cependant tant que nous avions la terre nous pouvions espérer. Maintenant nous n'avions plus rien, absolument plus rien. Tout mon être était en proie au désespoir, comme un épi vide, sec, sans vie. J'entrai dans la hutte et regardai autour de moi. Des murs de terre brune qui s'étaient maintes fois éboulés et que maintes fois on avait reconstruits. Un toit de feuilles de palmes, dont une partie avait appartenu au toit originel, celui que l'orage avait endommagé ; je le reconnaissais à la couleur. Un sol nu et battu de boue séchée, consolidé par la bouse de vache. La maison que mon mari avait construite pour moi de ses propres mains au moment où il m'attendait ; où il m'avait amenée avec une fierté que moi, qui étais habituée à un niveau de vie supérieur, j'avais été sur le point de blesser irrémédiablement. C'est là que nous avions consommé notre union, là qu'étaient nés nos enfants. Cette hutte avec tous les souvenirs qu'elle contenait allait nous être arrachée, parce qu'elle s'élevait sur un terrain qui appartenait à un autre. Comme allait nous être arrachée la terre qui assurait notre existence. C'est une chose cruelle, pensai-je. Ils ne savent pas le mal qu'ils nous font.

★

Quand Selvam rentra ce soir-là à la maison après ses études, mon mari lui annonça la nouvelle. Je ne sais pas à quelle réaction je m'attendais de sa part — de l'indignation, de la colère, peut-être même de la tristesse : mais il ne manifesta aucune émotion. Il plaça les livres qu'il portait dans le coffre de bois qu'il avait fabriqué, puis s'assit, sans nous livrer encore ses pensées ; la lumière vacillante de la mèche dans sa soucoupe d'huile éclairait son visage, sombre et sérieux, comme il l'est toujours au repos. « Et voilà, pensai-je. Cela ne peut affecter la vie qu'il a choisie, c'est pourquoi il est si tranquille. » Et puis, je me rappelai qu'il était toujours ainsi, qu'il parlait rarement avant d'avoir réfléchi ; et j'eus honte de moi.

Dans son silence plein de pensées, j'entendis Nathan changer une fois de plus de position et je me dis : « Naturellement il s'impatiente, il y a de quoi. »

— Nous avons un délai de deux semaines avant de partir, dit Nathan. On nous a donné l'autorisation de rester jusque-là.

— Et vous pensez qu'ils sont bien bons, dit Selvam, d'une voix dure et tranchante comme un cristal.

Il leva les yeux vers moi ; je vis qu'ils étaient sombres et qu'une profonde flamme de colère et de haine y brûlait. Nathan répondit à ma place :

— Ça vaut mieux que d'être mis à la porte immédiatement comme d'autres l'ont été.

Selvam se tourna vers son père :

— Tu as accepté ? Tu n'as pas protesté ?

— Je n'avais pas le choix, mon fils. Naturellement, j'ai protesté, mais cela ne m'a avancé à rien.

— Ce n'est pas juste, dit Selvam, ce n'est pas bien.

— Cependant il n'y a pas de loi qui l'interdise, dit Nathan d'un ton las. Nous sommes peut-être lésés, mais il n'y a pas de droit à invoquer.

— Où irez-vous ?

— Nous irons retrouver Murugan. Il a une bonne place — je suis certain qu'il fera bon accueil à ses parents.

— Il est très loin d'ici. Permets-moi, père, de te faire remarquer que tu n'es plus très jeune ni en très bonne santé.

— Malgré cela, c'est un effort qu'il faut faire, dit Nathan, parce que nous ne pouvons vivre que de la terre ; je n'ai aucune autre connaissance, ni aucun autre métier ; et comme tu dis, je prends de l'âge et je ne trouverai jamais plus un autre propriétaire qui me confie sa terre. Qui donc louerait son bien à quelqu'un comme moi, qui ai dépassé l'âge des plus durs travaux, et qui ne peux garantir de payer ce qu'il doit ?

Ses mots me déchiraient, moi qui pourtant étais endurcie et qui me croyais réaliste.

— Ne dis pas ça, m'écriai-je, je ne peux pas le supporter.

— C'est la vérité.

— Vérité ou pas, je ne veux pas que tu parles ainsi !

— Je ne voudrais pas te faire de peine, dit Nathan doucement, ne faut-il pas cependant regarder la vérité en face pour prendre nos décisions ? Est-ce que je vous ai appris quelque chose que vous ne saviez pas ?

« Non », pensai-je, accablée ; mais je ne pouvais pas l'avouer. Absolument pas. Je fermai les yeux, et je sentis les mains de Nathan qui caressaient doucement mes tempes, là où bat la veine, essayant de m'apaiser de la seule façon en son pouvoir. Il souffrait pour moi, plus que pour lui-même, et moi aussi ; de sorte qu'ensemble nous avions plus de force, mais aussi une plus grande faculté de souffrance ; et si chacun de nous avait été seul, son sort lui aurait peut-être paru moins dur ; et cependant je savais que ni l'un ni l'autre nous n'aurions pu résister seuls. Ainsi, mon esprit égaré s'en allait de-ci de-là, comme un cerf-volant de papier que chaque souffle d'air détourne à sa guise d'un chemin dont il n'est pas lui-même certain.

Finalement j'entendis la voix de Selvam s'élever au milieu de l'obscurité et j'ouvris les yeux. Il semblait lutter contre lui-même ; les mots ne venaient pas facilement et le rude combat intérieur qu'il livrait lui avait fait monter la sueur au front et lui laissait les lèvres sèches. Il s'adressait à son seul père : « Sans doute me considère-t-il comme une femme hystérique et sans importance, pensai-je. Il n'a pas tout à fait tort d'ailleurs. »

— Je peux encore revenir à la terre, disait-il. Je suis jeune et plein de force... Ensemble nous pouvons louer d'autres champs... et vivre comme par le passé.

Je vis une étincelle s'allumer dans les yeux de mon mari, je vis, pleine de crainte, luire l'espoir. « Tu n'aurais pas dû dire cela, criai-je en silence à mon fils. C'est trop difficile pour lui, trop cruel et trop difficile. » Mais déjà Nathan secouait la tête.

— Non, mon fils, je ne veux pas.

Il parlait d'un ton résolu.

— Il y a des choses qu'on ne peut sacrifier... d'ailleurs je ne serais jamais heureux. Ta mère ne me laisserait certainement aucun repos, ajouta-t-il avec un léger sourire.

— Non, il faut que nous partions. Ira et Sacrabani naturellement viendront avec nous ; il n'y a rien ici pour eux.

— Je resterai, dit Ira que nous croyions endormie ; elle se leva et vint s'agenouiller à côté de son père. Je ne veux pas être à votre charge. Je ne suis pas malheureuse ici, les gens sont habitués à nous, à mon fils et à moi. Je ne peux pas commencer maintenant une vie nouvelle.

— Si moi, dont la jeunesse n'est plus qu'un souvenir, je le peux, pourquoi ne le pourrais-tu pas, mon enfant ? Tu es très jeune : ce ne sera pas difficile pour toi.

— Il faut que je pense à mon fils, répondit-elle.

— Comment mangeras-tu ? lui dis-je. Où habiteras-tu ?

— Si elle décide de rester, dit Selvam, elle vivra avec moi. Je veillerai sur elle, je le jure.

— Et sur l'enfant ?

— Et sur l'enfant naturellement.

— Est-ce possible ? demanda Nathan. Tu as déjà si peu pour toi.

— Crois-tu que je ne le sache pas ? dit Selvam, avec amertume. C'est pour moi une honte inexpiable de n'avoir rien à offrir à mes parents. Je veillerai pourtant à ce qu'ils ne s'en aillent pas les mains vides.

S'il n'avait pas été si tard dans la nuit — si nous avions été un peu moins fatigués et découragés — nous aurions peut-être discuté avec Ira, à la fois pour elle-même et pour Selvam. Mais nous ne dîmes rien de plus — ce soir-là, en tout cas, car par la suite nous eûmes plus de discussions que je ne peux me rappeler. Nous acceptâmes l'idée que nous allions partir en laissant derrière nous nos enfants et notre petit-fils.

24

Je décrochai les nattes sur lesquelles nous dormions du mur où elles étaient suspendues pour les rouler. A l'intérieur je plaçai un sac de tissu qui contenait deux livres de riz, quelques piments, du tamarinier et du sel, et les deux bols de bois dont nous nous servions, Nathan et moi ; j'attachai les deux extrémités des nattes roulées pour ne pas risquer de perdre quoi que ce soit. La plupart des ustensiles de cuisine que j'avais apportés en dot avaient été vendus pour payer nos dettes ; je laissai deux de ceux qui restaient à Ira et je mis les deux autres de côté pour nous. La meule, le pilon et le mortier étaient trop lourds pour que je puisse les emporter ; de toute façon, ma belle-fille aurait les siens. « Je ne ferai plus jamais la cuisine », pensai-je avec un peu de tristesse et, brusquement, toutes les tâches que j'avais jusque-là accomplies sans y penser ou même avec une certaine impatience (ramasser du combustible, souffler sur le feu, faire monter les flammes sous le pot fumant alors que la fumée vous pique la gorge et les yeux) se parèrent d'une douce et poignante mélancolie. Il y aurait cependant des repas à préparer le long du chemin, puisque nous devions voyager en char à bœufs et que nous serions en route au moins deux jours ; à cette fin je pris avec moi le soufflet fabriqué à la main et comme combustible six gâteaux de bouse de vache. Sous le plancher du grenier notre argent était enterré : trois roupies qui étaient à nous, trois roupies que Selvam avait prélevées pour nous sur ses gains, et un billet de dix roupies que Kenny nous avait fait tenir par Selvam. Quand tout fut terminé, je pris l'argent, le comptai et le rangeai soigneusement dans ma ceinture. Nous étions prêts.

Le matin de notre départ est arrivé. C'est un matin calme, un peu brumeux, plein de rosée, car il est encore très tôt. Le char à bœufs s'approche lentement, les cloches suspendues au cou des animaux se balancent, ils ont aussi des petites clochettes fixées à des bonnets qui couvrent l'extrémité de leurs cornes, clochettes qui tintent à chaque mouvement. Dans la charrette s'empile un chargement de peaux en ballots serrés ; nous sommes les passagers d'une voiture chargée du fret de retour, il y a place pour deux personnes. Nous nous hissons à bord. Selvam nous tend les deux ou trois colis que nous emportons avec nous et nous les gardons sur nos genoux jusqu'à ce que le charretier nous dise de les fixer au sommet du chargement, ce que nous faisons avec beaucoup de précautions.

Voilà qu'il est temps de partir, Selvam recule. Ira s'avance, elle sort de la cour, elle tient son fils par la main. Tous les trois, à la queue leu leu, attendent de nous voir partir. Le charretier cingle de son fouet les deux bœufs, les animaux font un effort pour se mettre en route, la charrette a un premier cahot. Nathan étend les deux mains, nos enfants s'inclinent. Puis nous nous ébranlons et tous les trois nous escortent un moment, marchant dans la poussière que nos roues font jaillir de la terre, jusqu'au moment où les bœufs se mettent au trot et les distancent. Les bœufs maintenant ont trouvé leur cadence, leurs sabots frappent la terre du même rythme, si bien que le joug ne bronche pas sur leurs épaules : nous avançons vite. La hutte et ses habitants s'éloignent derrière nous, et devant nous, pourtant, puisque nous sommes assis, le dos tourné aux bœufs. Nos champs verts bien aimés ne sont plus qu'une tache informe, la hutte une ombre sale sur l'horizon. Pourtant nous essayons encore désespérément de les voir à travers la poussière rouge que soulèvent les roues du char. Nous nous éloignons à chaque tour de roue. Je regarde celles-ci, fascinée. Les rayons me paraissent tourner à reculons tandis que la jante, irrémédiablement, nous emporte en avant. Un vertige m'assaille, ma gorge est sèche. Je m'appuie contre mon mari ; déjà il s'appuie sur moi ; à nous deux nous parvenons à atteindre un certain confort.

Le charretier dort sur le siège voisin ; les bœufs connaissent bien la route, ils vont leur chemin sans qu'il les dirige. A midi nous faisons halte près d'un puits qui est au bord de la route. Le charretier s'éveille, grogne, s'étire avant de descendre de son perchoir. « C'est ici que nous mangeons », dit-il, puis il défait le joug des bœufs pour leur donner à boire. Je vois que l'un d'entre eux a une grande plaie ouverte sur l'épaule, à l'endroit où le frottement du joug a arraché la peau.

— Cet animal n'est pas bien, dis-je à l'homme.

Il hausse les épaules : « Qu'y puis-je ? Je n'en ai pas d'autre. Il faut bien que je fasse ces voyages, c'est mon gagne-pain. »

Nous nous lavons, nous mangeons, nous nous lavons de nouveau, puis nous nous remettons en route.

Kilomètre après kilomètre, la route poussiéreuse s'étend, droit devant nous, bordée par endroit de banians à l'ombre fraîche ou de tamariniers. Le bœuf blessé ralentit l'allure de son compagnon ; le charretier s'impatiente et sort son fouet. Vainement, l'allure ne change pas. Nous dépassons d'autres chars à bœufs, et d'autres nous dépassent, de nouveau nous mangeons, de nouveau nous dormons. A la nuit nous nous arrêtons et le charretier allume la lanterne suspendue sous la voiture, puis nous continuons dans l'obscurité et le petit cercle de lumière jaune devient notre compagnon de voyage et notre guide. Plus loin, toujours, toujours plus loin.

Le charretier nous éveilla quand nous atteignîmes les faubourgs de la ville où travaillait mon fils. C'était le milieu de l'après-midi, l'heure la plus chaude, le soleil le plus impitoyable.

— Nous voilà arrivés. Je ne peux pas vous mener plus loin.

Il donna un coup de coude à Nathan qui dormait profondément, la tête dodelinant le long des ballots. Je le secouai, lui redressai la tête.

— Réveille-toi, nous sommes arrivés.

Il ouvrit les yeux ; ses paupières étaient rouges et pesantes.

— J'aurais volontiers dormi toute la journée, dit-il ; il bâilla, s'étira.

— Je suis déjà en retard, grommela le charretier. J'aurais dû être ici ce matin... Si au moins ce bœuf avait marché plus vite...

Il sauta à terre et détacha le joug pour donner de l'eau aux animaux. La plaie que j'avais remarquée auparavant avait commencé à s'infecter, la peau était arrachée sur une plus grande surface, et des filets de sang coulaient sur les bords.

— Cet animal bientôt ne sera plus bon à rien, se murmura le charretier à lui-même. Dieu sait quand j'aurai les moyens d'en acheter un autre.

Dès que les animaux eurent bu, il les remit sous le joug. Le bœuf tressaillit, mais accepta la torture, et dès que le fouet s'abattit, il se remit en marche.

Le charretier se pencha de son siège, le visage rouge et couvert de sueur : « Bonne chance, amis, bonne santé ! » Sa voix était amicale.

Nous nous écriâmes en réponse :

— Au revoir, bonne chance !

Nous restâmes un moment au bord de la route, au milieu de nos paquets. Trois chemins s'ouvraient devant nous, et nous ne savions dans quelle direction se trouvait la maison de notre fils. Puis Nathan ramassa le ballot de nattes.

— Viens. Nous ne tarderons sans doute pas à rencontrer quelqu'un.

Nous choisîmes un des chemins au hasard ;

nous avançâmes quelque temps sans rencontrer personne. « Nous aurions dû demander au charretier, pensai-je. Il aurait certainement pu nous renseigner » ; mais je me gardai de le dire. Finalement je vis approcher deux hommes, cheminant lentement dans notre direction, la tête chargée de colis.

— Pouvez-vous, amis, nous indiquer le chemin de Koil Street ?

— Koil Street ? Voyons...

Il leva la main pour se gratter la tête, mais la présence du paquet l'obligea à y renoncer et il la laissa retomber.

— Non, je ne sais pas. Frère, peux-tu dire à ces gens ce qu'ils désirent savoir ?

Son compagnon réfléchit :

— J'en ai entendu parler. Oui, je me rappelle, maintenant ; c'est dans un des faubourgs de la ville. Assez loin d'ici, mais vous êtes dans la bonne direction.

— A quelle distance ?

— Une trentaine de kilomètres... Si vous ne vous éloignez pas de la route, vous trouverez peut-être une voiture qui vous mènera à destination, ajouta-t-il par compassion pour nos visages consternés.

Nous continuâmes péniblement notre chemin. Plusieurs chars à bœufs nous dépassèrent, et aussi un ou deux attelages, mais personne ne s'arrêta. La plupart d'entre eux étaient déjà pleins. Le fardeau que je portais ne contenait pourtant pas grand-chose, mais il se faisait plus lourd à chaque pas ; j'avais le cou raide de l'effort que je faisais pour tenir la tête droite. Le paquet était en équilibre dessus. Sous chaque bras je tenais une marmite ; chaque fois que la sueur me ruisselait le long du visage — ce qui se produisait souvent car il faisait très chaud — il me fallait poser les marmites par terre pour pouvoir m'essuyer la figure. Mon mari qui était chargé comme moi et qui, de plus, était beaucoup plus harcelé que moi par les mouches et les insectes, devait aussi s'arrêter souvent, si bien que nous avancions très lentement.

Au fur et à mesure que nous progressions, la route s'élargissait ; les routes transversales, les embranchements se multipliaient, d'autres routes partaient à la tangente, et d'autres encore la croisaient si bien qu'il nous était difficile de savoir si nous étions toujours dans la bonne direction. Il y avait beaucoup de passants, ils marchaient vite, préoccupés de leurs propres affaires : il ne nous paraissait pas facile de les arrêter pour leur demander notre chemin. Il n'y avait pas seulement les gens, mais aussi les véhicules — les chars à bœufs, les voitures légères, les automobiles et les bicyclettes, plus que nous n'en avions jamais vu, infiniment plus que dans notre ville aux environs de la tannerie. Le bruit ne cessait pas : les klaxons des autos, les timbres des bicyclettes, le claquement des fouets se mêlaient en un vacarme assourdissant et affolant, dans lequel se perdaient les signaux d'avertissement. Plusieurs fois nous fûmes presque renversés par des cyclistes impatients dont nous n'avions pas entendu les sonnettes. Un attelage faillit nous écraser. Le cocher retint juste à temps son cheval et se pencha de son siège, furieux et effrayé, pour nous injurier, nous qui étions restés figés sur place et tremblants. Il criait à tue-tête et il nous montra le poing en s'éloignant. Plusieurs personnes s'arrêtèrent et suivirent notre fuite d'un regard curieux.

Nous avions atteint le cœur de la cité. Koil Street était encore à neuf ou dix kilomètres de là, et nous n'étions pas sûrs de trouver notre chemin. Nathan, je le voyais, était très fatigué ; il payait son tribut à la chaleur, au bruit, à l'agitation de la ville. Il marchait pesamment, trébuchait parfois ; finalement je lui dis :

— Reposons-nous un moment, ça nous fera du bien à tous les deux.

Il acquiesça tout de suite ; nous trouvâmes une petite rue écartée et tranquille, nous déposâmes avec soulagement notre chargement et nous nous assîmes lourdement. Personne ne faisait attention à nous. Nous pouvions nous reposer en paix. En route nous avions acheté une poignée de plantains ; il en restait quatre, et comme nous n'avions pas mangé depuis le matin je les sortis. J'en donnai deux à mon mari et j'en gardai deux pour moi. Il faisait presque nuit ; l'activité de la ville commençait à décroître, le bruit diminuait. Bientôt les lumières de la rue clignotèrent ; dans les boutiques les becs de gaz et les lampes-tempête s'allumèrent ; mais dans la ruelle où nous étions il faisait nuit — une nuit plus sombre que l'air et le ciel au-dessus de nous, parce que nous étions dans l'ombre des maisons.

C'était un tel soulagement de se reposer, et la pensée de continuer notre quête nous était si pénible que nous restâmes assis là jusqu'à ce que l'ombre s'épaississe et que la nuit soit venue. Quand finalement nous nous levâmes, les étoiles brillaient dans le ciel.

« Nous sommes restés trop longtemps, pensai-je, mal à l'aise. Nous ne trouverons pas notre fils ce soir. »

Nathan n'avait pas l'air très satisfait non plus. Comme nous étions là, à hésiter, nos paquets épars autour de nous, nous demandant ce que nous allions faire, un vieillard que j'avais remarqué, endormi sur le pas d'une porte, s'avança vers nous :

— Où allez-vous, amis, à cette heure avancée ?

— Nous allons à Koil Street, c'est là que vit notre fils, nous allons le rejoindre.

— C'est encore loin. Vous avez l'air fatigués.

— Nous avons perdu trop de temps à nous reposer. Nous aurions dû nous remettre en route beaucoup plus tôt.

— Si vous ne pouvez pas arriver là-bas ce soir, il y a pas très loin d'ici un temple où vous pourrez manger et dormir.

Du doigt il indiqua la direction. Nous aperçûmes au loin la silhouette d'un temple, qui n'était cependant pas trop loin et au sommet duquel éclatait la lumière jaune d'une torche. Il nous sembla qu'il nous appelait et nous promettait un abri et de la nourriture.

— Nous vous sommes très reconnaissants. Peut-être est-ce la meilleure solution, en effet, nous sommes fatigués.

Nous ramassâmes nos paquets et nous mîmes en route d'un pas plus décidé maintenant que nous avions un but bien défini, guidés par la lumière jaune qui brûlait si régulièrement devant nous.

★

En approchant du temple, nous remarquâmes plusieurs personnes, surtout des vieillards et des infirmes, qui s'avançaient dans la même direction. Il était visible que beaucoup d'entre eux se connaissaient ; tout en progressant péniblement, isolés ou par petits groupes, ils s'interpellaient et échangeaient des nouvelles. Ils devinèrent tout de suite que nous étions des étrangers — sans doute à cause des paquets que nous portions — mais ils n'en furent pas moins aimables pour cela ; ils nous adressèrent des sourires et un ou deux nous crièrent gaiement : « Vous allez au temple aussi ? »

— Oui, nous espérons y trouver un abri pour la nuit.

— Vous allez vous établir dans cette ville ?

— Oui, notre fils vit ici. Il est marié et nous allons habiter avec lui. Il s'appelle Murugan. (Et nous ajoutâmes, pleins d'espoir :) Vous avez peut-être entendu parler de lui ?

— Non, non, (ils secouaient la tête avec indulgence), mais, vous savez, c'est une très grande ville.

Dans l'enceinte du temple étaient ouvertes des boutiques et des échoppes, brillamment illuminées au gaz ; les propriétaires, debout sur le seuil ou assis à l'intérieur, appelaient les passants pour leur offrir leur marchandise ; mais la plupart de ces derniers n'avaient pas d'argent à dépenser. Dans l'une d'entre elles, on vendait du pilaf, des monticules de riz au safran, servis sur des feuilles de plantain beurrées, ruisselants de beurre fondu et garnis au sommet de piments rouges et de lamelles bien rissolées d'oignon frit. L'odeur savoureuse et tentante montait avec les bouffées de vapeur qui s'élevaient du riz bouillant. Impossible de ne pas la sentir, inutile d'essayer... l'odeur délicieuse se répandait partout. Je sentis se former une crampe dans mon estomac, et je résistai dans un effort qui me fit tourner la tête ; quand elle fut passée se manifestèrent les symptômes familiers de la nausée. Nathan me serra le bras ; lui aussi avait l'air mal à l'aise.

Nous traversâmes les cours extérieures et longeâmes les corridors en compagnie d'une foule qui, de toute évidence, parcourait ce même chemin chaque soir ; nous pénétrâmes dans une grande salle voûtée s'ouvrant sur trois côtés par des arches. Là nous nous arrêtâmes et nous assîmes avec les autres sur les dalles. Dans un coin sombre de la pièce centrale, le dieu et la déesse étaient assis sur leurs trônes, fraîchement oints et ornés de guirlandes de fleurs. A leurs pieds étaient entassés des feuilles de bétel, du riz et un amoncellement de gâteaux.

Une femme, assise à côté de moi, me poussa du coude et me montra du doigt ces richesses.

— On distribue la nourriture aux pauvres — c'est-à-dire à nous — une fois qu'elle a été bénie. Il y en a beaucoup ce soir, ajouta-t-elle. Vous avez de la chance.

Je la vis qui s'en pourléchait à l'avance.

Au bout d'un moment entrèrent deux prêtres à la tête à moitié rasée. L'un d'eux portait une coupe d'eau, l'autre un plateau garni d'offrandes plus symboliques, qu'ils placèrent aux pieds de la déesse. Des cloches commencèrent à tinter ; à ce signal les prêtres entonnèrent les prières, chacun à son tour reprenant où l'autre s'était interrompu. Tout le monde était debout, beaucoup des gens avaient les mains croisées et les yeux fermés. Je fermai également les yeux, et les couvris de mes mains. Le globe de l'œil était chaud sous la paupière. Dans l'obscurité je voyais une tache lumineuse orange bordée de noir sur laquelle se détachaient les images du passé — mes fils, Ira, la hutte où nous vivions, et les champs que nous cultivions. Je revis la vieille Grand-Mère, édentée et ridée ; Kenny et le regard triste qu'il avait eu quand je lui avais annoncé notre départ ; le visage de Sacrabani, tout blanc et exprimant, comme il le faisait souvent, la peur. A force de me concentrer sur les prières qu'on était en train de dire, je parvins à dissiper les images ; à leur place je vis le visage du Dieu et de son épouse et j'eus l'impression qu'ils me regardaient avec bonté ; finalement je réussis à prier.

Autour de moi régnait un silence intense et profond ; dans ce silence j'entendais ma prière ineffable, indicible, s'élever sans fin comme l'encens qui brûle perpétuellement sur l'autel. Et quand finalement j'ouvris les yeux, le silence qui m'avait enveloppée avait fait place à un murmure pénétrant, né sur les lèvres suppliantes et dans la gorge pleine d'adoration de la multitude.

Le son sauvage d'un tambour fit irruption au milieu de ce recueillement, le brisa en éclats qui volèrent dans toutes les directions ; les fidèles clignèrent des yeux, le regard fixe, à ce signal brutal du retour à l'existence normale. L'un des prêtres se mit à asperger la foule d'eau bénite, chacun poussant son voisin pour recevoir les précieuses gouttes ; l'autre passait la nourriture à un troisième ; dès qu'ils eurent terminé on ferma les portes dorées de la chambre centrale. Presque tout de suite les fidèles se mirent en mouvement pour gagner la cour qui s'ouvrait sur la salle de réunion.

— C'est là qu'on va distribuer la nourriture, me murmura une femme. Il n'y en a pas toujours assez pour tout le monde : il vaut mieux être dans les premiers.

Nous n'étions pas les seuls à avoir eu cette idée et les gens se faufilaient avec ardeur pour avoir une bonne place. Le silence plein de murmures disparut, chassé par le bruyant bavardage de la foule. On aurait dit que l'idée de la nourriture avait délié les langues ; la bousculade devint plus violente. Finie la bonne entente ; les hommes et les femmes se battaient pour être au premier rang, s'ouvraient un chemin avec brutalité, se portaient en avant, aiguillonnés par leur impatience frénétique. Je me trouvai perdue au milieu de la foule : Nathan avait été séparé de moi ; en me retournant je le vis en arrière au milieu des vieillards et des infirmes. Il n'avait jamais su se mettre en avant. Je pensai : « Je pourrai toujours dire que mon mari est là et prendre deux portions. » Puis je vis entrer deux hommes qui portaient la nourriture et je ne pensai plus qu'à cela. En m'étirant au maximum, sur la pointe des pieds, je réussis à apercevoir les récipients qu'ils portaient, des chaudrons où des montagnes de riz, au sommet blanc et luisant, laissaient échapper des nuages de vapeur, et des pots pleins d'un mélange de lentilles et de légumes à l'odeur délicieuse.

Sur une pile placée à côté de lui l'un des hommes prit une feuille de plantain, ou plus exactement un morceau de feuille de plantain de la grandeur à peu près de deux mains, et sur cette feuille il versa deux cuillères de riz ; l'autre emplit une petite coupe, faite de feuilles séchées tenues ensemble par des épines, du mélange lentilles-légumes.

De la cohue les gens, un à un, jaillissaient portés en avant, autant par la poussée des forces derrière eux que par leur effort propre — un peu comme le bouchon de feuilles de palmes du toddy en pleine fermentation ; ils prenaient leur ration, buvaient de l'eau sainte et sortaient. Mon tour arriva : le niveau du riz était déjà descendu si bas que ce ne fut qu'en m'approchant tout contre les récipients que je vis qu'il en restait encore. L'un des hommes me réprimanda d'une voix coupante :

— Gardez vos distances. Vous voulez tout manger et le pot avec ?

« Il faut que je demande une portion pour mon mari », pensai-je en tremblant. On me tendit la feuille de plantain, surmontée de riz, puis la coupe avec les lentilles. C'était le moment.

— Voudriez-vous, monsieur, avoir la bonté, dis-je, de mettre sur ma feuille la part de mon mari.

Ils me dévisagèrent avec stupeur et colère.

— Cette femme est folle, cria l'un d'eux. Elle veut une ration double.

— Une ne lui suffit pas, reprit l'autre d'une

voix offensée ; elle veut essayer de profiter de la charité des autres pour gagner de l'argent.

— Certainement pas, dis-je. J'ai un mari, il est ici, je ne demande que sa part.

— S'il est ici, qu'il vienne ! Il sera servi à son tour. Nous ne pouvons pas donner de la nourriture aux gens simplement parce qu'ils la demandent. Vous nous prenez pour des imbéciles ? Gardez vos histoires pour les naïfs, cria un des prêtres et l'autre, impatient, intervint :

— Dépêchez-vous, dépêchez-vous. Nous ne voulons pas rester là toute la nuit.

Je partis avec ma part de nourriture. Ceux qui avaient été servis étaient assis, en train de manger, en plein air, à peu de distance de là. Je devais avoir l'air accablé, parce qu'une des femmes me dit pour me consoler :

— Ils étaient de mauvaise humeur ce soir, ils étaient sans doute fatigués. Il ne faut pas y faire attention.

Il y eut un murmure d'assentiment. Mais un homme, d'une voix hostile, me dit :

— Ils ont raison. Chacun doit passer à son tour, ou alors qui pourrait savoir si l'on dit la vérité ou si l'on ment quand on demande plus d'une portion.

Et la foule, changeante, émit de nouveau un murmure d'approbation. « Il faut que je me justifie aux yeux de ces gens », pensai-je tristement, et je déclarai : « Je n'ai pas menti, mon mari est ici... tenez, le voici qui arrive. » Il approchait justement. Et il avait les mains vides. Mais ce fut quand même agréable de partager ce que nous avions, de manger ; agréable d'avoir le ventre plein ; agréable de sentir le vertige faire place au bien-être. Le repas terminé, nous jetâmes les feuilles vides aux chèvres qui s'étaient approchées, attendant leur nourriture avec espoir et patience. Ce fut encore une satisfaction que de les voir manger les feuilles et les coupes, de les entendre brouter à petit bruit avec des mouvements doux et heureux, de sentir sur nous le regard de leurs yeux bienveillants et paisibles. Après cela nous allâmes nous laver les mains au robinet, nous rinçant aussi le visage et la bouche à l'eau froide, et nous revînmes, prêts au sommeil. C'est alors seulement que nous traversa avec une soudaine inquiétude la pensée des paquets.

Nous les avions laissés appuyés contre un des piliers de pierre sculptés dans le long corridor qui menait à la grande salle. Nous nous y rendîmes, mais nos paquets avaient disparu. « Peut-être est-ce notre mémoire qui est en faute ? Peut-être n'est-ce pas ce pilier de pierres ? Peut-être en est-ce un autre ? Il y en a tant et ils se ressemblent tous », pensai-je. Le suivant, puis le suivant et encore le suivant ; il y avait des centaines de piliers et de colonnes que nous passâmes en revue, notre espoir vite éteint.

Trois ou quatre personnes avaient assisté à nos recherches, trois ou quatre autres se joignirent à elles ; bientôt une petite foule s'attacha à nos pas pour nous conseiller et nous aider.

— Etes-vous sûrs de les avoir laissés dans cette galerie des piliers ? Il y en a une autre du côté ouest du temple.

— Tout à fait sûrs. Nous ne sommes pas allés de l'autre côté.

— Comment auraient-ils pu ? dit une voix méprisante. Le côté ouest est fermé le soir.

— Qui surveillait vos paquets ?

— Personne, personne... nous les avons laissés sans surveillance.

— Sans surveillance ! Vous l'avez vraiment cherché ! Il y a tellement de voleurs et d'étrangers qui rôdent en ce moment.

— Quoi ! Même dans un temple ! Nous ne pensions pas...

— Oui, même dans un temple, bien entendu. Il vient des gens de toutes sortes, ici, il n'y a aucun moyen de s'assurer qu'ils sont honnêtes.

— On le dirait en effet, répondit Nathan avec force. Tout ce que nous possédions a disparu.

Continuer les recherches, se fatiguer encore aurait été pure folie. Nous abandonnâmes et nous nous appuyâmes contre le mur peint qui formait l'enceinte du temple, le mur aux rayures vermillon et blanches auquel nous avions si sottement fait confiance. L'asile promis pourtant était bien là : la nourriture et un endroit où dormir.

— Heureusement ce n'est pas une perte irréparable, dit Nathan. Nous avons encore notre argent, nous pourrons remplacer nos pots et nos nattes.

— Il vaut mieux n'en pas parler, dis-je, en tâtant prudemment ma ceinture ; le contact des pièces sous mes doigts était dur et réconfortant. Il faut être prudent.

Il eut un sourire moqueur : « Fermer l'écurie quand le cheval est parti ? »

Mais je me sentais incapable de sourire ; et la facilité avec laquelle il acceptait notre perte m'irritait. « Maintenant, pensai-je, je dépendrai complètement de ma belle-fille. Je vais arriver sans même une marmite, comme la dernière des mendiantes. » Et sur-le-champ je pris la résolution de dépenser une ou deux de ces pièces qui m'entraient dans la chair dans la boutique la plus proche ; je ne voulais pas arriver comme une pauvresse. Calmée un peu par cette pensée, je glissai dans un sommeil fréquemment interrompu par les sonneries des cloches et le sourd battement des tambours accompagnant les prières qui se succédaient toute la nuit à intervalles réguliers. A un moment, dans mon demi-sommeil, il me sembla que quelqu'un me tirait par le bras ; mais quand je m'éveillai je m'aperçus que c'était simplement Nathan qui s'accrochait à moi en dormant. Je m'assoupis de nouveau et, au bout d'un moment, je sentis une sorte de doux frôlement sur mon visage, silencieux comme le contact des doigts sur du coton en écheveau. Je fis un effort pour m'arracher au sommeil, pour échapper à ce pathétique effleurement ; mais j'avais beau faire, je n'y parvenais pas. Finalement je me redressai, délivrée à la fois du rêve et du sommeil, bien éveillée. Et soit à cause du lieu inconnu où je me trouvais, soit à cause du souvenir de la perte que nous avions subie, je ne pus retrouver le sommeil.

Je restai appuyée contre ce mur au pied duquel nous nous étions couchés, à regarder le vent jouer avec la flamme jaune qui s'élevait au-dessus du temple, à essayer de percer l'obscurité dont l'intensité variait selon les endroits. Peu à peu je discernai les formes sculptées des dieux et des déesses garnissant les côtés du temple, les colonnades et les niches des murs ; sous mon regard ils semblaient presque s'animer, une douce respiration soulevait leur poitrine de pierre, leurs membres doucement se déplaçaient. Pour un peu, oui, pour un peu, je croirais ce que j'ai vu, assise là, dans l'obscurité à côté du mur du temple. Mais à l'aube les étoiles s'éteignirent une à une et la lumière grise ramena à l'immobilité les silhouettes de pierre.

25

Comme toujours Nathan s'agita aux premières heures de l'aube ; quand il vit que j'étais éveillée il se redressa rapidement et se frotta les yeux pour en chasser le sommeil.

— Tu as bien dormi, lui dis-je, un peu jalouse mais tout heureuse de le voir si bien.

— Oui, j'étais fatigué. Mais toi, on dirait que tu as été debout toute la nuit.

— Presque... Je ne pouvais pas dormir.

— Tu te faisais sans doute du mauvais sang, me dit-il d'un ton grave ; et l'inquiétude qui perçait dans sa voix me fit un peu honte. Heureusement nous serons bientôt chez notre fils et tu pourras te reposer. Viens, nous ferions aussi bien de partir maintenant. Le plus tôt sera le mieux.

Nous allâmes nous laver au robinet, nous frayant un chemin au milieu des tas de haillons sous lesquels dormaient serrés les uns contre les autres les hommes et les femmes, à côté de leurs béquilles, de leurs cannes et leurs écuelles de mendiants ; après quoi nous sortîmes par la porte par laquelle nous étions entrés.

Malgré l'heure matinale, pas mal de boutiques étaient ouvertes. De certaines s'échappait le grésillement du beurre et de l'huile où l'on faisait frire le pain et les crêpes pour les premiers fidèles qui n'allaient pas tarder à arriver. Nathan hésita en passant, et je le vis jeter un coup d'œil aux crêpes croustillantes étalées sur un plat.

— Si on en mangeait ? me dit-il d'un ton jovial. J'ai plutôt faim et toi aussi, certainement.

J'hésitai un peu, bien que la nourriture fût tentante ; nous n'avions pas beaucoup de pièces d'argent et elles nous étaient précieuses, nous ne pouvions pas savoir de quoi nous aurions besoin : je ne pouvais pourtant pas lui refuser cela, moi qui avais décidé de dépenser une partie de l'argent à acheter des ustensiles de cuisine : je mis donc la main dans ma ceinture pour en retirer l'argent qui y était noué.

Les pièces avaient disparu. Je cherchai dans mon corsage et dans ma ceinture. Je secouai les plis de mon *sari*. Il n'y avait pas de doute, l'argent s'était envolé.

— Il a peut-être glissé pendant la nuit, me dit Nathan.

Nous revînmes sur nos pas, sans espoir, jusqu'à l'endroit où nous avions dormi. Mais le sol était nu comme la vérité. Ceux qui nous virent revenir se mirent à rire et nous dirent que les repas gratuits n'étaient pas distribués le matin, mais seulement le soir ; leur rire se changea en apitoiement quand ils apprirent ce qui nous était arrivé. Mais leur sympathie n'était que de pure forme, après tout ils n'étaient pas les acteurs du drame, tout juste les spectateurs. Je remarquai même une ou deux personnes qui échangeaient des regards de pitié condescendante, lesquels disaient aussi clairement qu'auraient pu le faire des mots : « Ces pauvres naïfs de paysans ne font vraiment attention à rien. » Malgré ma douleur et mon affolement, je ne pus me contenir davantage et je dis d'un ton tranchant qu'il n'y avait pas défaut d'attention, mais abondance de voleurs et je les vis qui, vite convaincus, hochaient la tête. Oui, les voleurs et les pickpockets étaient très habiles ; il fallait faire extrêmement attention.

Et voilà, nous n'avions pas fait assez attention et c'est ainsi que nous repartîmes, riches seulement de ce que nous avions sur le dos ; aveugles, le visage fermé et résolu, nous passâmes devant les marchands de nourriture et les autres boutiquiers. Le désir nous obsédait de trouver refuge auprès de notre fils avant que de nouveaux malheurs aient pu nous arriver.

★

Nous progressâmes lentement à travers les rues de la cité terrifiante, au milieu de la foule et de l'encombrement — pour nous — prodigieux, rassemblant tout notre courage chaque fois qu'il nous fallait demander notre chemin. Certains de ceux que nous interrogions refusaient de s'arrêter pour nous répondre, d'autres ne savaient pas, d'autres encore nous égaraient en cherchant à nous aider. Aucun d'eux ne s'exprimait clairement — ou alors nous étions stupides. Il y avait tant de rues transversales qu'il nous fallait prendre (ou ne pas prendre) que, lorsque nous avions un moment suivi les instructions, nous étions complètement perdus. Il nous fallait nous arrêter et nous enquérir de nouveau.

— Je suis trop lent, me dit Nathan humblement. Ils parlent si vite que je peux à peine les suivre, et je n'arrive pas à me rappeler ce qu'ils disent.

— Moi aussi alors, dis-je avec conviction, parce que j'ai vraiment du mal à les comprendre.

Comme il était presque midi nous nous assîmes pour nous reposer au bord de la route. Une douzaine d'enfants jouaient là, se faufilant au milieu des voitures avec une dextérité et une indifférence que je ne pus m'empêcher d'admirer. En dépit de leur gaieté, ils donnaient l'impression de n'avoir jamais de leur vie mangé à leur faim, avec leurs côtes proéminentes et leurs ventres ballonnés comme des tambours gonflés de vide et de vent ; ils étaient extrêmement sales, enrobés dans la poussière de la route et la crasse accumulée ;

beaucoup d'entre eux avaient sur le corps des plaies suppurantes, recouvertes d'une croûte de boue, de sang et de pus. Mais ils semblaient ne pas se soucier de leurs misères — ou les accepter avec philosophie, comme l'avait fait le bœuf — et tout nus et tout joyeux, ils jouaient au soleil. Joyeux du moins jusqu'au moment où une croûte de pain tombant sur la chaussée, ou encore un gâteau glissant du sommet d'une trop ambitieuse pyramide, leur faisaient perdre toute puérilité, et où, oubliant leurs jeux, ils se disputaient la nourriture avec férocité dans la poussière... Mes enfants eux aussi s'étaient battus comme cela, je m'en souvenais, mais le temps avait adouci l'amertume du souvenir ou l'avait terni, et il ne me semblait pas que les combats qu'ils avaient livrés avaient eu ce caractère de batailles sans merci où, tels des animaux sauvages, les enfants jouaient des dents et des ongles. Mais, s'il passait un homme riche, ils redevenaient aussi tendres et pitoyables que des oisillons tombés du nid, avec leurs petites bouches entrouvertes, leurs regards limpides, et leurs écuelles de mendiant tendues avec humilité ; ils se métamorphosaient avec une astuce que sûrement les miens avaient ignorée. Et de plus, ils avaient beau jouer comme des gosses, leur visage portait les traces d'une connaissance et d'un souci que des enfants n'auraient pas dû avoir. Leurs yeux étaient pleins d'une sagesse et d'une ruse qui n'allaient pas avec leur âge.

— Nous en viendrons peut-être là, me dit Nathan, en me montrant du doigt leurs écuelles. Nous devrons faire appel à la charité des passants, si nous ne trouvons pas notre fils...

— Non, jamais ! protestai-je, un peu effrayée de son découragement. Viens, il faut que nous continuions notre chemin.

— Demandons à ces enfants, me dit-il, ils ont l'air déluré.

Il fit claquer ses doigts pour les appeler ; ils arrivèrent, les yeux brillants de curiosité et jacassant comme des moineaux.

— Dis-moi, mon enfant, sais-tu où est Koil Street ?

— Koil Street ? Il y a trois ou quatre rues de ce nom-là. Laquelle cherches-tu ?

— Trois ou quatre ! s'écria Nathan. Il n'est pas étonnant que nous ayons tourné en rond.

— Dis-moi le nom des gens que tu cherches, dit un des enfants, je connais à peu près tout le monde.

— Je te crois sans peine. Nous cherchons mon fils, Murugan, qui travaille chez un certain Birla, un médecin.

— Je ne connais pas Murugan, dit avec franchise le petit garçon, mais tout le monde connaît Birla. Pour quelques sous, ajouta-t-il, je t'y conduirai moi-même.

— J'ai encore moins d'argent que toi, soupira Nathan, je ne peux rien te donner.

— Oh ! dit l'enfant tout déçu. (Il resta silencieux un moment, puis brusquement une idée sembla lui venir et il dit avec astuce :) Je vais t'y conduire quand même et, si tu réussis, tu me paieras.

— Comment pourrai-je te retrouver ?

— On m'appelle Puli comme le roi des animaux, et je suis le chef de notre clan. Je suis aussi connu que Birla.

— Alors je réussirai certainement à te retrouver, dit Nathan en souriant à l'enfant dont l'impudence puérile avait malgré tout quelque chose de séduisant. Montre-nous le chemin, mon jeune ami.

L'enfant se retourna et dit quelque chose à ses compagnons : il était indiscutablement leur chef, ils se dispersèrent sur-le-champ. Puis il nous fit signe de la tête. « Suivez-moi de près, nous dit d'un ton de commandement cet enfant qui aurait pu être facilement notre petit-fils, vous risqueriez de vous perdre. » Puis de la main il nous montra qu'il fallait avancer. Je vis alors qu'il n'avait, en guise de doigts, que des moignons. La maladie qui lui rongeait le corps lui avait dévoré les ongles et les premières phalanges.

Nous respectâmes prudemment son conseil de le suivre de près, malgré la vitesse à laquelle il avançait, vitesse qu'il nous était difficile d'observer ; et bientôt il nous amena à la porte d'une petite maison blanchie à la chaux qui faisait le coin d'une rue dans laquelle se trouvait une église.

— Voici la rue, voici l'église, voici la maison, dit-il, nous les désignant d'un geste rapide.

Puis il tourna sur les talons et prit la fuite, la tête baissée, les épaules agitées au rythme de sa course.

Nous restâmes plantés devant la maison. Nous étions arrivés au but, mais nous ne savions que faire. Et la maison nous regardait, indifférente. Elle était entourée d'une grille de bois, interrompue par un portail et finalement — comme il n'y avait personne en vue auprès de qui nous renseigner — nous traversâmes le jardin et nous nous approchâmes de la maison. Les portes et les fenêtres étaient grand ouvertes comme si le propriétaire avait voulu profiter du moindre souffle d'air. Nos regards plongeaient jusqu'à l'arrière de la maison où étaient assis deux ou trois hommes qui portaient la tunique blanche des domestiques ; finalement l'un d'entre eux nous aperçut et s'avança, nous disant mécaniquement, comme par le fruit d'une longue habitude : « On ne tolère pas les mendiants ici, seuls ceux qui ont besoin de... »

Puis, voyant que nous ne tendions ni l'écuelle

du mendiant ni la main prête à recevoir l'aumône, il s'arrêta court : « Que voulez-vous ? »

— Notre fils travaille ici, dit Nathan. Il s'appelle Murugan.

— Murugan ? Il n'y a personne de ce nom ici.

— Personne, vous êtes sûr ?

— Bien entendu. Il n'y a que trois domestiques ici, personne du nom de Murugan.

— Il doit y avoir une erreur, murmura Nathan. Il sortit le morceau de papier sur lequel avait été écrite l'adresse et le tendit à l'homme, le couvant d'un œil inquiet pendant qu'il lisait — ou faisait semblant de lire — parce qu'il nous rendit rapidement le papier en disant :

— Oui, oui, bien entendu, c'est écrit là, mais croyez-moi, il n'y a pas de Murugan dans la maison.

— Pourquoi n'a-t-il pas écrit ? pensai-je tristement. Pourquoi n'avons-nous pas écrit ? Mais nous étions si sûrs de le trouver, nous y comptions tellement, que l'idée ne nous était pas venue qu'il ait pu quitter sa place sans nous prévenir.

Juste à ce moment-là nous entendîmes arriver une voiture ; nous en vîmes descendre quelqu'un vêtu d'une chemise et d'un pantalon et portant un petit sac noir.

— Voilà le médecin, dit le domestique à la hâte. Il faut que vous partiez.

— Je veux lui parler, dit Nathan avec insistance. Il saura peut-être, lui ! Et il resta fermement sur ses positions.

Pendant ce temps-là, le docteur approchait. Sous l'étoffe légère de la chemise, je distinguai la silhouette d'une femme et je murmurai rapidement à mon mari : « Méfie-toi, c'est une femme. » Nathan se tourna vers moi, l'air incrédule : « Le pantalon... » commença-t-il, mais il n'eut pas le temps d'en dire davantage et il s'arrêta court, confus et balbutiant.

— Qui êtes-vous ? Que voulez-vous ? Une voix de femme, sans aucun doute.

— Notre fils est venu travailler ici il y a quelques années, dis-je. Nous sommes venus chercher refuge auprès de lui.

— Son nom ?

— Murugan.

— Oui, c'est Kennington qui l'avait envoyé, n'est-ce pas ?

— Oui, dis-je avec empressement. Kenny l'avait recommandé. Il a toujours été très bon pour moi et pour les miens.

— Comment va-t-il ? demanda-t-elle sans penser à l'avidité avec laquelle nous attendions des nouvelles. Il y a très longtemps que je ne l'ai vu.

— Il va bien, lui dis-je, et il est très heureux depuis qu'il construit ce nouvel hôpital. Mon fils travaille avec lui.

Elle me regarda, pensive, et je compris qu'elle aurait voulu en apprendre davantage sur l'hôpital, mais elle se contenta de dire : « Naturellement vous êtes inquiets au sujet de votre fils. J'ai peur de ne pas pouvoir vous aider. Il m'a quittée il y a près de deux ans. »

Quittée... depuis deux ans. Où avait-il pu aller ? Pourquoi ne nous en avoir rien dit ? Nous restâmes silencieux, effondrés. Finalement je ne pus m'empêcher de demander : « Est-il arrivé quelque chose ?... Je veux dire... A-t-il fait quelque chose de mal ? »

— Non, rien de tout cela. C'était un très bon domestique et il est parti pour gagner davantage.

« Tant mieux, pensai-je, du moins c'est plus satisfaisant à entendre. » Je passai ma langue sur mes lèvres sèches et je dis :

— Si vous vouliez nous dire où il est allé — il faut que nous le trouvions, il n'y a personne d'autre...

— Je ne suis pas très sûre — dit-elle, une ombre de pitié dans les yeux — mais je crois avoir entendu dire qu'il travaillait chez l'Administrateur. Il habite Chamundi Hill, ajouta-t-elle, n'importe qui vous montrera la maison ; on ne peut pas se tromper, elle est assez grande pour ça.

Nous étions déjà à la grille quand elle nous rejoignit : « Vous avez l'air épuisés — vous n'avez pas mangé ? »

— On nous a donné à manger au temple, dis-je en baissant les yeux par crainte de rencontrer ce regard perspicace.

— Il y a longtemps de cela, dit-elle. Il vaut mieux que vous preniez un repas ici avant de partir.

Elle appela un des domestiques et lui dit rapidement quelques mots. Il n'avait pas l'air trop content, mais il se chargea de nous conduire où nous devions aller.

Le quartier des domestiques se trouvait à quelque distance en arrière de la maison. Il consistait en une rangée de trois bungalows, des pièces carrées aux murs de briques et au sol empierré, s'ouvrant chacune par une porte basse. Devant la première porte, Das, le domestique, s'arrêta et nous fit signe d'entrer. L'intérieur était plongé dans une demi-obscurité car il n'y avait qu'une petite fenêtre, placée haut dans le mur, et une épaisse fumée bleue s'élevait d'un coin où une jeune femme était fort occupée à faire la cuisine.

— Ces gens doivent manger avec nous, dit Das, ce sont les parents d'un certain Murugan qui était ici avant moi.

La jeune femme se leva et vint au-devant de nous, gaie et souriante ; elle portait un bébé tout rond et joufflu. « Vous êtes les très bienvenus... Vous avez l'air bien fatigués... »

Sa gentillesse, son sourire réchauffaient comme le soleil réchauffe des membres las, ils nous comblaient comme la pluie qui tombe sur une terre assoiffée. Je sentis fondre la glace qui me serrait le cœur et naître une nouvelle vague d'espoir. Nathan se détendit visiblement. « Le riz est presque cuit, disait la jeune femme. Peut-être voudriez-vous vous laver avant de manger — il y a une fontaine dehors, mon mari va vous montrer. »

Das se remit sur pied : « Ah, oui, j'avais oublié. Cela vous fera certainement du bien de vous laver. » Sa voix était plus aimable.

Nous le suivîmes jusqu'à la fontaine qui se trouvait à peu près à deux cents mètres de là. Une plaque de ciment entourait la base de la fontaine, mais l'eau qui gouttait constamment du tuyau dépassait le ciment, si bien que tout autour la terre était mouillée et boueuse, et couverte d'une multitude d'empreintes de pas.

Un peu plus loin étaient les latrines. Je n'avais aucune expérience de cet endroit et j'y entrai avec une certaine appréhension. Il n'y avait pas de porte; l'édifice consistait simplement en quatre murs de tôle, se joignant sur trois côtés et laissant, du quatrième, une ouverture suffisante pour laisser passer une personne à la fois. Pas de toit : le long d'un mur était creusée une tranchée assez peu profonde d'où s'échappait une odeur nauséabonde ; rien pour couvrir ; pas de possibilité de masquer généreusement de terre ce qui s'étalait là, horrible, à la face du ciel bleu ; pas d'eau pour laver tout cela et l'emporter. Je sortis, et traversai la nappe de boue pour atteindre l'eau claire et courante ; quand je me fus lavée je me sentis mieux.

— Il faudra bien t'habituer à ce genre de choses, me dit Nathan. Ce sont les coutumes de la ville.

Quand nous regagnâmes la maison, la jeune femme, l'enfant toujours suspendu après elle, était en train de passer le riz. En plus du bébé, il y avait maintenant trois ou quatre autres enfants dans la pièce.

— Oh ! oui, dit-elle, en réponse à ma question. Ils sont tous à moi : on est toujours sûr de les voir arriver à l'heure des repas. Le reste du temps je ne les vois jamais.

Les enfants, ravis, éclatèrent de rire, tout convulsés de plaisir. Leur mère était penchée sur un pot posé sur le feu, en remuait le contenu et le goûtait : « C'est prêt, maintenant », dit-elle d'un ton satisfait, tout en s'essuyant les larmes qui lui coulaient des yeux avec un coin de son *sari*. La fumée avait dû piquer aussi les yeux de l'enfant qui se mit à crier.

— Donnez-le-moi, dis-je, vous serez plus à votre aise pour travailler.

— C'est une fille. Elle ne pleure presque jamais, dit-elle en me tendant le bébé qui, comme pour mériter le compliment que l'on venait de lui faire, se calma aussitôt.

La jeune femme avait préparé et coupé en morceaux des feuilles de plantain. Elle servit dessus de généreuses portions de riz et de lentilles, des portions comme nous n'en mangions guère qu'au moment de la récolte. Les portions qui nous étaient destinées étaient encore plus grosses que les autres.

— Vous êtes très bonne de nous nourrir aussi bien, lui dis-je.

— On nous donne la nourriture, répondit-elle. Le docteur est très généreux avec nous, elle nous donne le riz et les lentilles. Aujourd'hui elle a envoyé un supplément pour vous.

Notre conscience ainsi tranquillisée, nous pûmes manger de bon cœur ; je n'aurais pas aimé prendre la part de gens qui, malgré toute leur bonté, n'étaient que des étrangers pour nous, et chez qui il y avait déjà bien assez de bouches à nourrir.

Vers le soir la mère déploya une natte rayée sur laquelle nous devions dormir ; elle nous avait persuadés de passer la nuit. Et nous dormîmes du sommeil profond de ceux qui se sont beaucoup fatigués, qui ont bien mangé et qui se sont bien reposés.

Le lendemain matin nous partîmes de bonne heure après avoir remercié le docteur qui était une femme, et Das et son épouse qui nous avaient si bien accueillis ; la jeune femme nous accompagna jusqu'à la porte, entourée de ses enfants aux yeux curieux, radieuse et souriante comme au moment où elle nous avait accueillis ; depuis lors je la revois toujours ainsi, jeune et bonne, un sourire chaleureux sur les lèvres.

26

La maison de l'Administrateur à Chamundi Hill n'était pas difficile à trouver : on voyait la colline à des kilomètres à la ronde, et tout le monde connaissait l'Administrateur et savait où il habitait. La maison, comme l'avait dit le docteur, était très belle ; elle dominait les jeunes arbres qui poussaient aux environs et elle était d'un blanc si étincelant qu'on aurait dit que les peintres venaient juste de terminer leur travail. Autour de la maison et des jardins qui s'étendaient au loin de chaque côté de la colline, se dressait un mur de clôture assez bas. Un certain nombre de policiers se tenaient devant, infiniment plus imposants avec leurs turbans et leurs ceinturons que ne l'étaient les gardes de la tannerie.

Quand il nous vit approcher, un des agents s'avança vers nous.

— Il est interdit de mendier ici.

— Nous ne venons pas mendier. Nous venons voir notre fils Murugan qui travaille ici.

L'attitude de l'homme changea. Il nous regarda avec une espèce de commisération, parut sur le point de dire quelque chose, puis changea d'avis ; il se contenta d'ouvrir la lourde grille et nous fit signe de le suivre.

— Je vais vous conduire auprès de sa femme. Les bungalows des domestiques sont derrière la maison.

L'épouse de mon fils ! La femme que nous n'avions jamais vue ! Mon fils qui était parti depuis si longtemps ! Une surexcitation étrange s'empara de moi, je me sentis trembler. Nathan, à côté de moi, pressa le pas : sa hâte faisait aussi partie de moi.

— Voilà le bungalow d'Ammu, dit l'homme en nous le désignant du doigt. Faites-vous connaître... Je ne peux pas attendre...

Il était parti. Le bungalow qu'il nous avait désigné ressemblait fort à celui que nous venions de quitter, une petite pièce carrée incluse dans une rangée, la seule différence était qu'ici la rangée était bien plus longue, il y avait dix ou douze pièces. Par la porte ouverte s'échappait le gémissement plaintif d'un bébé en train de pleurer.

— Viens, dit Nathan, d'une voix brisée. Entrons.

Mais nous ne pouvions pas nous y décider, bien que la porte fût ouverte ; une soudaine timidité nous paralysait et l'impression d'être des intrus...

finalement nous nous avançâmes vers la porte ouverte, pour appeler.

Une jeune femme maigre, à la chevelure en désordre, sortit ; le bébé que nous avions entendu pleurer, était suspendu à son côté, un petit garçon se cramponnait à son *sari ;* elle resta là, immobile à nous dévisager, les sourcils légèrement froncés.

— Qui êtes-vous ? Que voulez-vous ?

Pas de sourire, pas un mot de bienvenue. « Elle croit peut-être que nous sommes des mendiants », pensai-je. « Ce n'est pas étonnant, nous en avons bien l'air ». Une fois de plus je ressentis profondément l'humiliation de ne plus rien posséder, pas même une marmite.

— Nous sommes les parents de Murugan, dit Nathan doucement. Vous êtes sans doute sa femme.

La jeune femme hocha la tête, puis, retrouvant ses esprits, elle s'écarta pour nous permettre d'entrer. Alors elle nous suivit dans la pièce et resta là à se mordre les lèvres, avec l'air de quelqu'un qui ne sait plus ce qu'il doit dire.

— Voilà sans doute nos petits-enfants, lui dis-je, m'efforçant de ne pas remarquer son attitude. Il y a longtemps que je souhaite les voir.

— Je n'en doute pas, dit la jeune femme avec une espèce de grimace. Je ne doute pas non plus que vous souhaitiez voir aussi votre fils. Il n'est pas ici.

— Pas ici ? répéta Nathan. On m'avait dit qu'il était ici. Quand revient-il ?

— Je voudrais bien le savoir, répondit-elle. Je ne pense pas qu'il revienne jamais.

— Qu'est-ce que vous voulez dire ? Vous êtes sa femme ! Qu'est-ce qui vous fait penser qu'il ne reviendra jamais ?

— Il m'a quittée, répondit-elle, avec amertume. Il y a près de deux ans qu'il est parti.

★

Nous avions fait beaucoup de chemin pour apprendre de mauvaises nouvelles et maintenant nous étions dans une impasse. Toutes nos économies nous avaient été volées, il n'y avait plus rien... rien à vendre ; rien à monnayer, ni jeunesse ni force.

Je parcourus du regard la pièce dans laquelle vivait la femme de mon fils ; il nous était impossible d'y rester. Les ressources qu'elle possédait ne lui suffisaient même pas, comment auraient-elles pu couvrir nos besoins ? En dehors d'un petit bol de riz, il ne paraissait pas y avoir de nourriture dans la maison. Le petit garçon était maigre, il avait les joues creuses. Sa mère avait l'air hagard et fatigué, et elle avait évidemment beaucoup de mal à nourrir le bébé qui ne cessait de pousser des petits gémissements plaintifs : le gémissement de la faim qui ne ressemble à aucun autre cri d'enfant.

— N'y a-t-il pas moyen de découvrir où il est allé ? dit Nathan finalement. Peut-être que si nous essayions...

— J'ai essayé, dit brutalement Ammu. Vous ne croyez quand même pas que je n'ai pas essayé. Il a quitté la ville ; personne ne sait où il est allé.

Elle avait un vague air d'hostilité, comme si elle nous rendait responsables de cet abandon. « Et nous le sommes, responsables, pensai-je tristement. Nous lui avons donné la vie, nous aurions dû lui apprendre à mieux se conduire. » Cependant j'avais beau chercher dans ma mémoire, il m'était difficile de trouver où et comment je m'étais trompée.

Il y avait à peu près une heure que nous étions là, ou peut-être un peu moins, quand Ammu se leva.

— Il faut que j'aille travailler... il est déjà tard. Je serai de retour à midi pour nourrir les enfants, restez jusque-là.

— Vous allez loin ?

— Non... seulement jusqu'à la maison. Je fais le ménage.

— Ce doit être dur, dis-je. Vous n'avez pas l'air très forte, et c'est une grande maison.

Elle haussa les épaules.

— Je ne suis pas toute seule... et il faut bien vivre. Ce n'est pas si facile de gagner quinze roupies par mois et d'avoir pour rien une pièce où se loger.

Elle portait toujours l'enfant sur la hanche ; elle disposa quelques chiffons dans un coin de la pièce et l'y coucha. Aussitôt il se mit à pleurer.

— Donnez-le-moi, dis-je. Il se calmera peut-être.

— Comme vous voulez, dit-elle d'un ton indifférent. (Elle le prit et me le rendit.) Vous vous rendez compte, bien entendu, qu'il ne vous est rien... Je veux dire, ce n'est pas votre petit-fils.

— Bien entendu.

— Il faut bien vivre, répéta-t-elle d'un air de défi, comme si elle répondait à un reproche, inexistant d'ailleurs ; car c'est vrai, il faut bien vivre.

A midi, comme elle l'avait annoncé, elle était de retour. Elle nous avait dit de l'attendre, mais maintenant très clairement son attitude signifiait : « Vous n'auriez pas dû me prendre au mot, j'ai parlé par devoir, un point c'est tout. » Sans desserrer les dents, elle commença avec mauvaise humeur à préparer le repas ; elle alluma le feu, alla chercher l'eau, fit bouillir le riz ; toujours avec le bébé sur la hanche, qui gémissait sans qu'elle semblât y prendre garde. Elle ne parla qu'une fois le repas fini. Elle leva les yeux et dit :

— Où irez-vous ? Pouvez-vous retourner dans votre village ? Ses yeux hostiles, eux, ajoutaient :

Et quand ? Je ne peux pas vous garder ici indéfiniment. Plus tôt vous partirez, mieux cela vaudra.

— Il faut que nous regagnions notre village, acquiesça Nathan. Il n'y a rien ici pour nous. Nous sommes venus à cause de notre fils, vous comprenez.

Elle hocha la tête :

— Oui. Il nous a tous abandonnés.

— Il avait sans doute ses raisons, lui dis-je.

Quels que fussent les griefs de cette femme contre son mari, il était toujours mon fils ; je ne pouvais pas la laisser rejeter sur lui tout le blâme. Son visage s'assombrit, la colère fit gonfler ses lèvres et alluma une flamme dans ses yeux sombres et hostiles.

— Les mêmes que les autres hommes : le jeu et les femmes, dit-elle durement.

Nous nous dévisageâmes toutes les deux, suspendues au bord de la colère, l'amertume détachant un à un les fils de la patience ; mais avant qu'ils fussent tous rompus, brusquement l'apparence extérieure des choses se dissipa. Je vis seulement que c'était une toute jeune femme, particulièrement maigre, abandonnée par son mari et faisant de son mieux pour assurer sa subsistance et celle de ses enfants.

— Je regrette, dis-je d'une voix entrecoupée. J'avais dû perdre l'esprit.

Elle inclina très légèrement la tête comme pour accepter mon explication ; la flamme s'éteignit dans ses yeux.

— Il vaut mieux que nous partions maintenant, dit Nathan en se levant, pendant qu'il fait encore jour. Nous n'avons pas l'habitude de cette ville... et, la nuit, c'est encore plus difficile.

— Où irez-vous ? Ammu répéta sa question. Il y avait un peu d'anxiété dans sa voix ; à travers le soulagement qu'elle ne pouvait dissimuler, on sentait le doute qui hantait son esprit. Sans une parole, mais en termes plus clairs encore : « Ces gens sont âgés, ils sont de ma famille par alliance. J'ai des devoirs envers eux, mais alors moi et mes enfants ? Ne sommes-nous pas assez pauvres, assez mal habillés, va-t-il falloir encore partager nos maigres ressources avec deux autres personnes ? Que vont-ils devenir ? Ils n'ont rien. » L'ombre de sa pensée passait, lente et lourde, sur son visage pâle et émacié.

— Nous retournerons auprès de notre fils et de notre fille, dit Nathan, évitant de lui répondre directement. Et vous, mon enfant ? C'est à nous plutôt qu'à vous de poser des questions. Nous avons vécu notre vie, mais vous, vous êtes encore jeune... Vous avez des enfants qui ne pourront pas vous aider avant longtemps.

Elle le dévisagea avec stupeur, comme si elle ne pouvait pas croire ce qu'elle entendait ; elle était si peu habituée à ce qu'on s'intéresse à elle qu'elle avait l'air presque méfiante.

— Je suis capable de veiller sur moi et mes enfants, dit-elle en accentuant le « moi » et « mes enfants » de façon à bien nous faire comprendre que les beaux-parents n'étaient pas inclus. Il y a déjà longtemps que je me débrouille toute seule.

« Il n'y a rien à faire pour toucher le cœur de cette fille, pensai-je. Le malheur l'a durcie, tant mieux pour elle, elle n'a pas fini de souffrir. » Il semblait ne plus rien y avoir à dire, rien qui pût nous retenir. Ammu avait commencé à s'agiter, elle se tortillait, tirait nerveusement sur ses doigts pour en faire craquer les jointures. Je poussai du coude Nathan qui était plongé dans ses pensées.

— Il faut que nous partions.

— Oui, dit-il en se levant. Il est déjà tard.

Nous regardâmes une fois encore notre petit-fils, qui était un peu de notre chair, et le pauvre petit malheureux qui maintenant dormait tranquillement sur son tas de chiffons. Nous fîmes nos adieux. Ammu nous accompagna jusqu'au seuil. Maintenant que nous partions vraiment, son attitude était devenue plus cordiale ; l'hostilité pleine de raideur qu'elle nous avait témoignée s'était évanouie avec sa crainte de nous voir nous incruster.

— Prenez bien soin de vous, cria-t-elle. Dieu vous garde et vous ramène sains et saufs chez vous.

Elle avait un sourire sur les lèvres, elle appela le petit garçon pour qu'il vienne du seuil nous dire au revoir.

Bien que nous les ayons connus si peu de temps, nous ne les quittions pas sans mélancolie. « Peut-être ne les reverrons-nous jamais », pensai-je tristement. Et j'entendis Nathan, à côté de moi, pousser un soupir. Nous étions tous les deux si absorbés par nos pensées que nous ne prîmes pas garde aux cris que nous entendions vaguement jusqu'au moment où nous vîmes arriver en courant vers nous un des gardes, essoufflé et furieux.

— Vous êtes sourds ? hurla-t-il. Je vous ai dit trois fois que les domestiques n'avaient pas le droit d'utiliser cette porte, et vous continuez comme si vous n'aviez pas entendu.

— Nous ne sommes pas des domestiques.

— Domestiques ou pas, c'est la même chose. Vous devez passer par derrière. Venez ! Si on vous aperçoit, je perdrai ma place.

Nous le suivîmes. A une certaine distance de la grille principale, il y en avait une autre, plus petite, qu'il nous montra du doigt : « Voilà ! Et souvenez-vous de passer par-là la prochaine fois ! »

— Il n'y aura pas de prochaine fois, dit Nathan d'une voix douce, mais soyez sûr que nous nous souviendrons.

27

Un ou deux habitués du temple nous reconnurent.

— Comment ! Vous voilà revenus ! Ça n'a pas marché avec votre belle-fille, certainement ?

— Non, pas du tout. Tout va bien.

Certains ricanèrent d'un air entendu, d'autres étaient pleins de sympathie. — Eh oui, il arrive souvent que les choses ne se passent point comme on l'espérait. La chance tournera peut-être bientôt pour vous ?

Il y avait une petite minorité de gens tout à fait hostiles et qui ne se gênaient pas pour le montrer ; comme Ammu ils voyaient dans chaque bouche supplémentaire une menace pour leur part de nourriture.

— On ne devrait pas accepter les étrangers, grommelaient-ils. Il y a bien assez d'indigents dans cette ville sans qu'on laisse l'Inde entière nous envahir ici.

Nous les regardions de travers : n'avions-nous pas aussi faim qu'eux ? Bientôt nous nous mîmes à redouter les nouveaux arrivants, nous demandant à chaque visage inconnu ce qui resterait pour nous.

Chaque soir recommençait la bataille, plus dure encore maintenant qu'il nous fallait la livrer quotidiennement. Je remarquai, nuit après nuit, ce que je n'avais pas noté jusque-là : les boiteux auxquels on arrachait leurs béquilles pour qu'ils tombent et soient incapables de se relever ; les faibles que l'on séparait de leurs champions pour diminuer de moitié le nombre. Bien souvent mon mari restait à l'écart, incapable d'accepter de se jeter dans la mêlée ; si je ne lui avais pas fait de reproches je crois que son dégoût de cette lutte pour la vie l'aurait réduit à mourir de faim. Bien souvent en tout cas un seul repas devait nous suffire à tous les deux.

Quand la foule s'était dispersée pour dormir, pour mendier ou pour piller, dans la fraîcheur de la nuit et du petit matin, nous restions assis dans le calme des cours ou le dos appuyé contre les piliers des grands corridors dallés à faire des projets et à penser, toujours à penser. Avec chaque jour qui passait grandissait notre nostalgie de la terre ; tous nos projets avaient pour décor la terre brune, les champs verts, les tiges bruissantes du riz mûr, la campagne que curieusement nous imaginions non pas sous son aspect présent, mais sous l'aspect qu'elle avait autrefois, à nos débuts — fraîche, dégagée, sans souillure, avec des oiseaux qui venaient chercher asile dans les herbes sous le ciel clair. En même temps, marchant de pair avec cette nostalgie, se développait notre hostilité à l'égard de la ville, hostilité qui se mua en une haine sans nuances, sans limites.

— Il vaudrait mieux mourir de faim à l'endroit où nous sommes nés que vivre ici, disait Nathan avec ardeur. Quoi qu'il arrive, quel que soit le destin qui nous attend là-bas, il faut retourner.

Mais comment ? Nous n'avons pas d'argent. Mon mari sait labourer, semer, moissonner, mais ici il n'y a pas de terre à cultiver. Je sais tisser, filer ou tresser des nattes ; mais je n'ai pas d'argent pour acheter de fuseau, de coton ou de fibre.

Vers quoi peut se tourner un homme qui n'a pas d'argent ? Où peut-il aller ? Vaste, vaste monde réduit à la mesure des pièces que vous avez dans la main. Comme une chèvre au piquet, jusqu'ici et pas plus loin. Il n'y a que l'argent qui puisse allonger la corde, rien que l'argent.

Puis un jour l'idée me vint de me proposer pour lire les lettres comme cela se fait dans presque tous les villages, et pourquoi pas dans les villes ?

— Ce n'est pas un métier pour une femme, dit Nathan. Personne ne s'adressera à toi.

— Si je ne demande pas grand-chose, et moins que les autres, j'aurai sûrement des clients, lui dis-je. En tout cas cela vaut la peine d'essayer. Même si je ne gagne que quelques *annas*, ce n'est pas à négliger.

— Tu crois que tu pourras ?

Nathan était partagé entre le doute et l'espoir. L'espoir seul se communiquait à moi.

— Oui, j'en suis sûre. Et si, en plus, j'écris les lettres, je gagnerai encore plus d'argent.

— Comment pourras-tu écrire sans papier ni encre ?

— Les gens qui voudront que je leur écrive leurs lettres devront en apporter, dis-je d'un ton plein de confiance. Laisse-moi faire.

Nous nous regardâmes, animés d'un espoir qui, malgré notre prudence, nous montait à la tête.

— Il nous faudra environ dix roupies, dit Nathan. Pour nous nourrir en route et pour payer la place dans la voiture... prévoyons deux roupies de plus pour le cas où le voyage durerait trois jours.

— Huit lettres par jour à un *anna* la pièce, dis-je, comptons que nous dépenserons la moitié de la somme pour notre riz quotidien...

Nous fîmes nos calculs, nous employant à

écraser l'optimisme chaque fois que nous le sentions naître, de façon à ne compter que sur des certitudes, des certitudes absolues. Finalement nous nous dîmes : « Nous serons bientôt de retour là-bas. »

★

Tout ce jour-là et tous les jours suivants, je restai assise au bord de la route qui conduit au *bazaar,* à interpeller les gens qui passaient, en mêlant ma voix au vacarme général. Les hommes qui passaient, pressés, s'arrêtaient pour me dévisager avec curiosité avant de se remettre en route, les badauds faisaient cercle autour de moi pour mieux satisfaire leur paresse et leur curiosité. Des jeunes gens qui flânaient me fixaient d'un œil insolent, échangeant à haute voix des propos d'une grande clarté d'élocution, destinés à mes oreilles.

— Elle prétend qu'elle sait lire. Ces paysans se croient tout permis !

— Elle écrit aussi ? Avec quoi, je me le demande !

— Elle doit se servir de son... (Murmures et ricanements.)

— Sans blague, elle n'est plus d'âge à ça...

— Il faut qu'elle soit folle pour s'imaginer...

Avec obstination, je me refusai à entendre et je continuai à appeler les clients éventuels.

A la fin de la journée, j'avais la voix éraillée : j'avais dans la bouche le goût de la poussière que soulevaient tous ces pieds passant sur la route, et mes cheveux en étaient pleins. J'avais gagné deux annas que je dépensai à acheter un gâteau de riz pour notre déjeuner du matin.

★

Une année se termina, une autre commença. Les fidèles apportèrent au temple des guirlandes de jasmin au lieu de chrysanthèmes, les roses avaient disparu aux pieds des dieux. Mais nous, nous étions encore dans la ville. Et à cause de ses miasmes ou de nos espoirs déçus, mon mari recommença à souffrir de rhumatismes, et de nouveau fut sujet à des accès de fièvre. Je ne cessais de me dire : il faut que nous partions d'ici ; surtout la nuit, quand mon mari, étendu à côté de moi, se tournait et se retournait dans son sommeil, il me semblait que c'était le seul espoir pour lui ; et je regardais la torche jaune qui brûlait au sommet du temple et les statues des dieux qui veillaient autour de nous, et je formulais toujours la même prière.

Un soir que je me hâtais de retourner au temple pour arriver à temps pour le repas, j'entendis quelqu'un courir derrière moi, et me crier quelque chose que je ne pus comprendre. Finalement je m'arrêtai, je me retournai, pour regarder l'enfant qui arrivait, tout essoufflé ; mais il faisait sombre et je ne le reconnus pas.

— Ne fais pas semblant de ne pas me connaître, dit-il d'un ton accusateur. Je suis Puli ; je suis venu réclamer mon dû.

— Ton dû, quel dû ? Je ne dois rien à personne.

Je continuai à marcher d'un pas rapide et l'enfant me suivit.

— Je vous ai conduits à la maison du docteur... il n'y a pas si longtemps... et vous m'avez promis de me payer.

Je me rappelai maintenant. C'était l'enfant au visage impudent qui nous avait servi de guide.

— Si vous ne me payez pas, continua-t-il, menaçant, vous verrez ce que vous verrez. Je n'ai pas l'habitude de me laisser rouler.

Je ne pus m'empêcher de sourire, cet enfant parlait comme un homme, comme un bandit.

— Je te paierais si je pouvais, lui dis-je d'un ton conciliant, mais je n'ai rien. Viens te rendre compte par toi-même si tu ne me crois pas.

— Je ne te crois pas, dit-il franchement. Je vais aller voir.

Je pressai le pas et il se mit à me suivre en silence avec résolution et méfiance. Nathan vint en courant au-devant de moi.

— Où diable étais-tu ? Il ne reste plus de nourriture. Heureusement qu'aujourd'hui j'ai pu approcher, sans cela nous serions restés sur notre faim.

— Il faut t'en prendre à cet enfant, lui dis-je. Il a absolument voulu m'arrêter pour discuter.

Nathan regarda Puli.

— Qui est-ce ? Que te veut-il ?

Avant que j'aie pu placer un mot, l'enfant s'était approché.

— Je veux qu'on me paye, voilà ce que je veux, dit-il brutalement. Je m'arrangerai bien pour y arriver.

— Te payer, de quoi ? demanda Nathan, stupéfait. Lui aussi avait oublié.

— C'est lui qui nous a conduits à la maison du docteur, expliquai-je, quand nous sommes arrivés.

Il y eut une pause. Nathan se mit à partager le riz et les lentilles. De la feuille de plantain qu'il avait il fit trois morceaux sur lesquels il disposa les trois rations. Avec mon gain de la journée j'avais acheté un gâteau de riz, je le cassai en morceaux pour que nous en ayons tous. L'enfant le regarda avidement :

— Il faut que vous ayez de l'argent pour acheter des gâteaux de riz !

Je soupirai :

— Je gagne deux annas par jour à écrire des lettres, quelquefois un peu plus, quelquefois un peu moins. Avec cela j'achète à manger.

— Ce qui ne semble pas déraisonnable, dit Nathan avec impatience, étant donné qu'il faut quelquefois nourrir trois personnes avec une seule portion.

Finalement Puli parut convaincu. Il se mit à manger, et de nouveau, je vis qu'il n'avait que des moignons à la place de doigts. Il ne paraissait absolument pas gêné d'avoir à s'en passer, il lui fallut cependant une fois ou deux se servir des deux mains et il y avait malgré tout une certaine gaucherie dans la façon dont il tenait sa nourriture. Malgré moi, je ne pouvais détacher mon regard de ses mains ; plus j'essayais de tenir les yeux fixés sur autre chose, plus ils s'attachaient à ces moignons. Puli, sans paraître rien remarquer, continuait à manger tranquillement. Je pensai : « Il en a l'habitude ; il connaît et il supporte sans révolte la honteuse, l'insatiable curiosité des humains. »

Quand nous eûmes mangé, donné les feuilles aux chèvres et fait nos ablutions, Puli, à ma grande surprise, s'étendit à côté de nous.

— Tu ferais mieux de rentrer chez toi, lui dis-je en le poussant du coude. Que dira ta pauvre mère si tu restes ici toute la nuit ?

— Je n'ai pas de mère, pauvre ou autrement, dit-il. Je ne suis une source d'embêtements pour personne et personne ne m'embête, ce qui est une bonne chose.

Il se tourna de l'autre côté et s'endormit immédiatement.

J'aurais peut-être été inquiète pour lui si je ne m'étais rendu compte qu'il était parfaitement capable de se débrouiller tout seul ; ou pleine de compassion, s'il n'avait pas été aussi évident qu'il n'avait que faire de la pitié ; mais je ne pouvais m'empêcher de me sentir vaguement responsable de lui, tout en me sachant dans l'incapacité absolue de faire face à une telle responsabilité.

— Il est probablement beaucoup mieux armé que nous pour se défendre... commença Nathan.

Ses paroles répondaient à ma pensée, mais malgré cela je me répandis en propos indignés :

— Comment peux-tu dire une chose pareille ? Ce n'est qu'un enfant... Il n'a pas plus de neuf ou dix ans ! Et en plus de ça il est infirme !

A quel point Nathan avait raison, Puli lui-même se chargea de nous le démontrer le lendemain matin. En nous éveillant, nous le trouvâmes assis, les jambes croisées, à côté de nous, le sourcil froncé, plongé dans une profonde réflexion.

— Tu gagnes deux annas, demanda-t-il, pour toute une journée de travail ?

J'approuvai de la tête :

— Deux, ou trois ou quatre.

— Bon, dit-il impatiemment, entre deux et quatre. Tu ne souhaites pas gagner davantage ?

Je le regardais avec stupeur.

— Si seulement je le pouvais, dis-je d'une voix étouffée. Tu connais un moyen ?

— Il y a une carrière, dit-il, pas très loin d'ici. Les tailleurs de pierre gagnent bien leur vie.

— Mais qui nous donnerait du travail ? dit Nathan tristement. A notre âge ! De toute façon nous n'aurions plus la force de faire du travail aussi dur.

— L'âge n'a pas d'importance, dit l'enfant avec impatience. Il n'est pas question de vous faire employer. N'importe qui peut venir travailler, on le paye selon les résultats — tant par sac.

— Et nous ne sommes pas trop vieux pour ce genre de travail ?

— Pas du tout. Toutes sortes de gens travaillent à la carrière : des hommes, des femmes, des enfants. J'y travaillerais bien aussi, ajouta-t-il, mais je ne peux pas tenir assez fortement un marteau ou une pierre. On peut gagner beaucoup d'argent si on travaille assez vite.

— Montre-nous le chemin, dit Nathan. Nous sommes entre tes mains.

★

Le bruit que faisaient les casseurs de cailloux nous parvint bien avant que nous atteignions la carrière ; le martèlement de la pierre et de temps en temps une explosion sourde. Plus nous approchions, plus le fracas augmentait ; bientôt il nous fallut crier pour nous faire entendre.

La carrière se trouvait au flanc d'une colline, une colline qui n'avait ni le calme ni les agréments de Chamundi Hill, une colline moins haute, nue et rocheuse, parsemée de quelques touffes de figuiers de Barbarie. Une face de la colline était en pente raide, presque verticale, et c'est là que se situait le centre de la carrière : un énorme cratère irrégulier, parsemé de gros rochers et bordé de rocs déchiquetés, aux flancs creusés de trous de tailles variables. Il y avait des gens partout : certains travaillaient dans la carrière proprement dite, les autres s'égaillaient sur toute la colline ; les plus robustes des hommes s'attaquaient aux gros rochers, les femmes et les enfants débitaient les pierres. Du mouvement partout : des myriades de bras qui se levaient et s'abaissaient, des mains qui fendaient l'air, des dos qui se courbaient et se redressaient à un rythme impitoyable. Je remarquai un drapeau rouge que l'on hissait par moments et qui paraissait être un signal de danger, car ceux qui travaillaient dans les environs se dispersaient aussitôt pour attendre à bonne distance ; il y avait aussi un sifflet aigu qui servait à prévenir ceux qui n'avaient pas vu le drapeau rouge ou qui n'avaient pas tenu compte de son avertissement ; quelques secondes après, se produisaient les explosions que nous

avions entendues en approchant de la carrière.
— On fait sauter à la dynamite le lit du rocher, expliqua Puli. La municipalité envoie des spécialistes pour cela, mais n'importe quel amateur peut faire le reste du travail.
Cela semblait bien être vrai : il y avait là des gens de tous âges et de toutes tailles ; mais nous ne savions pas par où commencer.
— Commencez ici, dit Puli. Vous êtes assez loin de la carrière où se produisent presque toutes les explosions. Comme ça vous n'aurez pas à courir tout le temps.
Il s'assit pour nous surveiller.
— Je n'ai jamais fait ce genre de travail auparavant, dis-je un peu inquiète. Je ne sais vraiment pas...
— Oh, c'est très simple. Il suffit de taper sur les pierres jusqu'à ce qu'elles se cassent. La seule difficulté est qu'il faut qu'elles aient la bonne dimension. Regardez ce tas, là-bas.
Il montrait du doigt un amoncellement de pierres à peu près de la grosseur d'un poing d'enfant.
— Essayez de faire des morceaux comme ça.
C'était là précisément la difficulté : donner aux pierres la grosseur requise. Quelquefois elles étaient trop petites, d'autres fois trop grosses. Si on donnait un coup léger, on ne détachait que des éclats ; si on frappait trop fort, la pierre entière volait en petits morceaux. L'air était plein de poussière et de débris de pierre : un des problèmes était de réussir à tenir les yeux ouverts tout en tapant.
— Ce n'est pas une manière simple de gagner de l'argent, dis-je, et c'est plus difficile que ça ne paraît.
Et Nathan grommela :
— Si au moins nous avions un marteau, il n'y aurait pas autant de perte.

Il y avait pourtant beaucoup de gens comme nous, dépourvus de marteaux et qui, se servant seulement de pierres, s'en tiraient fort bien. Je m'arrêtai une fois ou deux pour les regarder avec admiration et envie : sous leurs coups habiles les pierres obéissantes se cassaient en morceaux de la taille voulue et le tas de cailloux devant eux grandissait.

Nous ne fûmes dérangés qu'une seule fois par une explosion dans notre voisinage. Captivés par notre travail, nous n'avions ni l'un ni l'autre remarqué le drapeau rouge, et le martèlement incessant qui résonnait à nos oreilles avait masqué le bruit du sifflet ; mais Puli, plus attentif que nous, nous entraîna rapidement à l'abri ; pendant que nous courions, nous sentîmes la terre trembler sous nos pas.

— Il faut apprendre à faire attention, dit Puli d'un ton sévère, tandis que la terre et les pierres retombaient en grêle sur nous. Vous n'avez pas entendu le coup de sifflet et les cris des gens ? Ces explosions sont vraiment ennuyeuses, ajouta-t-il. Toutes vos pierres vont être éparpillées ; mais vous vous y ferez.

Les pierres, en effet, s'étaient éparpillées et mélangées inextricablement avec celles des autres: mais quand nous eûmes ramassé ce qui nous semblait être notre bien, personne ne protesta. « Tantôt on y perd, tantôt on y gagne, dit philosophiquement l'un des hommes. Dans l'ensemble ça fait une moyenne. »

Je fus heureuse de constater la bonne entente qui régnait entre cet homme et nous ; nous n'étions désireux ni les uns ni les autres de nous lancer dans des discussions futiles.

Au crépuscule nous étions encore en train de travailler. Le tas de cailloux devant nous n'était pas très gros ; mais, à notre grande fierté, il n'était pas non plus tout petit. Autour de nous le travail cessait. Quand l'ombre vint, le martèlement des pierres s'éteignit ; dans la nuit qui gagnait, seuls quelques faibles coups isolés signalaient la présence d'un acharné continuant son effort.

Je me tournai vers l'enfant à côté de nous :

— Et maintenant ? Qui est-ce qui nous paye ?

— Il faut d'abord aller chercher un sac, me répondit Puli. Il vaut mieux que ton mari attende ici en notre absence. Viens, je vais te montrer la cabane du chef de chantier.

Je le suivis. Le flanc de la colline était couvert de gens en marche, les uns portant des sacs chargés, les autres ayant sur l'épaule des paniers d'osier que le poids des pierres faisait grincer et dont les larges mailles laissaient parfois échapper une partie de leur chargement.

La cabane du chef de chantier s'élevait à une certaine distance de la carrière — c'était une construction légère surmontée d'un toit de chaume et aux murs faits de fibre pressée. Les deux portes, percées dans des murs opposés, étaient ouvertes toutes deux. La longue procession entrait lentement d'un côté ; elle sortait de l'autre, après avoir troqué ses sacs contre de l'argent. Je me joignis à la file, les mains vides. Puli s'établit non loin de là ; il avait sorti de je ne sais où une écuelle de mendiant qu'il maintenait entre le bras et l'avant-bras tout en exhibant ses mains mutilées à l'intention des passants. Je remarquai qu'il avait aussi modifié le timbre de sa voix, qu'il l'avait rendue tremblante et faible pour dévider sa litanie lamentable : « Ayez pitié d'un pauvre orphelin, ayez pitié... »

— Il a mal choisi son emplacement, pensai-je ; ici il n'y a que des pauvres.

Mais je m'aperçus à ma grande surprise qu'il y avait déjà des petites pièces dans son écuelle.

Bientôt il se mit à les faire sonner les unes contre les autres, pour attirer davantage l'attention.

La file avançait lentement ; je me déplaçais pesamment avec elle. L'homme qui était derrière moi était chargé de deux paniers qu'il ne cessait de m'enfoncer dans les reins ; finalement, irritée, je me tournai vers lui. Je vis alors que c'était un très vieil homme. Son chargement ne cessait de glisser sur ses jambes maigres et chaque fois qu'il le remontait les paniers se heurtaient. Mon irritation se dissipa.

— Je vois que vous avez bien travaillé aujourd'hui, lui dis-je.

— Pas plus que d'habitude... j'arrive à peu près toujours à faire deux paniers.

— Nous étions deux, avouai-je, mais je doute que nous ayons réussi à emplir même un seul panier.

— Vous irez plus vite quand vous en aurez pris l'habitude... Vous n'étiez jamais venue ?

— Non, c'est la première fois.

— Je m'en doutais, dit-il en hochant la tête. Il faut venir chercher votre sac quand vous arrivez ; autrement il faut que vous fassiez la queue une première fois pour le prendre et une seconde fois quand vous le rapportez.

Je le remerciai, toute surprise que Puli n'ait pas été au courant, lui qui avait l'air de tout savoir. Puis je me rappelai que, malgré son attitude supérieure, ce n'était en fin de compte qu'un enfant.

Mon tour arriva. J'entrai. Un homme, assis sur le sol, écrivait sur un pupitre fait d'une planche appuyée sur des briques devant lui.

— Combien ? Il ne leva même pas les yeux.

— Un seul.

Il nota quelque chose dans un livre, prit quelques pièces de monnaie, puis me regarda :

— Où est votre sac ?

— Je n'en ai pas... Je suis venue en chercher un, bégayai-je.

— Pourquoi ne l'avez-vous pas dit tout de suite ? me répondit-il d'un ton irrité. Vous essayez d'avoir de l'argent pour rien ?

Il remit les pièces sur la pile, prit un panier dans un tas qui se trouvait derrière lui.

— Voilà... Il ne reste plus de sacs. Et dépêchez-vous si vous voulez toucher votre argent ce soir.

Je pris le panier et courus retrouver Nathan. Le souffle coupé par la précipitation, nous emplîmes le panier et je retournai prendre ma place dans la file qui s'allongeait encore devant la cabane.

— Deux sacs, une roupie... trois sacs, une roupie huit annas... appelait la voix du contremaître, d'un ton monotone, un peu las. Je me baissai pour poser mon panier devant lui.

— Un sac, huit annas, me dit-il. (Puis, sur un rythme différent, et avec irritation :) Pas là ! Derrière moi, avec les autres.

Je plaçai le panier à côté des autres. Enfin j'allais toucher l'argent ! Il prit deux pièces de quatre annas, et les laissa tomber dans sa main. Nathan m'attendait, plein d'espoir et d'impatience :

— Combien ?

— Huit annas !

Souriants, nous échangcâmes un regard triomphant. « Nous serons bientôt de retour à la maison, dit doucement Nathan. Imagine un peu ça ! »

Il nous parut naturel d'attendre Puli et, en effet, il nous rejoignit quelques minutes plus tard. L'enfant s'était attaché à nous de sa propre initiative et maintenant il nous semblait évident qu'il était là à demeure.

— Alors, lui dis-je quand il fut à notre niveau. Ça a bien marché ? J'ai vu que tu étais occupé.

— Ça n'a pas marché du tout, répondit-il lamentablement, en nous montrant une pièce d'un anna. Voilà tout ce que j'ai récolté.

J'avais entendu le tintement de pièces entrechoquées, et Nathan aussi, apparemment.

— Tu es vraiment très malin, dit-il sèchement, d'arriver à faire tant de bruit avec une seule pièce !

Il y eut un silence, puis Puli réagit.

— Oh ! C'est vrai, il y avait d'autres pièces, mais c'était de la petite monnaie et je l'ai changée pour cette pièce d'un anna.

C'était vraiment, à bien des égards, un garçon de ressource et nettement trop fort pour nous.

★

Tous les jours Puli nous accompagnait à la carrière ; en général il restait avec nous pendant que nous travaillions et il revenait toujours avec nous au temple. Nous lui confiions tous nos gains ; depuis qu'on m'avait volé mon argent dans mon *sari* pendant mon sommeil, je n'avais plus aucune confiance en moi, et Nathan pas beaucoup non plus. D'autre part il était clair que Puli était beaucoup plus capable que nous d'en prendre soin.

Nous avions calculé que, si nous pouvions gagner huit annas par jour et n'en dépenser que quatre pour vivre, au bout de quarante jours nous aurions l'argent nécessaire pour le voyage de retour. « Dans deux mois en tout cas, me dit Nathan, en prévoyant une marge de sécurité. » Il se tourna vers Puli qui s'amusait à faire sauter dans son écuelle de mendiant des billes qu'il avait achetées et qu'il ne pouvait utiliser autrement.

— Et toi ? Tu viendras avec nous ?

L'enfant nous regarda avec stupeur ; l'idée de quitter la ville parut l'horrifier. Il secoua la tête :

— Non, je ne veux pas aller dans votre village.

— C'est beaucoup plus joli qu'ici, dit Nathan pour le tenter. Beaucoup plus calme, il y a des champs verts et le grand air... Et quand le riz est mûr, ah, c'est un spectacle comme tu n'en as jamais vu.

— Et qu'est-ce que j'y ferais, dit Puli méprisant, dans ces champs verts dont j'ignore tout ! Qui plus est, ils ne sont même pas à vous, vous voulez que je meure de faim avec vous ?

— Tu as raison, dit Nathan tristement. Nous n'avons rien à t'offrir.

— Je me demande pourquoi vous voulez retourner là-bas, continua Puli. Vous m'avez dit vous-même que vous n'aviez pas de terre. De quoi vivrez-vous ?

Nous n'en savions rien nous-mêmes. Nous étions partis parce que nous n'avions plus aucun moyen d'existence, et si nous envisagions de retourner, c'était parce que nous n'en avions pas davantage ici. Nous mangions une fois par jour, c'est tout ; quand le jour viendrait où il nous faudrait acheter du tissu pour nous vêtir, ou une natte pour dormir, ou des remèdes contre les accès de fièvre de Nathan, nous n'aurions absolument rien.

— Tu es trop jeune pour comprendre, dit Nathan. Je ne suis pas chez moi ici, je ne peux pas y vivre.

— Pourtant tu y es venu.

— J'y suis venu parce que j'y étais forcé tant que je pensais que mon fils vivait ici. Maintenant personne ne sait où il est parti. Il faut que je m'en retourne auprès de mon fils le plus jeune, il s'arrangera pour nous faire vivre.

— En êtes-vous sûrs ? dit cet enfant impitoyable. Vous êtes trop vieux pour passer votre vie sur les routes.

— Au moins j'habiterai là où je suis né et où

j'ai été élevé. La ville ne me convient pas, je m'y sens perdu. Je suis trop vieux pour m'y faire.

Il changea de sujet :

— Comment t'en tireras-tu quand nous serons partis ?

— Comme je le faisais avant votre arrivée, dit Puli avec indifférence.

« Nous mendions, quelquefois nous travaillons, ou nous volons aux étalages quand nous le pouvons... moi et mes camarades... Je connais toutes les rues, toutes les ruelles, ajouta-t-il avec fierté. On m'a souvent donné la chasse, mais on ne m'a jamais eu... Tandis que si j'allais dans votre village, je ne saurais ni où me cacher ni ou trouver ce qu'il me faut. Non, non, je ne partirai pas.

Nous ne cherchâmes pas à le faire changer d'avis, malgré la tristesse que nous inspirait l'idée de le laisser derrière nous. Nous ne le connaissions que depuis peu de temps, mais nous en étions venus à dépendre curieusement de lui, et à respecter son indépendance autant que la science considérable qu'il avait de la ville et de ses diverses variétés d'habitants. Pourtant, malgré tous mes efforts pour la repousser, une pensée me harcelait : je me représentais ce qui arriverait quand la maladie qui lui avait rongé les doigts s'étendrait, dévorant ses membres — ou s'attaquant à une autre partie de son corps, à ses pieds ou à ses yeux. Qu'arriverait-il alors à cet enfant sans fard et sans peur, qui se vantait de ne rien devoir à personne ? Il y a des limites au-delà desquelles ne peut aller le courage humain.

28

Nous avions commencé par compter des annas, au bout de quelque temps nous en vînmes à compter des roupies. Quatre roupies, cinq, six. Puli lui-même commençait à s'énerver. Un jour, nous travaillâmes si bien — ou les pierres nous furent si favorables — que nous gagnâmes une roupie. Comme d'habitude, je tendis la pièce à Puli, qui la fit disparaître dans la bourse en haillons qui lui servait de cache-sexe. Où après cela cachait-il l'argent que je lui confiais, je l'ignore. Cela ne regardait que lui et il ne nous en informa jamais : en tout cas nous ne perdîmes jamais un centime. C'est dans la jubilation que nous parcourûmes ce soir-là le chemin du retour dans un crépuscule de cuivre déjà bordé de noir, on eût dit des tisons entourés de cendres. Une petite pluie fine se mit à tomber, si fine qu'on aurait pu la prendre pour de la rosée, je croyais fouler non plus le sol d'une rue de la ville, mais la terre à l'aube. J'étais déjà de retour chez moi !

La seule route, une route sinueuse, qui desservait la carrière, se partageait assez vite en plusieurs rues, dont la principale conduisait au *bazaar*. C'est celle-là que je pris.

— Je vais rentrer tout droit au temple, dit Nathan. Je suis un peu fatigué. Au surplus, il n'est pas nécessaire de se mettre à deux pour acheter des gâteaux de riz.

— Et peut-être autre chose que des gâteaux de

riz, lui dis-je toute joyeuse avec un clin d'œil à l'enfant. Rentre tout droit, nous te ferons la surprise.

Je me rendis dans la petite boutique où j'allais tous les matins. Le marchand m'accueillit comme une vieille cliente. C'était un brave homme ; j'avais beau lui acheter fort peu de choses, il cherchait toujours les plus gros gâteaux pour le même prix, et me donnait quelquefois un morceau de beurre fondu par-dessus le marché.

— Attendez un peu, lui dis-je, quand il se mit à envelopper le gâteau d'une feuille de plantain. Il y aura peut-être autre chose aujourd'hui ?

— Vous avez fait un héritage ? s'exclama-t-il avec un bon rire tout en se tapant bruyamment sur la cuisse. Vous pouvez dire que vous vous adressez au bon endroit ! J'ai un choix que vous ne trouverez nulle part, et beaucoup moins cher qu'ailleurs. Qu'est-ce que vous voulez ? Des croquettes de pommes de terre, bien rissolées dans le beurre et fondantes à l'intérieur, ou des crêpes frites que j'ai moi-même fourrées d'oignons ?... Quelque chose de sucré pour le petit garçon ?...

Que choisir, que choisir ? J'examinai ces mets de choix, ce que je n'avais jamais osé faire auparavant ; et je me rendis compte qu'il m'était à peu près impossible de me décider. Puli, à côté de moi, sautait d'un pied sur l'autre, et lui aussi passait d'un plat à l'autre. « Le pilaf, qui sent si bon, et où il y a des noisettes grillées — non, plutôt les croquettes, elles dureront plus longtemps. »

Finalement nous avons acheté les crêpes frites, une pour chacun, six annas les trois, et deux gâteaux de riz pour quatre annas.

« Il faut bien faire des folies, une fois en passant, me dis-je pour apaiser mes remords. Ce n'est pas tellement plus que ce que nous dépensons chaque jour. Le changement nous fera du bien. »

Mais mon extravagance ne s'arrêta pas là. Sur notre chemin nous rencontrâmes un petit marchand ambulant ; il avait le nez très fin et sentit que nous avions un peu d'argent et très peu de bon sens. Il nous emboîta le pas tout en sortant sa marchandise et en nous faisant l'article ; finalement il exhiba une petite charrette en bois, montée sur roues, qu'il attacha à une ficelle et tira derrière lui tout en nous poursuivant.

— Oh, regarde le tambour ! s'écria Puli. Et, reprenant les termes mêmes dont se servait le marchand, il répéta : « Nous pouvons bien nous arrêter et regarder, ça ne nous engage à rien ! », tout en tirant sur mon *sari.* Nous nous sommes donc arrêtés pour regarder le jouet ; c'était vraiment une chose charmante, fabriquée avec amour, reproduisant exactement un vrai char à bœufs, avec des montants sculptés habilement, des roues aux rayons bariolés de vives couleurs, et un joug qui se balançait sur le cou des animaux peints.

— Tire la ficelle, tu entendras battre le tambour, dit le marchand plein d'astuce.

Il tendit la ficelle à Puli. Comment l'enfant aurait-il pu résister à l'enchantement qui me tenait moi-même captive ? Puli donna donc une secousse à la ficelle, et le char avança vers lui. Les pattes des bœufs se mirent en mouvement, les mains du conducteur s'abaissèrent, entraînant les baguettes qu'il tenait, et celles-ci vinrent frapper le minuscule tambour placé devant lui — un vrai tambour, habilement garni de cordes sur les côtés et recouvert d'une peau bien tendue. Boum-boum-boum-boum, faisait le tambour : de plus en plus vite, au fur et à mesure que le char prenait de la vitesse.

— Deux annas seulement — c'est une occasion

exceptionnelle. Ils me reviennent à ce prix-là... Je n'y gagne rien, mais il faut absolument que je les vende. Je n'ai pas vendu un seul jouet de toute la journée.

Je jetai à la dérobée un coup d'œil à Puli. Il fixait sur moi un regard brillant comme une lampe. La ficelle était toujours serrée entre ses moignons, et il continuait à tirer dessus comme si le son du tambour avait été pour ses oreilles une musique céleste.

— Pourquoi ne pas l'acheter avec ton argent, si tu en as tellement envie, lui dis-je gênée. Je te vois mendier tous les jours... Tu sais bien que j'ai déjà trop dépensé.

— Deux annas de plus, qu'est-ce que ça peut te faire ? insista-t-il, suppliant. Je te promets que je ne te demanderai jamais rien d'autre...

— Mais tu as de l'argent à toi, répétai-je. Je l'ai vu.

— J'ai tout dépensé, dit-il d'un ton pitoyable. Au début les gens m'ont donné, mais maintenant ils se sont habitués à moi... La vie est dure.

De nouveau, je pensai : « Après tout c'est encore un enfant, tendre, ardent. Quoi qu'il dise ou fasse, il a derrière lui une courte existence, et difficile. » Avant même que j'aie pu achever un hochement de tête affirmatif, il était déjà en train de s'attaquer à sa bourse, incapable dans sa précipitation de l'ouvrir ; finalement je dus le faire moi-même, prendre les pièces dont j'avais besoin, encore toutes chaudes du contact de son corps, et les tendre au marchand.

Cette première folie m'entraîna sur la pente fatale ; déchaînée, je sortis deux autres annas et j'achetai une autre petite voiture. « Pour mon petit-fils, celle-là, pensai-je, pour cet enfant qui a tant souffert depuis sa naissance », et je vis en imagination ses joues blanches à la peau transparente s'animer de plaisir, et Ira s'agiter autour de lui, le visage semblable à une fleur et illuminé d'un de ses rares sourires.

Le marchand prit l'argent et s'éloigna à la hâte — craignant sans doute que je ne revienne à la raison. Nous nous remîmes en route. Puli traînait la petite voiture et moi je portais l'autre, les gâteaux de riz, les crêpes et la pièce de deux annas qui était tout ce qui restait du gain de la journée ; et je ne cessais de penser à ce que je pourrais bien dire à mon mari.

Arrivée dans l'enceinte du temple, j'aperçus Nathan, je courus vers lui après avoir recommandé à Puli de faire disparaître ce jouet infernal ; mais non ! il était comme ensorcelé, il avançait toujours suivi du boum-boum-boum du tambour.

— Je ne sais pas ce qui m'a prise, laissai-je échapper, pleine de remords. Demain je travaillerai très dur pour récupérer l'argent. Tu verras.

Nathan me regarda, les yeux ternes. « Il est furieux, pensai-je, il y a de quoi ! »

— Nous avons une surprise pour toi, lui dis-je avec une gaieté feinte. Regarde, des crêpes !

Nathan ne leur jeta qu'un coup d'œil, et se leva précipitamment. Je le vis s'éloigner en toute hâte au bout du corridor dallé. Quand l'accès de vomissement fut passé, il revint s'appuyer contre un pilier. Il frissonnait.

— C'est la nourriture, dit-il dans un souffle. Ça m'a donné mal au cœur.

— Tu as trop travaillé, lui dis-je. Ça ne vaut rien de se surmener.

— J'ai senti monter la fièvre toute la journée, dit-il, depuis ce matin.

Je touchai sa peau, elle était brûlante, sèche et tendue. Il était évident qu'il était malade depuis plusieurs heures. J'aurais voulu crier : « Pourquoi n'avoir rien dit, *pourquoi ?* » Je répondis simplement :

— Etends-toi et repose-toi. Ça va aller mieux.

Je mis sa tête sur mes genoux et lui frictionnai les membres pour calmer sa douleur.

★

La pluie qui, la veille, était une bruine légère, tomba le lendemain à verse. Comme toujours au début de la mousson une chaleur humide et étouffante s'appesantissait, telle une couverture, au ras du sol ; mais bientôt le vent se mit à souffler, froid, poussant la pluie. Nathan avait toujours des frissons, mais moins violents. Je partageai les deux gâteaux de riz et nous nous mîmes à manger en silence, démoralisés par la pluie incessante. « Puisque Nathan a mangé sa part, pensai-je, c'est qu'il va mieux ; c'est le froid qui le fait frissonner. » Cependant, inquiète, je lui dis :

— Reste là à te reposer, ça ne te vaut rien d'aller à la pluie. Demain, ce sera bien assez tôt.

— Demain il pleuvra, et encore le jour suivant, me répondit-il. C'est la mousson. Je ne peux pas rester ici à me tourner les pouces. Les jours passent et nous sommes toujours loin de chez nous.

Nous partîmes donc tous les trois pour la carrière, nous joignant aux groupes ruisselants de travailleurs qui avançaient péniblement le long de la route sinueuse et boueuse. Les plus riches avaient acheté des capuchons de feuilles de palme qui leur faisaient une carapace rigide de la tête aux hanches, et leur donnaient une allure de gros scarabée. Mais ces capuchons coûtaient cher, douze annas ; et la plupart des travailleurs devaient s'en passer.

La pluie avait détrempé la route, la boue me jaillissait entre les doigts de pied à chaque pas. Tout au long du chemin, il y avait une infinité d'empreintes de pieds, que la pluie avait emplies et transformées en autant de petites mares. Les ornières aussi étaient pleines d'eau, un réseau de longues lignes bordées de boue qui avait rejailli de chaque côté du creux. Nous fûmes dépassés par trois ou quatre charrettes vides qui allaient chercher les pierres cassées ; les bœufs qui les traînaient se débattaient dans ce marais de fange, leurs flancs ruisselaient de sueur et de pluie. Les roues grinçantes en tournant s'enfonçaient profondément dans la boue et la faisaient voler dans toutes les directions.

— C'est la plus mauvaise saison de l'année, grommela une voix. L'année prochaine, quoi qu'il arrive, je ne travaillerai plus.

— Bah, vous dites ça tous les ans.

— Non, vraiment, cette fois-ci c'est sérieux... même si je dois me passer de manger.

Des projets, tout le monde avait des projets. Des projets qui reposaient sur l'argent. Avoir assez d'argent pour rester au sec, assez d'argent pour briser ses chaînes, assez d'argent pour s'évader.

Le martèlement des pierres sur les pierres nous parvenait, trempé de pluie, indistinct mais irréfutable. Des gens courageux qui s'étaient levés à l'aube. Se hisser à flanc de colline pour les rejoindre, en escaladant les pentes abruptes. Je cherchai à m'aider en m'accrochant à un buisson... c'était un figuier de Barbarie et il me fallut perdre de précieuses minutes à arracher les épines de mes mains. Nathan derrière moi haletait, sa respiration était si rapide que sa poitrine avait l'air d'un soufflet.

— Je me reposerai à la maison, me dit-il avec impatience. J'aurai bien le temps.

Je me laissai convaincre. Toute la journée, nous restâmes assis sous la pluie à casser des pierres, toute la journée et toute la semaine qui suivit ;

Nathan n'allait ni mieux ni plus mal. Le septième jour il fut repris d'un accès de fièvre, mais il ne voulut pas cesser le travail. Une sorte de folie le possédait.

La pluie. A la place des averses, une pluie monotone maintenant qui s'égouttait sur nous, rebondissait sur les pierres. Pas d'abri au flanc nu de la colline. Le vent sifflait en tournant tout autour et venait frapper les corps mouillés accroupis au ras du sol. Des marteaux frappant la pierre. Des pierres frappant la pierre. Clic-clac-clac-clac-clac. La pluie avait même eu raison de Puli au cœur de lion ; il avait refusé de nous accompagner à la carrière.

Le soir tombait, très tôt à cause des nuages tristes et bas ; je pris le sac, il n'était pas plein, les pierres s'entrechoquaient à l'intérieur.

— Ne m'attends pas, dis-je à mon mari, je te rejoins tout de suite.

— Ne sois pas longtemps, me dit-il.

Je m'éloignai rapidement, le sac sur le dos ; je me mis à courir pour être en tête de la file. « Six annas, nous n'avons jamais gagné si peu, pensai-je en avançant dans l'ombre ; mais nous en avons presque assez maintenant. Il faut que je m'occupe de trouver un voiturier. Peut-être nous demandera-t-il moins que nous n'avons prévu, et nous pourrons partir tout de suite. » En esprit je m'évadai vers la maison; était-elle encore debout ? Devant moi je voyais ma fille et le timide Sacrabani au visage blanc. Et Puli... Si seulement il consentait à nous accompagner, comme nous serions heureux, mon mari et moi ! Mais non, il refuserait certainement. « Il va me manquer, pensai-je tristement. Et lui — c'est à peine s'il remarquera notre départ. »

Des pensées sans suite tourbillonnaient dans ma tête — ou était-ce seulement la pluie qui tourbillonnait ? Je trébuchai en descendant la pente, glissai sur la boue et les pierres. Je soupirai de soulagement en atteignant la route.

A mi-chemin du temple, j'aperçus un petit groupe de gens assemblés. « Rien ne pourra m'obliger à m'arrêter », pensai-je, hâtant le pas. Mais quelqu'un dans le groupe m'interpella : « Holà ! C'est votre mari. Il est tombé ! »

Je m'arrêtai ; il me sembla que j'étais suspendue par ma seule volonté au bord d'un gouffre d'oubli, et qu'il me suffirait d'accepter pour sombrer dans l'inconscience. Je m'arrachai à la tentation de l'ombre et avançai vers mon mari ; les gens s'écartèrent pour me laisser passer puis reformèrent leurs rangs pendant que je m'agenouillais à côté de lui.

Il était étendu au bord de la route à l'endroit où on l'avait porté — pas dans le ruisseau, non, en dehors de la route, à l'abri de la fange soulevée par les roues des chars. Son corps avait fait un creux dans la boue pleine d'eau, il y était étendu, agité de tressaillements et de soubresauts. A côté de lui, le ruisseau gonflé par la pluie coulait à grand bruit comme le torrent. Mais sa respiration rauque couvrait le fracas de l'eau. Je le touchai ; son corps était froid comme le vent. La pluie impitoyable s'abattait sur lui sans répit. Je n'avais rien pour le couvrir. Finalement je dénouai une partie de mon *sari* et essayai de le déchirer ; mais l'étoffe refusa de se déchirer : sous mes mains elle s'effilocha, fusa, s'en alla en charpie. Désespérée, je renouai les haillons autour de moi. Personne ne m'offrit quoi que ce soit, car personne n'avait rien à donner ; les hommes portaient des pagnes, les femmes des *saris* usés et trempés comme le mien. « Ça ne changerait rien », pensai-je, et j'entendis les mots murmurés par quelqu'un d'autre.

Un homme saisit Nathan sous les bras, un autre par les pieds. Je marchai derrière eux ; des femmes m'escortaient, murmurant des mots d'encouragement que la pluie noyait, à peine prononcés. De temps en temps il y avait un silence. Elles attendaient ma réponse, attendaient les mots qui me fuyaient.

— Il y a longtemps qu'il est malade ?

— Oui, un certain temps.

— Vous n'avez pas de fils à qui demander secours ?

— Si — non — Pas ici.

Je passai ma langue sur mes lèvres mouillées. Elles avaient un goût de sel, et la douce fraîcheur de la pluie. Je ne m'étais pas rendu compte que je pleurais.

9

Le souvenir de cette nuit est resté en moi étincelant et dur comme un diamant, et les feux qu'il lance ont un étrange pouvoir. Il y en a de bleus à l'éclat doux et enveloppant ; des verts qui sont apaisants comme les yeux des buffles la nuit ; mais il y en a d'autres, jaunes et rouges, dont l'intensité me brûle comme un fer incandescent. Quand ce sont ceux-là qui se présentent, je fais appel aux brumes et elles accourent, comme des nuages qui couvrent le soleil. Mais derrière elles le feu brûle toujours, il ne s'éteindra qu'avec la vie.

De quoi ai-je gardé le souvenir ? De chaque

mot, de chaque détail. Je me revois en train de marcher le long de la rue mouillée et déserte qui suit le mur du temple ; je me rappelle avoir levé les yeux pour chercher la torche qui n'avait jamais cessé de brûler sur le toit ; elle était éteinte ; alors les noirs démons de la peur sont venus hurler à mes oreilles, refusant de se taire, et pourtant je répétais comme une folle : « Le feu ne peut pas brûler dans l'eau. » Les visages d'hommes qui n'étaient plus là se dessinaient devant moi, et aussi d'enfants dont on avait volé la vie, ils se dessinaient dans la nuit noire, plus noire que l'ombre parce que les étoiles s'étaient cachées.

On étendit mon mari sur le sol dallé et je me laissai tomber à côté de lui. Quelqu'un apporta une lumière, une lampe-tempête qui brûlait tranquillement dans le vent furieux ; quelqu'un d'autre apporta de l'eau. Le corps de Nathan était couvert de boue, mouillé et sale. Je le lavai, l'essuyai, et mis sa tête sur mes genoux. Le groupe qui m'avait accompagnée jusque-là se dissipa dans l'obscurité ; les spectateurs s'en allaient par deux ou trois après s'être rendu compte de la situation.

La tête de Nathan était agitée de secousses incessantes, il appelait nos fils et murmurait des mots que je ne comprenais pas. Les rayons de lumière de la lanterne tombaient droit sur son visage émacié, sur sa peau tendue et jaune, sur ses lèvres fendillées par la fièvre, sur ses membres grêles comme ceux d'un enfant. Parfois le bruit de sa respiration s'échappant par bouffées entre ses mâchoires tremblantes — il claquait des dents — couvrait le fracas de la pluie et du vent qui s'engouffrait en sifflant dans les couloirs ; à d'autres moments, il me fallait me pencher sur lui pour l'entendre.

Ainsi, pendant des heures, souffrit son corps ;

son esprit s'était enfui de la chair torturée. Minuit approchait. Le moment incertain suspendu entre les ténèbres et la clarté, où la nature paraît s'arrêter et soupirer avant de commencer un nouveau jour.

Minuit, et, comme les autres fois, une accalmie après le paroxysme. Les frissons cessèrent, les membres convulsés se détendirent. Dans ce répit paisible, je vis qu'il ouvrait les yeux ; sa main se porta vers mon visage, tendrement, et à tâtons essuya les larmes que je ne pouvais retenir.

— Il ne faut pas pleurer, mon amour. Il faut se résigner à l'inévitable.

— Chut, dis-je. Repose-toi, tu vas aller mieux.

— Il suffit que j'étende la main, dit-il, pour sentir le froid de la mort. Veux-tu me prendre dans tes bras quand le moment sera venu ? Je suis en paix. Ne pleure pas.

— Si je pleure, dis-je, ce n'est pas sur toi, c'est sur moi, mon bien-aimé, comment pourrai-je supporter l'existence sans toi, toi qui es mon amour et ma vie ?

— Tu n'es pas seule, dit-il. Je vis dans mes enfants.

Il se tut. Puis je l'entendis murmurer mon nom et je me penchai vers lui.

— Nous avons été heureux ensemble, n'est-ce pas ?

— Toujours, mon amour, toujours.

— Tout se précipite, dit-il. Étends-toi un peu à côté de moi.

Je mis mon visage contre le sien ; son souffle caressait ma joue, doux et léger comme un pétale de rose ; puis il soupira, comme de fatigue, et tourna vers moi son visage ; et c'est ainsi que s'enfuit son âme si tendre et que la lumière s'éteignit dans ses yeux.

30

Les jours passèrent, Nathan n'était plus à côté de moi ; Nathan n'était plus que cendres et poussière, éparpillées à tous les vents, trempées par toutes les pluies, méconnaissables. Je repris les morceaux épars de ma vie et les assemblai de nouveau, tous, sauf le morceau qui manquait. Dans ma douleur, je me tournai vers Puli. Je ne sais quels mots j'employai, je tremble quand je pense à ce que j'ai pu dire. Quelles promesses magnifiques j'ai faites pour éblouir l'enfant, sans savoir si elles étaient réalisables ! J'ai fait briller à ses yeux le don inestimable de la santé, que je ne pouvais pas lui accorder. Et lui, compatissant, arrachait de ma plaie une à une les flèches de la douleur, m'écoutait, si bien que, sur le chemin du retour, je ne fus pas seule.

C'était si bon d'être de retour enfin, oui, enfin. Le char s'arrêta dans un dernier cahot. Je regardai la campagne autour de moi, et ce spectacle rendit la vie à mon âme épuisée. Je sentis sous mes pieds le contact de la terre, et je pleurai de joie. Les jours écoulés au loin, rien qu'un souvenir, reculèrent dans l'ombre, comme un serpent se glisse dans son trou.

Du bâtiment inachevé, entouré d'échafaudages, une silhouette sortit, s'avança en courant. Mon fils, Selvam.

— Dieu merci, dit-il. Comment vas-tu ?

Et il me prit dans ses bras. Ma fille se joignit à nous, le souffle coupé par sa hâte. Puli, le seul qui ne fût pas de la famille, un peu à l'écart, gêné, serrait sur mon cœur la petite charrette. Je l'appelai.

— Mon fils, leur dis-je. Nous l'avons adopté, votre père et moi.

— Tu as l'air fatigué, tu dois avoir faim, lui dit Ira, le prenant par le bras. Viens avec moi te reposer pendant que je prépare le riz.

Ils partirent tous les deux.

— Ne t'inquiète pas, dit Selvam, nous nous en tirerons.

Il y eut un silence ; je m'efforçais d'arriver à dire ce qu'il fallait dire.

— Ne parle pas de cela, me dit-il tendrement, à moins que tu n'y tiennes vraiment.

— Il a eu une fin très douce, dis-je. Je te raconterai plus tard.

Grands auteurs

Presque des classiques, des auteurs consacrés mais encore et tellement proches de nous.

Demandez à votre libraire le catalogue semestriel gratuit.

APOLLINAIRE Guillaume

Les onze mille verges (704*)
Une œuvre scandaleuse et libertine écrite par un grand poète.

CARRIÈRE Jean-Claude

Humour 1900 (1066****)
Un feu d'artifice des plus brillants humoristes du début du siècle.
Lettres d'amour (1138****)
Les plus belles pages inspirées par l'amour.

CESBRON Gilbert

Chiens perdus sans collier (6**)
Le drame de l'enfance abandonnée.
Vous verrez le ciel ouvert (65***)
L'injustice, le miracle et la foi.
Il est plus tard que tu ne penses (131***)
L'euthanasie par amour.
Ce siècle appelle au secours (365*)
Un regard aigu sur notre civilisation.
C'est Mozart qu'on assassine (379***)
Le divorce de ses parents plongé Martin dans l'univers sordide des adultes. En sortira-t-il intact?
L'homme seul (454*)
Une tragédie inspirée par le personnage de Mussolini.
Je suis mal dans ta peau (634***)
Après des études à Paris, deux jeunes Africains cherchent à reprendre racine dans leur terre natale.
Ce qu'on appelle vivre (851****)
L'itinéraire d'une vie fervente et fraternelle.
La ville couronnée d'épines (979**)
Amoureux de la banlieue, l'auteur recrée sa beauté passée.
Mourir étonné (1132***)
Au seuil de la mort, Cesbron s'interroge.
Mais moi je vous aimais (1261****)
Assoiffé d'amour, le petit Yann se heurte à l'égoïsme des adultes, car son esprit ne grandit pas aussi vite que son corps.
Huit paroles pour l'éternité (1377****)
Comment appliquer aujourd'hui les paroles du Christ. (nov. 82)

CLANCIER Georges-Emmanuel

Le pain noir:
1 - Le pain noir (651***)
2 - La fabrique du roi (652***)
3 - Les drapeaux de la ville (653****)
4 - La dernière saison (654***)
De 1875 à la Seconde Guerre mondiale, la chronique d'une famille pauvre qui tente de survivre, à l'heure des premiers grands conflits du travail.

CLAVEL Bernard

Le tonnerre de Dieu (290*)
Une fille perdue redécouvre la nature et la chaleur humaine.
Le voyage du père (300*)
Le chemin de croix d'un père à la recherche de sa fille.
L'Espagnol (309***)
Brisé par la guerre, il renaît au contact de la terre.
Malataverne (324*)
Ce ne sont pas des voyous, seulement des gosses incompris.
L'hercule sur la place (333**)
L'aventure d'un adolescent parmi les gens du voyage.
Le tambour du bief (457**)
Cette malade était incurable: Antoine, l'infirmier, avait-il le droit d'abréger ses souffrances?

Le massacre des innocents (474★)
La découverte, à travers un homme admirable, des souffrances où la guerre jette les enfants.

L'espion aux yeux verts (499★★)
Des nouvelles qui sont aussi les souvenirs les plus chers de Bernard Clavel.

La grande patience:
1 - La maison des autres (522★★★★)
2 - Celui qui voulait voir la mer (523★★★★)
3 - Le cœur des vivants (524★★★★)
4 - Les fruits de l'hiver (525★★★★)
Julien ou la difficile traversée d'une adolescence sous l'Occupation.

Le seigneur du fleuve (590★★★)
Le combat, sur le Rhône, de la batellerie à chevaux contre la machine à vapeur.

Pirates du Rhône (658★)
Le Rhône d'autrefois, avec ses passeurs, ses braconniers, ses pirates.

Le silence des armes (742★★★)
Après la guerre, il regagne son Jura natal. Mais peut-on se défaire de la guerre?

Ecrit sur la neige (916★★★)
Un grand écrivain se livre à ses lecteurs.

Tiennot (1099★★)
Tiennot vit seul sur son île lorsqu'une femme vient tout bouleverser.

La bourrelle - L'Iroquoise (1164★★)
Au Québec, une femme a le choix entre la pendaison et le mariage.

Les colonnes du ciel:
1 - La saison des loups (1235★★★)
"Un hiver terrible où le vent du nord portait la peur, la mort et le hurlement des loups."

2 - La lumière du lac (1306★★★★)
L'histoire de ce "fou merveilleux" qui bouleverse les consciences, réveille les tièdes, entraîne les ardents.

3 - La femme de guerre (1356★★★)
Pour poursuivre l'œuvre du "fou merveilleux", Hortense découvre "l'effroyable devoir de tuer".

Lettre à un képi blanc (D 100★)
La lutte contre la guerre est le combat essentiel.

COLETTE
Le blé en herbe (2★)
Phil partagé entre l'expérience de Léa et l'innocence de Vinca.

DAUDET Alphonse
Tartarin de Tarascon (34★)
Sa vantardise en a fait un héros immortel.
Lettres de mon moulin (844★)
Le curé de Cucugnan, la chèvre de M. Seguin... Des amis de toujours.

FLAUBERT Gustave
Madame Bovary (103★★)
De cet adultère provincial Flaubert a fait un chef-d'œuvre.

FOURASTIÉ Fr. et J.
Les écrivains témoins du peuple (1090★★★★)
De Chrétien de Troyes à Zola, la vie quotidienne des générations qui ont fait la France d'aujourd'hui.

PEREC Georges
Les choses (259★)
Le bonheur est-il lié aux choses qui peuvent s'acheter?

PERRAULT Gilles
Casanova (1279★★★★)
Le plus célèbre séducteur de son temps, un grand écrivain.

RENARD Jules
Poil de carotte (11★)
Sous son ironie facilement amère, que de tendresse pour son père!

ROY Claude
Victor Hugo, témoin de son siècle (1171★★★★)
Le XIXe siècle décrit par le grand visionnaire.

TROYAT Henri

La neige en deuil (10★)
Une tragédie dans le cadre grandiose des Alpes.

La lumière des justes:
1 - Les compagnons du coquelicot (272★★★)
2 - La barynia (274★★★)
3 - La gloire des vaincus (276★★★)
4 - Les dames de Sibérie (278★★★)
5 - Sophie ou la fin des combats (280★★★)
Entre 1814 et 1870, les amours d'une jeune Parisienne et d'un lieutenant du tsar.

Le geste d'Eve (323★)
Les histoires les plus invraisemblables ne sont pas forcément les moins vraies.

Les Eygletière:
1 - Les Eygletière (344★★★)
2 - La faim des lionceaux (345★★★)
3 - La malandre (346★★★)
Dans une famille bourgeoise, l'égoïsme, les appétits et les vices se déchaînent.

La pierre, la feuille et les ciseaux (559★★)
Un rêveur impénitent lutte avec maladresse contre la passion qui le dévore.

Anne Prédaille (619★★)
L'amour étouffant d'Anne dévore aussi bien son père que le jeune Laurent.

Le Moscovite:
1 - Le Moscovite (762★★)
2 - Les désordres secrets (763★★)
3 - Les feux du matin (764★★)
Emigré français en Russie sous la Révolution, il se retrouve exilé à Paris, pris entre deux amours.

Grimbosq (801★★★)
Un architecte français à la cour du tsar Pierre le Grand.

Le front dans les nuages (950★★)
Deux femmes mûres découvrent la vie.

Le prisonnier n° 1 (1117★★)
Nul ne saura qui il est, ainsi en a décidé Catherine II.

Viou (1318★★)
Cette petite fille transforme en lumière la grisaille de la vie.

ZOLA Emile

L'assommoir (900★★★)
Gervaise, courageuse ouvrière, affronte le drame de l'alcool et de la misère.

Germinal (901★★★)
Le mineur Etienne Lantier appelle ses camarades à la révolte.

La terre (902★★★)
Le monde des paysans dans sa réalité terrible et grandiose.

Nana (954★★★)
Une courtisane sensuelle et subversive.

La bête humaine (955★★★)
Elle fonce et tue, telle la locomotive folle...

La fortune des Rougon (1008★★)
«C'était une famille de bandits à l'affût, prêts à détrousser les événements.»

Thérèse Raquin (1018★★)
La déchéance d'une femme soumise à ses sens.

S-F classique

Jacques Sadoul présente une sélection des meilleurs auteurs du genre, déjà publiés et inédits.

Demandez à votre libraire le catalogue semestriel gratuit.

ASIMOV Isaac

Les cavernes d'acier (404★★★)
Dans les cités souterraines du futur, le meurtrier reste semblable à lui-même.
Les robots (453★★★)
D'abord esclaves soumis des hommes, ils deviennent leurs maîtres.
Tyrann (484★★★)
Sur la Terre, une poignée d'hommes résiste encore aux despotes de Tyrann.
Un défilé de robots (542★★)
D'autres récits passionnants sur ce sujet inépuisable.
Cailloux dans le ciel (552★★★)
Un homme de notre temps est projeté dans l'empire galactique de Trantor.
La voie martienne (870★★★)
Une expédition désespérée pour fournir de l'eau à Mars. *(nov. 82)*
Chasseurs de mondes (1280★★★★)
C'était une race de prédateurs incapables de la moindre émotion. Inédit.
Les adieux du soleil (1354★★★)
L'agonie du soleil est le symbole du crépuscule de la civilisation sur Terre. Inédit.

BLISH James

Semailles humaines (752★★)
Des hommes adaptés aux conditions de vie extra-terrestre colonisent la Galaxie.

BROWN Fredric

Paradoxe perdu (767★★)
Une anthologie de S-F humoristique.

BRUNNER John

La planète Folie (1058★★)
Fantasmes et cauchemars des mythologies terriennes assaillent les colons.
Tous à Zanzibar
(2 t. 1104★★★★ et 1105★★★★)
Surpopulation, violence, pollution: craintes d'aujourd'hui, réalités de demain. (déc. 82)
Le troupeau aveugle
(2 t. 233★★★ et 1234★★★)
L'enfer quotidien de demain.
Sur l'onde de choc (1368★★★★)
Un homme seul peut-il venir à bout d'une société informatisée?

CLARKE Arthur C.

2001 - L'odyssée de l'espace (349★★)
Ce voyage fantastique aux confins du cosmos a suscité un film célèbre.
Les enfants d'Icare (799★★★)
L'arrivée d'êtres d'outre-espace signifie-t-elle la perte de la liberté?
Rendez-vous avec Rama (1047★★★)
Quand un vaisseau spatial étranger pénètre dans le système solaire.
Les fontaines du paradis (1304★★★)
Le début de l'Ere interplanétaire exige le sacrifice d'une montagne sacrée.

COVER, SEMPLE Jr et ALLIN

Flash Gordon (1195★★★)
L'épopée immortelle de Flash Gordon sur la planète Mongo. Inédit.

CURVAL Philippe

L'homme à rebours (1020★★★)
La réalité s'est dissoute autour de Giarre: il commence un voyage analogique. Inédit.
Cette chère humanité (1258★★★★)
L'appel au secours désespéré du dernier montreur de rêves.

DEMUTH Michel

Les années métalliques (1317★★★★)
Les meilleures nouvelles de l'auteur des Galaxiales.

DICK Philip K.

Loterie solaire (547★)
Un monde régi par le hasard et les jeux.
Dr Bloodmoney (563★★★)
La vie quotidienne post-atomique.(déc. 82).

Le maître du Haut Château (567★★★★)
L'occupation des U.S.A. par le Japon et l'Allemagne après leur victoire en 1947.
Simulacres (594★★★)
Le pouvoir était-il détenu par des hommes ou des simulacres animés électroniquement?
A rebrousse-temps (613★★★)
Le sens du temps s'est inversé : les morts commencent à renaître.
Ubik (633★★★)
Le temps s'en allait en lambeaux. Une bouffée de 1939 dérivait en 1992. (nov. 82)
Les clans de la lune alphane (879★★★)
Cette ancienne colonie terrienne n'est plus peuplée que de malades mentaux.
La vérité avant-dernière (910★★★)
Enterrés depuis quinze ans, ils attendent la fin de la guerre atomique.
L'homme doré (1291★★★)
L'essentiel des nouvelles de Dick. Inédit.
Le dieu venu du Centaure (1379★★★)
Palmer Eldritch: on connaît ses yeux factices, son bras mécanique, ses dents en acier, mais qu'y a-t-il au delà? (nov. 82)

FARMER Philip José
Des rapports étranges (712★★)
Sur une planète isolée, un géant barbu, qui ressuscite les morts, déclare être Dieu.
La nuit de la lumière (885★★)
C'est un arbre, c'est aussi un homme.

FOSTER Alan Dean
Alien (11153★★★)
Avec la créature de l'Extérieur, c'est la mort qui pénètre dans l'astronef.
Le trou noir (1129★★★)
Un maelström d'énergie les entraînerait au delà de l'univers connu.
Le choc des Titans (1210★★★★)
Un combat titanesque où s'affrontent les dieux de l'Olympe. Inédit. Illustré.
Outland... loin de la Terre (1220★★)
Sur l'astéroïde Io, les crises de folie meurtrière et les suicides sont quotidiens. Inédit. Illustré.

HARNESS Charles
L'anneau de Ritornel (785★★★)
C'est dans l'Aire Nodale, au cœur de l'univers, que James Andrek trouvera son destin.

HARRISON Harry
Appsala (1150★★★)
Jason dinAlt tombe de Charybde en Scylla.

HEINLEIN Robert
Une porte sur l'été (510★★)
Pour retrouver celle qu'il aime, il lui suffit de revenir 30 ans en arrière.

HERBERT Frank
La ruche d'Ellstrom (1139★★★★)
Ou l'enfer des hommes insectes.

KLEIN Gérard
La loi du talion (935★★★)
Elle seule régit ce monde où s'affrontent cinquante peuples stellaires.

LARSON et THURSTON
Galactica (1083★★★)
L'astro-forteresse Galactica reste le dernier espoir de l'humanité décimée.

LEINSTER Murray
La planète oubliée (1184★★)
Des hommes s'efforcent de survivre sur une planète peuplée d'insectes géants.

LEVIN Ira
Un bonheur insoutenable (434★★★)
Programmés dès leur naissance, les hommes subissent un bonheur uniforme.
Les femmes de Stepford (649★)
Ces jeunes femmes trop parfaites ne seraient-elles que des robots?

MacDONALD John D.
Le bal du cosmos (1162★★)
Traqué sur Terre, il se voit projeté dans un autre monde.

MOORE Catherine L.
Shambleau (415★★★)
Parmi les terribles légendes qui courent l'espace, l'une est vraie: la Shambleau.

PADGETT Lewis
L'échiquier fabuleux (689★)
Un homme venu du futur intervient dans une guerre du présent.
Kid Jésus (1140★★★)
Il est toujours dangereux de prendre la tête d'une croisade. Inédit.
Nos armes sont de miel (1305★★★)
Après mille ans dans le non-temps, ils parviennent enfin au but. Inédit.

SADOUL Jacques
Les meilleurs récits de:
Astounding Stories (532★★)
Wonder Stories (663★★)
Unknown (713★★)
Famous Fantastic Mysteries (731★★)
Startling Stories (784★★)
Thrilling Wonder Stories (822★★)
Fantastic Adventures (880★★)
Astounding Science-Fiction (988★★)
Une quintessence des revues de S-F aux Etats-Unis de 1910 à 1955.

SILVERBERG Robert
Les monades urbaines (997★★★)
70 milliards d'humains dans des tours de 1000 étages.
Trips (1068★★★)
Corps d'emprunt, temps parallèles, tissu urbain proliférant...: huit drôles de trips.
L'oreille interne (1193★★★)
Télépathe, il sent son pouvoir décliner.
L'homme stochastique (1329★★★)
Carjaval connaissait tout de l'avenir, même sa propre mort.
Les chants de l'été ((1392★★★)
Silverberg est aussi un maître de la nouvelle. Inédit. (déc. 82)

SIMAK Clifford D.
Demain les chiens (373★★★)
Les hommes ont-ils réellement existé? se demandent les chiens le soir à la veillée.
Au carrefour des étoiles (847★★)
Sur Terre, une station secrète où transitent les voyageurs de l'espace.
Projet Vatican XVII (1367★★★★)
Curieuse entreprise pour des robots sans âme: créer un pape aussi électronique qu'infaillible. Inédit. (oct. 82)

SPIELBERG Steven
Rencontres du troisième type (947★★)
Le premier contact avec des visiteurs venus des étoiles.

SPINRAD Norman
Jack Barron et l'éternité (856★★★★)
Faut-il se vendre pour l'immortalité?

STEINER Kurt
Brebis galeuses (753★)
Un monde où les maladies servent à punir.
Ortog et les ténèbres (1222★★)
La science permet-elle de s'aventurer dans le domaine de la mort?

STURGEON Theodore
Les plus qu'humains (355★★)
Ces enfants étranges ne seraient-ils pas les pionniers de l'humanité de demain?
Killdozer - le viol cosmique (407★★★)
Des extra-terrestres à l'assaut des hommes.
Les talents de Xanadu (829★★★)
Visitez le monde le plus parfait de la galaxie.

VAN VOGT A.E.
Le monde des Ã (362★★★)
Gosseyn n'existe plus: il lui faut reconquérir jusqu'à son identité.
La faune de l'espace (392★★★)
Au cœur d'un désert d'étoiles, le vaisseau spatial rencontre des êtres fabuleux.
Les joueurs du Ã (397★★★)
L'enjeu de ce siècle éloigné dans le futur, c'est la domination des mondes.
Les armureries d'Isher (439★★★)
Lorsque McAllister entra dans la boutique d'armes, il se trouva dans le futur.
Les fabricants d'armes (440★★★)
La Guilde des Armuriers a condamné à mort Robert Hedrock, mais il est immortel.
La guerre contre le Rull (475★★★)
Seul Tevor pouvait sauver l'humanité de son plus mortel ennemi, le Rull.
Destination univers (496★★★)
De la Terre jusqu'aux confins de la galaxie.
Invasion galactique (813★★★)
Deux races galactiques s'affrontent sur la Terre.
Le Silkie (855★★)
Surhomme ou démon électronique?
L'horloge temporelle (934★★)
Les nouvelles les plus récentes du grand écrivain américain.
Rencontre cosmique (975★★★)
Celle d'un vaisseau corsaire de 1704 et d'un astronef du futur.
Les monstres (1082★★)

ZELAZNY Roger
L'île des morts (509★★)
Qui avait bien pu ressusciter plusieurs ennemis défunts de Francis Sandow? (oct. 82)

Romans d'amour

L'amour: les meilleurs auteurs lui ont consacré leurs plus belles pages.

Demandez à votre libraire le catalogue semestriel gratuit.

ARLEN Leslie

Les Borodine:

1 - Amour et honneur (1226★★★★)
Au siège de Port-Arthur, un journaliste américain tombe amoureux d'Ilona, jeune princesse russe. Inédit.

2 - Guerre et passion (1314★★★★)
Dans ce monde en flammes, les héros s'aiment et se déchirent. Inédit.

3 - Rêves et destin (1364★★★★)
La vengeance des nouveaux maîtres de la Russie va poursuivre les Borodine au delà des frontières de leur pays natal. Inédit.

CARRIÈRE Jean-Claude

Lettres d'amour (1138★★★★)
Les plus belles pages inspirées par l'amour.

DELLY

Les ombres (889★★)
Perdue dans une famille sans âme, saura-t-elle reconnaître le véritable amour?

Mitsi (890★★★)
Blessée dans son honneur, Mitsi pourra-t-elle pardonner à celui qu'elle aime?

L'infidèle (1004★)
La fidélité à une épouse morte peut-elle interdire l'amour?

Les deux crimes de Thècle (1015★★)
Au château de Mieulles les haines s'exacerbent jusqu'au drame.

Le fruit mûr (1053★)
Ecrasé par sa mère et sa sœur, pourra-t-il s'épanouir et rencontrer l'amour?

Une misère dorée (1102★★★)
Une radieuse jeune fille aux prises avec des haines ancestrales dans un manoir autrichien.

La douloureuse victoire (1124★★)
Peut-on aimer une femme, alors que Dieu est tout amour?

La lune d'or (2 t. 1136★★★ et 1137★★★)
Dans la pampa, des hommes luttent pour punir les crimes d'un mauvais génie.

L'héritage de Cendrillon (1182★★★)
La méchanceté d'une femme va réduire Magdalena à l'état de Cendrillon.

Comme un conte de fées (1254★★)
Un pays enchanté où la vie avec le rêve se confond.

HEAVEN Constance

Le château sous la lune (995★★★)
A Vienne, Lisa découvre l'amour tandis que naît une révolution.

Marietta (1125★★★)
Dans ce château d'Ecosse, la mort rôde...

La reine et le gitan (1169★★★★)
Les amours tumultueuses d'Elisabeth Ire d'Angleterre.

Le maître de Ravensley (1242★★★★)
Alyne, aux cheveux d'or clair, est revendiquée par le nouveau maître de Ravensley.

HEYER Georgette

Pour l'amour de Cressy (1352★★★★)
Il est risqué, pour un jumeau, de se faire passer pour son frère auprès de sa fiancée.

HOLT Victoria

L'orgueil du Paon (1063★★★★)
Une tombe qui porte son nom. Quel mystère entoure sa naissance?

Le galop du Diable (1113★★★★)
Une jeune Anglaise prise dans la tourmente de la Révolution française.

La nuit de la septième lune (1160★★★★)
Helena a vécu un rêve; au réveil il ne reste qu'un cauchemar.

Ma rivale, la Reine (1363★★★★)
L'amour va dresser contre Elisabeth Ire sa nièce et dame d'honneur, la belle Lettice.

KAYE M.M.
Pavillons lointains
(2 t. 1307★★★★ et 1308★★★★)
Au temps des Maharadjahs, Juli, princesse indienne, et Ash, le jeune Anglais élevé comme un Hindou, luttent pour leur amour.

KONSALIK Heinz G.
La passion du Dr Bergh (578★★★)
Un grand médecin voit sa carrière menacée par la haine d'une femme.
Docteur Erika Werner (610★★★)
Par amour, elle s'accuse à la place de son amant indigne.
Mourir sous les palmes (655★★★)
Sur une île déserte, deux hommes et une femme soupçonnée de meurtre.
Aimer sous les palmes (686★★)
Père et fils luttent contre le fanatisme des indigènes et la nature déchaînée.
Deux heures pour s'aimer (755★★)
Que faire d'une maîtresse clandestine morte dans vos bras? *(déc. 82)*
L'or du Zephyrus (817★★)
Deux filles et trois garçons s'affrontent lors d'une dramatique chasse au trésor.
Les damnés de la Taïga (939★★★★)
Quatre hommes et deux femmes isolés dans l'immensité de la forêt.
L'homme qui oublia son passé (978★★)
Petit employé hollandais, il se réveille dans la peau d'un écrivain.
L'amour est le plus fort (1030★★★)
A Paris, un peintre sauve Eva du suicide. Pourra-t-elle le sauver à son tour?
La caravane des sables (1084★★★)
Un voyage au pays de la soif, de la peur et de l'inconnu.
Une nuit de magie noire (1130★★)
Un sorcier indigène peut-il guérir leur fils atteint de leucémie?
Le médecin de la tsarine (1185★★)
On murmure que Maria, la tsarine, est un démon déguisé en ange.
Amour cosaque (1294★★★)
A l'époque d'Ivan le Terrible, la passion indomptable d'une jeune Russe durant la conquête de la Sibérie.
Natalia (1382★★★)
Natalia est-elle une meurtrière en fuite ou le fantôme d'une comtesse assassinée jadis? *(déc. 82)*

McCULLOUGH Colleen
Les oiseaux se cachent pour mourir
(2 t. 1021★★★★ et 1022★★★★)
L'épopée vécue par Meggie et Ralph au cours de cinquante ans d'aventures et de passions à travers le continent australien.
Tim (1141★★★)
L'histoire d'un amour que la société a condamné par avance.

MYRER Anton
Les derniers jours de l'été
(2 t. 1073★★★★ et 1074★★★)
Peut-on épouser la fille qu'on aime quand on craint d'être son frère?

RUBENS Bernice
Chère inconnue (1158★★)
Une correspondance amoureuse peut déboucher sur la tragédie.

SEGAL Erich
Love story (412★)
Le roman qui a changé l'image de l'amour.
Oliver's story (1059★★)
Jenny morte, Oliver réapprend à vivre.
Un homme, une femme, un enfant
(1247★★)
Un père peut-il introduire dans sa famille ce fils dont il apprend l'existence?

STEEL Danielle
Leur promesse (1075★★★)
Reconnaîtra-t-il sa fiancée à qui la chirurgie esthétique a donné un nouveau visage?
Une saison de passion (1266★★★★)
Kate est déchirée entre son mari infirme et Nick, l'homme de sa vie.

VALENTIN Louis
Les roses de Dublin (1365★★★★)
Il a connu une jeune Irlandaise une nuit; il ne se doute pas que leur fils a maintenant dix ans.

et tous les romans de Guy des Cars Barbara Cartland et Theresa Charles.

Aventure

Les aventures, pour la plupart "vécues", vous emporteront avec leurs auteurs aux quatre coins du monde.
Demandez à votre libraire le catalogue semestriel gratuit.

AUEL Jean M.
Ayla, l'enfant de la terre (1383****)
A l'époque préhistorique, une petite fille douée d'intelligence est élevée au sein d'une tribu moins évoluée. *(déc. 82)*

BENCHLEY Peter
Dans les grands fonds (833***)
Pourquoi veut-on empêcher David et Gail de visiter une épave sombrée en 1943?
L'île sanglante (1201***)
Un cauchemar situé dans le fameux Triangle des Bermudes.

BRISKIN Jacqueline
Paloverde (2 t. 1259**** et 1260****)
En Californie, dans l'aventure du pétrole et les débuts d'Hollywood, deux femmes inoubliables.

CAIDIN Martin
Nimitz, retour vers l'enfer (1128***)
Le super porte-avions Nimitz glisse dans une faille du temps. De 1980, il se retrouve à la veille de Pearl Harbor.

COOK Robin
Sphinx (1219****)
La malédiction des pharaons menace la vie et l'amour d'Erica. Illustré.

COQUET Evelyne
Le bonheur à cheval (D 94****)
Deux jeunes filles refont, à cheval, le chemin des Croisés de Paris à Jérusalem.

COTTE Jean-Louis
La vallée des justes (907****)
Au Transvaal, un grand amour pris dans la tourmente de la guerre des Boers.

FRISON-ROCHE
La peau de bison (715**)
La passion des grands espaces pourra-t-elle sauver de la drogue cet adolescent?
Carnets sahariens (866***)
Le chant du sable et du silence.
Premier de cordée (936***)
Cet appel envoûtant des cimes inviolées est devenu un classique.
La grande crevasse (951***)
La montagne apporte la paix du cœur à un homme déchiré.
Retour à la montagne (960***)
Pour son fils, Brigitte doit vaincre l'hostilité des hommes et des cimes.
La Montagne aux Ecritures (1064***)
Où est la mission Beaufort-Lignac? Le capitaine Verdier part à sa recherche.
Le rendez-vous d'Essendilène (1078***)
Perdue, seule au cœur du désert...
Le rapt (1181****)
Perdue dans le Grand Nord, Kristina sera-t-elle sauvée?
Djebel Amour (1225****)
Devenue la princesse Tidjania, elle fut la première Française à régner au Sahara.
La dernière migration (1243****)
La civilisation moderne va-t-elle faire disparaître les derniers Lapons?
Peuples chasseurs de l'Arctique (1327****)
La rude vie des Eskimos, chasseurs d'ours et de caribous, et pêcheurs de phoques. Illustré.

GANN Ernest K.
Massada (1303****)
L'héroïque résistance des Hébreux, face aux légions romaines.

GEDGE Pauline
La dame du Nil
(2 t. 1223*** et 1224***)
Elle fut pharaon et partagea un impossible amour avec l'architecte qui construisait son tombeau.
Les seigneurs de la lande
(2 t. 1345**** et 1346****)
Chez les Celtes, au Ier siècle après J.-C., deux hommes et deux femmes aiment et se déchirent tout en essayant de repousser l'envahisseur romain.

GRADY James
L'ombre du Condor (1065****)
Tombé aux mains d'agents chinois, pourra-t-il encore remplir sa mission ?

HALEY Alex
Racines (2 t. 968**** et 969****)
Ce triomphe mondial de la littérature et de la TV fait revivre le drame des esclaves noirs en Amérique.

LARTÉGUY Jean
Les naufragés du soleil (1050****)
Trois hommes, rejetés d'Asie, se souviendront de leurs amours exotiques.
Le cheval de feu (1095****)
Yves Lortais, sorcier de la guerre, est pris entre Nane, son épouse, et la princesse Tiane.

PARETTI Sandra
Les tambours de l'hiver (1338****)
En 1775, une femme abandonne tout, son pays, sa fortune, pour retrouver l'homme qu'elle n'a jamais cessé d'aimer.

RIOU Roger
Adieu la Tortue (D 76****)
Fabuleuse aventure d'un missionnaire dans l'île de la Tortue.

SEARLS Hank
Les dents de la mer - 2e partie (963***)
Le mâle tué, sa gigantesque femelle vient rôder à Amity.

URIS Leon
Trinité
(3 t. 863****, 864**** et 865****)
Dans une Irlande en flammes, le jeu de l'amour et de la mort.

VEZINET Général
Le général Leclerc (1391****)
Toute l'épopée Leclerc retracée par un de ses compagnons d'armes. Illustré. (nov. 82).

WALDO Anna Lee
Sacajawa (2 t. 1270*** et 1271***)
L'épopée d'une Indienne qui guida les premiers pionniers américains jusqu'à l'océan Pacifique.

Editions J'ai Lu, 31, rue de Tournon, 75006 Paris

diffusion
France et étranger : Flammarion, Paris
Suisse : Office du Livre, Fribourg
diffusion exclusive
Canada : Éditions Flammarion Ltée, Montréal

Achevé d'imprimer sur les presses de l'imprimerie Brodard et Taupin
7, Bd Romain-Rolland. Montrouge. Usine de La Flèche,
le 10 septembre 1982.
1606-5 Dépôt Légal septembre 1982. ISBN : 2 - 277 - 11117 - 1
Imprimé en France